行走，拓展生命的版图

行走的人生

俞敏洪 著

生活·讀書·新知三联书店 生活書店出版有限公司

图书在版编目（CIP）数据

行走的人生 / 俞敏洪著 . — 北京 : 生活书店出版有限公司 , 2017.8（2017.8 重印）（2017.9 重印）（2017.10 重印）（2017.11 重印）（2018.1 重印）
ISBN 978-7-80768-205-9

Ⅰ . ①行… Ⅱ . ①俞… Ⅲ . ①散文集 – 中国 – 当代
Ⅳ . ① I267

中国版本图书馆 CIP 数据核字 (2017) 第 165788 号

责任编辑　邝　芮
特约策划　王和平　高　敏
封面设计　罗　洪
责任印制　常宁强

出版发行　生活書店出版有限公司
（北京市东城区美术馆东街22号）
邮　　编　100010
经　　销　新华书店
印　　刷　北京顶佳世纪印刷有限公司
版　　次　2017年8月北京第1版
2018年1月北京第6次印刷
开　　本　880毫米×1230毫米 1/32　印张10.75
字　　数　250千字　图22幅
印　　数　105,001—115,000册
定　　价　48.00元
（印装查询：010-64059389；邮购查询：010-84010542）

目 录

第二章　阅读是我平生一大乐事

第三章　人生就是活在过程当中

第五章 教养比富有更重要

第六章　我们所生活的时代

后记　伴季节悲喜　随岁月精彩

自序

做最想做的事情

我的智商非常一般，就是比别人勤奋。我的脑袋不属于特别笨的那种，但肯定也不是顶尖聪明的类型。在北大同班的50个同学当中，我的智商应该属于中下水平，这说明我确实不是顶尖高智商。

但我的勤奋一般人跟不上。我平均每天工作十六到十八个小时，如果没有应酬，平均每日三顿饭的时间加起来不超过半个小时。

我比较喜欢在家里工作，早上6点半起床，晚上12点睡觉。以前一般是深夜2点睡觉，早上8点起床，但发现这样的作息对身体不好，不如早点睡觉，反正都是睡六个小时左右。

每天早晨冲个澡对我来说是必需的，不管是热水还是凉水，实在不方便的时候，就拿盆水浇一下，唤醒自己，让整个神经系统活跃起来。我很注意保持身体健康，每天早晨起床的第一件事就是跑一两千米，而且是以最快的速度跑完，所以每天都跑得大汗淋漓，特别是在夏天。但我晚上一般不洗澡，因为洗了澡大脑容易兴奋。

锻炼结束后，我一般从早上7点半开始，工作到中午12点。工作内容有邮件处理、工作布置、对新东方发展的思考等。另外，还对一些年轻人进行创业辅导，例如通过洪泰基金接触的各种创业项目，因为我知道年轻人创业不容易。

我的午饭90%的情况都是盒饭，有人来和我聊天，也是一人一份盒饭，最多加一瓶红酒。但我也很注意身体，吃完饭会散步十分钟。除了散步，我每个星期还会有一两次游泳、一两次徒步。

我和李开复都做创业导师指导青年创业，但我比李开复更注意休息。开复有段时间有点走火入魔，有人深夜2点钟给他写信，他非要即时回复，以表现自己比他们更勤奋、更年轻。我对他说，真没必要，到晚上11点就把手机关机，外面的事情就和自己没有关系了，早上7点钟打开手机，再来处理这些事情。我现在大概就是这样的。

我喜欢旅游，每年会抽出一两个月的时间专门去旅游。虽然年纪已经超过50岁，但因为用脑消耗太大，我不担心自己会长胖。如果真胖了，去外面徒步旅行十五天，也就瘦下来了。

现在，想安静特别难。比如旅行时住在某个宾馆，一吃饭就有很多人跑过来要合影，这样内心的安静就被打乱了。所以我现在旅游一般都会去几乎没有人的地方，比如大草原，自己开辆越野车，和一两个人同行。他们很少说话，会给我一个安静的私人空间。

我每年有三分之一的晚上在上班，有三分之一的晚上会回家吃饭，因为要回家陪孩子。还有三分之一的时间是应酬，我每年有大约一百天都在外出差。

我到现在也不敢说我领悟了生命的本质，但是至少有了比许多年轻人更多的勤奋。我的勤奋能给我平时的思考和演讲补充营养。以读书为例，我平时读书有意无意会写一些新的观点、新的想法。我翻书翻得挺多，但认真读书有时很难。所谓的认真读书就是一天或几天精读一本书，这样算的话，我一年认真读的书也有20～30本。所谓的不认真读书就是一两个小时就把一本书翻完了。如果把这些都算上，我一年能读100多本书。

坐飞机、坐汽车，这些都是我读书的时间。从小到大，我坐汽车没有晕过车。在特别颠簸的路上我都可以用电脑工作，在汽车上看书、看视频，用电脑十个小时，感觉就跟在办公室一样。所以，我在路上读书、工作，丝毫不受影响。

这一辈子，我对钱的多少没有什么感觉。在北大的时候，一个月60块钱，我也很开心。现在有了这么多钱，但自己平常月消费一般也就两三千块钱，其中还包括买书。

我在北大当了好几年老师，但真正体会到当老师的成就感是在教书三四年之后。当老师最有成就感的一点，就是学生特别喜欢你的课。这种成就感并不是一开始就能拥有的，而是需经过自己不断的琢磨，每堂课都要有改进。

刚开始教课时，有的学生开小差，有的上课上到一半背着书包就跑了。最后，教室里的人越来越少，学生们都提前走了。前两年教课时很有挫败感，因为怎么教都教不会，怎么教都觉得自己知识不够，还会羡慕教得好的老师，但怎么模仿都模仿不了。后来我慢慢发现，竟然有其他班的同学来听我上课了，而这花了三年左右的时间，这是一个过程。

教学是一个理解知识以及融会贯通的过程，需要举一反三，要有口才，还要对学生了如指掌，懂得察言观色，这是一种综合能力。所以我一直对大学生说，毕业以后不管在什么地方，当个两三年老师，对一辈子都有好处，你会变得有口才，懂得怎样表达，还知道看面前这群人是不是愿意听你讲。

和年轻人的勤奋不同，现在我的勤奋是另外一种方式——思考。我会经常写一些笔记、感悟等。我现在的体会是：心在退，人在进。“心退”是让天地更加广阔，“身进”是因为知道“逆水行舟，不进则退”的道理。但是我不能和年轻人讲这些东西，因为没有一个人能把自己的经历和体验种植到其他人的身上。就好像克隆，技术可以克隆出另一个俞敏洪出来，但那个俞敏洪是一片空白，而这个俞敏洪却呈现出一种经历过人生风雨后的丰硕状态。这是两种完全不同的状态，一个是空洞无物的皮囊，另一个却是有精神支撑的灵魂存在。

我常常说，年轻人就是要去闯、去奋斗。只要不做坏事，只要保持良心，剩下的什么事情都能做。年轻人不能太消极，不能因为知道生老病死不可避免，就放弃了对所有事物的追求，这没有任何意义。所以我想对年轻人说，不要怕失败，不要怕艰苦。去努力吧，做自己最想做的事情！成为最想成为的人！

第一章

拓展

生命的版图

探寻
西西里岛之旅

探寻西西里岛“教父”小镇

西西里岛很美丽，自然风景和文化遗产交相辉映，但中国人去的并不多。去意大利，人们首先想到的是罗马、威尼斯、佛罗伦萨等地，通常要深度游的人才会去西西里岛。另外一个不去西西里岛的原因，是大家觉得那里是黑手党的老巢，怕出现安全问题。

说起黑手党，大家就会想起电影《教父》。电影中的几个家族为了利益和控制权互相仇杀，给大家留下了深刻印象。这些在美国的黑手党，大部分都是从西西里岛过去的。西西里岛人去美国的特别多，所以这么个小岛每天都有直飞纽约的航班。黑手党曾在西西里岛几乎占据统治地位，那时，从老百姓到政府官员，只要有损他们利益的，他们一个都不放过。

今天西西里岛的首府巴勒莫，机场名称叫Aeroporto di Palermo “Falcone e Borsellino”（巴勒莫机场–法尔科内和博尔塞利诺），就是用两个法官的名字命名的。Falcone和Borsellino是两个被黑手党暗杀的法官。Giovanni Falcone，汉译乔瓦尼·法尔科内，意大利大法官，前司法部刑法司长，反对黑手党的旗帜人物，1992年5月23日于返家途中被遥控炸弹暗杀。Paolo Borsellino，汉译保罗·博尔塞利诺，另一个反对黑手党的领导人物，法尔科内的好友兼战友，于同年7月19日死于汽车炸弹。

今天的西西里岛，尽管黑手党欺负老百姓的事情还存在，但已经比较少见，控制政府更是基本不可能了。黑手党也明白，做低级生意，和政府对着干，既不"高大上"，也没好结果，所以开始转向了做"高大上"的生意，以合法的方式进入金融、地产、能源等行业。说起来有个意想不到的结果，由于很长一段时间要和黑手党较量，意大利拥有了一支强有力的警察队伍，这支警察队伍在当今的反恐活动中发挥了重要作用。很有意思的是，在反恐这件事情上，黑手党和警察居然成了一条战壕里的战友。据说黑手党老大曾经找到恐怖分子的负责人，告诉他们如果在意大利发生恐怖袭击，黑手党会把相关人员斩尽杀绝。黑手党的态度，加上警察力量，使意大利较少遭受严重的恐怖袭击。

《教父》系列电影，尤其是第一部，是永不褪色的经典影片。1972年公映，1973年这部电影获得了第45届奥斯卡奖最佳电影、最佳男主角、最佳改编剧本等多项大奖；此外还获得了第30届美国金球奖最佳电影、最佳导演等奖项。2007年美国电影协会评选"百年百佳影片"，《教父》排名第二。马龙·白兰度和阿尔·帕西诺的出色演出，直到今天看来仍然充满魅力。因为要去西西里，电影中有西西里的场景（迈克逃到了西西里，在那里娶了美丽的阿波萝妮亚为妻，过着田园诗般的生活，但最后被保镖出卖，阿波萝妮亚被炸死），我又重新看了一遍《教父》。第一次看是20世纪80年代了，时光飞逝啊。

一场电影、一本小说或者一首歌，常常能让一个本来名不见经传的地方变成一个旅游胜地。萨沃卡就是这样一个小镇。在电影《教父》之前，萨沃卡只是一个处在半山腰的意大利普通小镇，总共也就几十户人家，这样的小镇在西西里岛到处都是。但《教父》这部电影让这个离历史名城陶尔米纳不远的小镇变成了很多旅行者朝圣的地方。因为就在这个地方，迈克遇见了美丽的阿波萝妮亚并一见钟情，电影中大家最熟悉的旋律*Speak Softly Love*（《柔声轻诉》）就在这个时候响起。几十年来，这一旋律一直经久不衰，到今天依然感动着一代代人。我们在大学学的第一首英文歌曲就是这首歌：

Speak softly, love and hold me warm against your heart
I feel your words, the tender trembling moments start
We're in a world, our very own
Sharing a love that only few have ever known
Wine-colored days warmed by the sun
Deep velvet nights when we are one
Speak softly, love so no one hears us but the sky
The vows of love we make will live until we die
My life is yours and all because
You came into my world with love so softly love

娓娓情声爱语，拥我入怀，于你温馨的心上。
感触你的心语，柔情的颤抖，阵阵涌起。
我们处在一个世界，一个没有他人的世界，

享受着爱，无人知晓。

太阳烘暖红彤彤天，

夜晚我们融合为一，天鹅绒中深深沉湎。

娓娓情声爱语，爱意浓浓，无人耳闻，唯苍天聆听。

相敬相爱的誓言，爱到生命的极限。

你中有我，一切因为，

你怀着缠绵的爱踏入了我的世界。

在这个小镇上，大家主要看两个地方，一个是迈克喝酒以及和女孩父亲见面的Bar Vitelli酒吧，一个就是迈克和阿波萝妮亚结婚的小教堂。旅游者很多，但小镇很安静。小镇的风貌已经和电影中不大一样，但酒吧和教堂还在，大家漫步其间，更多的是来体会一种说不出的感觉：怀旧？感伤？追忆似水年华？每个人也许都曾经有过纯真的爱情，而那爱情也终将离去，最后化成心中一缕不能释怀的云烟，忽隐忽现地飘浮在生命的旅途上。

西西里岛的意外之喜

这年头出去旅游，要找个好导游不容易。导游遍地都是，但好导游却是稀有物种。

我通常不会跟团旅行，所以路上被导游强买强卖的事情发生得不多。我对购物也不感兴趣，每次见到导游都要强调，除非我自己希望去买东西，否则不要带我进商店；除非我自己想吃饭，否则不要带我去指定的饭店。

萨沃卡小镇上的知名景点，Bar Vitelli，

电影《教父》中迈克经常光临的酒吧

到达一个国家或者地方，我对当地的风土人情、文化历史比较感兴趣，所以对导游的要求就是必须能够清晰讲解这些方面的内容。我到一个地方之前，一般都会在网上做足功课，相关的书也会读上几本，大概有了七七八八的了解后才会出行，所以导游要讲到我心服口服还是不太容易的。

由于现在中国人到国外旅行越来越热，很多定居国外的中国人或者留学生都改行做了导游。我这几年去国外不同的地方，碰到的基本上都是这样的导游。他们当导游并没有什么不好，国人为国人服务，原则上应该更加贴心。可惜大部分情况下，事实并非如此。

很多导游缺乏敬业精神，大部分导游对于当地的历史和文化基本不了解，没有历史脉络概念，也不认真做功课，最多就某个景点讲一讲，再问他深一点的问题，基本上就张口结舌。其次是急功近利，总是想带你去他们熟悉的商店和饭店，就为了回扣，把你拼命往里塞，把商品和饭菜说得天花乱坠。第三就是态度僵硬，要是你想改变一下行程，他不是去帮你设计，而是反复强调这是在出难题，最后的感觉是他变成了爷爷，游客变成了孙子。所以我对导游不抱太大的希望，没有希望也就无所谓失望，安排好我的食宿和车辆，我就心满意足了。剩下的事情自己解决，尤其是对当地风俗民情、文化历史的了解，基本全靠百度、谷歌以及维基百科了。

这次意大利的十天之行，我遇到的前两位导游都是半路出家，十几年前偷渡到意大利，经过打拼有了正式身份，现在当起了导游。但由于背景所限，他们基本上讲不出深刻和有启发性的东西，尤其是有关古希腊罗马历史、文艺复兴的起源、宗教对于西方的影响等历史知识，基本上属于一问三不知的状态。所以第六天到了西西里岛，要换导游的时候，我也基本上不抱希望。

但世上总有意外之喜，西西里的这个导游让我喜出望外，对他最初的好感还没有见面就有了。按照原计划我要从佛罗伦萨飞西西里的卡塔尼亚，没有想到佛罗伦萨刮大风，返航的飞机被迫降到了博洛尼亚。博洛尼亚离佛罗伦萨100多公里，航空公司让我们坐大巴到博洛尼亚上飞机，这样一折腾飞机就误点了六个小时。我打电话给导游表示抱歉，只能让他在机场等着，他说："没事没事，慢慢来不着急，我们做这行的常遇见这样的事情，你们才是真正的辛苦。"几句话说得我心里挺暖和。

晚上11点半飞机落地，在机场发现一魁梧威猛、身高一米九左右的大汉正在等着。他留着一头艺术家的长发，上来介绍说："我叫池晓豫，是来陪你们的，希望你们跟我这几天有别样收获。"我心里想这么一大汉，说不定又是偷渡过来的吧。上车聊天，我问他怎么会来到西西里的。他说，他来意大利已经十七年了，1999年过来旅游三个月，2000年又过来待了三个月。实在太喜欢这个地方，第三次来就决定长期定居了。

他出生在河南（所以姓名中有"豫"），长大后当兵，后来成了北京板球队的专业队员，再后来就来到了西西里。他说："中国是我的母亲，西西里是我离家出走遇到的情人。我没有喜欢上西西里，我是爱上了她，我会老死在这里。"几句话说得特别煽情，我想也就仅此而已吧，千万别被他忽悠，中国人忽悠人的技术已经炉火纯青了。但后面几天的旅行让我收获满满，他对于西西里和意大利的历史知识、风土人情、自然风光的了解可以用"顶级专家"来形容。他对西西里的一草一木都怀有深厚感情，每一条路都熟悉得像自己的掌纹一样。从古希腊罗马历史、神话传说，到现在黑手党的情况，他都如数家珍，而且语言风趣，逻辑清晰。我们一路上聊历史、人文、生活、情怀，他的热情和气质犹如地中海的蓝天碧海，深深感染着我。

在西西里古城阿格里真托的那个晚上，我破例请他单独喝酒，一醉方休。这些年我碰上了至少几十个导游，但还是第一次单独和导游畅饮。在我心里，他已经是朋友，他也不喜欢导游这个称呼。我们相约，他回北京时，我们再次相聚。

遇到这样一位朋友，旅游才有了意料之外的意义。大部分人相聚相散，最后相忘于江湖，熙熙攘攘的人群，和你有缘分者很少，能和你一见如故、神交一生的更少。有些人相处一辈子，你也不会和他讲太多真话；有些人刚认识不久，你就愿意把生命的故事和盘托出。此次旅行，遇到池晓豫这样的朋友，也算是人生一大乐事。

开在埃特纳火山灰上的花

只要到过西西里岛的旅游者一般都会去埃特纳火山。中国人对于埃特纳火山知道得不多，但在欧洲几乎无人不知，因为这是欧洲最高的活火山。

埃特纳火山位于西西里岛东岸，海拔3300多米。因为是活火山，高度处在不断变化中，低谷的地方只要有一次喷发，就有可能变成顶峰，和一般火山不同，埃特纳火山有几十个喷发口。

作为世界上最活跃的火山之一，有记录之后埃特纳火山已经喷发了几百次（公元前1500年就有了喷发记录），也因此死伤了很多人，但

导游池晓豫，以前当过兵，

还曾经是北京板球队的专业球员，之后来到了西西里

人们还是比较密集地居住在火山周围，形成了很多村庄城镇。原因之一是火山灰覆盖的土地特别肥沃，几乎种什么都丰收。民以食为天，待在这里总比到别的地方挨饿强一些（尤其是古代农业社会）。而更重要的一个原因是，尽管埃特纳火山喷发了几百次，但破坏特别严重的并不多，所以人们不是很担心火山喷发会一下引发灭顶之灾。和对岸意大利本土的维苏威火山相比，这里显得更安全。

维苏威火山不如埃特纳火山活跃，两千多年只喷发了十几次，但大多数时候喷发都会带来严重后果，比如公元79年的喷发，把整个庞贝城连同几万人都埋在了火山灰里。这就像人的脾气一样，有脾气时时发出的人不太会有毁灭性行为，而平时一直把脾气闷着的人很容易做出不可挽回的极端行为来。

我们上埃特纳火山的时候运气不好，云雾缭绕，结果除了若隐若现的各个火山口和脚下黑色的火山熔渣，什么也没有看到，还得担心一不小心掉到火山口里去。如果运气好，天气晴朗，可以在火山口看里面红色的岩浆翻滚。这次我们只能感受到脚下的热气蒸腾而出，想象着脚下如果爆炸，自己会不会被冲上几百米的高空，然后连骨头渣都找不到，顿生出自我渺小到无形的恐惧感。

火山上一开始寸草不生，但随着时间的推移，生命就会不请自来。几年前曾经滚烫的岩浆扫荡一切植物和房屋，最后留下一片黑色岩浆，犹如火星表面，但现在已经星星点点长出了野草和野花。可以预料再过几十年，这黑色的表面一定也会被绿草和野花覆盖。

这就是生命力！只要是生命，就会声张自己的存在，不知不觉，不急不慢，用一棵草一朵花，来告诉你生命无处不在。生命就这样轻轻地来了，但不会轻易地走。

卑微如草花，依然能够如此生存，并且开花、播种。人没有理由不更好地活着，即使处于卑微之中，也当开花、播种，为天地留下一点美丽。就如火山灰上开出的小黄花，依然拼尽自己的力量，孤独而辉煌地绽放。

死海漂浮是一种怎样的体验？

去以色列旅游，死海是必到的地点。死海位于以色列、约旦交界，湖面海拔-400米左右，是世界上海拔最低的湖泊，也是地球上已露出陆地的最低点。死海同时也是地球上含盐量居第三位的水体，仅次于南极洲的唐胡安池与非洲的阿萨勒湖。

死海，Dead Sea，是一个比较近代的称呼，古代以色列人把死海叫盐海。海水含有高浓度盐分，是一般海水的十倍，所以水中几乎没有生物。注入死海的约旦河是一条淡水河，水里鱼类资源很丰富，但一旦流入死海，所有的鱼就会立刻死掉，可能这也是死海名称的来源之一。一般的海洋含盐度恰到好处，繁育了大量海洋生物，但只要海水盐度增加一倍，水中的动物和植物就会大量死掉。到了死海这样的浓度，连细菌都没有了生存的余地（但据最新研究又发现，死海里也有特殊的耐盐细菌）。看来任何东西过分了都没好处，下雨过分会变成大洪水，阳光过分会变成大干旱，吃东西过分会生病，工作过分会健康受损，情感过分会深受伤害。世界上的任何事物都要处于平衡状态才能生机勃勃地发展。

远远看去，死海也是水面浩荡，水本应是生命之源，但在这里却变成了生命的煞星。我想象在远古，当先民们长途跋涉，努力穿越了寸草不生的沙漠和山丘之后，第一次看到死海浩渺的水时，该是怎样欢呼和雀跃，但走到海边尝了一口之后，又是怎样痛苦和绝望。也许他们学会的最重要的人生真理就是：并不是所有的水都能够滋润生命。

死海之所以含盐量这么高，是因为没有任何出口。四周的河流（主要是约旦河）都是淡水，每年注入的水量达到几亿立方米，都被蒸发掉了，但盐分是蒸发不了的，所以浓度就越来越高。在死海上游的加利利湖，海拔-200多米，但却是一个典型的淡水湖，因为上游的约旦河把水注入，下游河水继续流向更低的死海，所以盐分不会淤积在湖里。这就像人的情绪一样，如果有了发泄的出口，就能保持心情平和；如果没有发泄的出口，情绪郁积在心里，慢慢就会精神高度紧张，心情崩溃。

死海也有好的一面，大家比较熟悉的就是人能够在水面上漂浮，这样不会游泳的人也淹不死。我自己体验了一下，最重要的好像不是淹不死，而是如果你能够把自己彻底放松后躺在水面上，让水在你的身体上轻轻流动，会产生一种浑身轻松的舒适感，这是任何水疗都达不到的效果。另外由于死海的水矿物质非常丰富（包括死海底下的黑泥），对于治疗皮肤病等非常有效，所以沿着死海出现了大量的度假村和疗养院，世界各地的人都蜂拥而至。没有生命的死海，成了人类的钟爱。

现在死海水的注入量远远小于其蒸发量，所以如果不采取措施，死海早晚都会被蒸发干，最后剩下一块真正的盐地。到那个时候，可真是除了盐，什么都没有了。

欧洲的小村镇
为何与中国不同?

最近走访了一些欧洲的小村镇，整体感觉是干净、整洁、安谧、漂亮。在中国除了乌镇、周庄、丽江等收门票的旅游区，因为有人专门打理还比较干净整洁外，普通村镇多是一片乱糟糟的景象，垃圾到处飞，污水遍地流。

都是村庄和小镇，为什么会有这么大区别？有人会说人家已经是发达国家了，我们还是发展中国家，但这并不能作为借口。我记得小时候家乡的小镇就很干净，河水是清的，街道的青石板是亮的，没有乱扔的垃圾，也没有太多污水。在我看来，西方和中国小村镇的不同可能主要体现在如下方面。

首先，西方人讲究公德，中国人更关注私密。西方人认为外部环境的整洁对于自身的生活质量有很大影响，所以大家会把街道、广场、公园等维护得很干净，这样才是真正的体面。中国人关心自己家的天地，有些人常常把家里收拾得干干净净，出门后却随手扔垃圾，在门外街道上乱倒脏水。在中国，有些人不认为街道是自己环境的一部分，乱扔东西几乎没有心理障碍。

其次，西方人的村镇有聚会中心，通常是村镇中心的广场和教堂，每周大家都要到教堂听道学习，逐渐养成了交流和守秩序的习惯。中国人的村镇中心是镇政府和村委会，这些机构似乎和老百姓的日常生活关系不大。老百姓住在村镇里，各人自扫门前雪。现在流动人口多了，关心整体环境的人更少了。我曾经去过北京郊区的一个村镇，村委会的院子十分干净，但外面污水横流、臭气冲天。我问村干部怎么不管一管，对方回答说管不了。

西方的村镇没有镇政府和村委会这样的管理机构，但村镇的自治体系却很完整，人们自发组织起来制定出大家必须遵守的规矩，推举出负责人（都是兼职），监督大家执行。因为是大家共同的意志，一般没有人违反。中国古代也曾有村镇自治结构，但如今主要由政府机构管理，把本来应该老百姓自治的事情放在了政府身上。结果政府机构越来越臃肿，效率越来越低，老百姓发现自己说了也不算，所以还不如什么都不管，因此自私倾向越来越严重。

再次是社区的成熟度。西方成熟社区已经有上百年历史，现在西方的小镇和村庄很少会有外来人口大批涌入。大家互相很熟悉，不会做太出格的事情，也不会在街道上直接倒脏水、扔垃圾等。但中国的社区建设才刚刚开始，流动人口多，一些大城市边上原来的村庄变成了出租屋，村民和外地打工者杂居，社区管理不成熟或者没有人管，所以就没有了有效的行为准则。

最后是基础设施问题。西方人在基础设施上下狠功夫，比如我们很少听说西方哪个城市下雨天被淹了，因为西方的地下排水系统非常发达，同样，排污系统和垃圾收集系统等也很发达，所以不需要在马路上倒脏水和扔垃圾。但在中国，基础设施一直被认为是隐蔽工程，是吃力不讨好的行为。不少地方只要稍微一下雨，连大型城市都会被淹，更别说小村镇了。大城市的排污和垃圾处理都不过关，小村镇就基本没有这样的系统，所以垃圾乱扔、脏水乱倒就成了必然现象。

今天，一些离北京核心城区10公里不到的小镇，公共卫生环境仍难令人满意。而在我看来，中国要真正走向有秩序的现代社会，光靠北京、上海这样的大城市核心区几栋漂亮大楼和几条宽阔马路是远远不够的。如果有一天，中国的每一个小镇、每一个村庄都整洁、漂亮、干净、秩序井然，那才是中国真正值得骄傲的时候。这一天既需要国民素质的整体提高，更需要政府转变管理思路和职能。

意大利五渔村，传说中桃花源一样的地方

五渔村：安静美好的“世外桃源”

意大利有个著名的景点，叫Cinque Terre，翻译成中文叫“五渔村”。Cinque是“五”的意思，但Terre不是“渔村”的意思，而是“土地、台地”的意思，指的是四周有陡崖的、直立于邻近低地、顶面基本平坦似台状的地貌。这五个村庄坐落在地中海边的山崖上或海湾里，在古代与世隔绝，山上没路进不去，海上想要上岸也不容易，要爬上几十米高的悬崖，一条路径，道路一封锁，一夫当关，万夫莫开。

这一已经被列为世界文化遗产的景点风景绝佳，充满了浪漫色彩和迷人的地中海韵味。风景我就不具体描述了，大家只需上网看看照片就行，任何语言都是多余的。五个村庄连成一串，互相间隔一到两公里，原来只有海上船只能到，不知道从什么时候开始，村庄之间有了小径相连（现在在小径徒步依然很时髦）。19世纪这里通了铁路，名声外传，结果欧洲人蜂拥而至，这里成了大家的旅游和休闲之地，著名诗人雪莱也来过这里。现在铁路、公路都相通，村庄上的老百姓家家都经营着和旅游相关的产业，饭店、酒吧、服装店、纪念品商店等鳞次栉比。

这些村民的先民们搬到这里时，绝对不是为了看风景。他们其实是逃难来到这里的——最为久远的时候是躲避战乱和游牧民族的杀戮，后来是为了躲避海盗的袭击，所以选择这样四面都是绝地的场所。敌人从山上过来不容易，从海里过来也要费尽周折。先民们迁移到这里后，以入海打鱼为生，同时开山辟地，在村庄周围建起一层层的梯田。据说所有梯田的石墙加起来的长度近7000公里，真是一项浩大工程，是上千年祖祖辈辈不断努力的结晶。这也是Cinque Terre的由来，就是五块土地的意思。村民在梯田上种植橄榄、葡萄、柠檬和蔬菜等，也酿出了很有地方特色的葡萄酒。这些水果、时蔬和鱼结合起来，构成了当地居民营养平衡的餐饮。由于这地方易守难攻，真成了像中国传说中的桃花源一样的地方。

这些先民们为了生存，艰苦卓绝开辟这么一个地方，可能连做梦都没有想过，会为今天的子孙留下如此一块福地，被全世界瞩目，真是前人栽树，后人乘凉。这也给了我们一个启示，我们现在做任何事情都想得很大，好像只有涉及全人类福祉的大事情才值得做。其实我们只要像这些先民一样，实实在在把自己的生活打理好，就为子孙后代留下了很好的福祉和余荫，至于其他的一切，就让老天决定和安排好了。

五渔村怎么去？自己到网上去查吧，我也是这样走到五渔村的，很是舍不得离去。尽管这里的村民没有和我说“不足为外人道也”，但世界上这样安静美好的地方不多，真怕一旦出去，会“不复得路”。

人生一定要有一次这样的旅行

地球上有两个地方最吸引我，一是青藏高原，一是非洲大地。青藏高原我去过三次，非洲我也去过三次。这两片大地，除了景色壮美，总给人一种精神自足又博大深沉的感觉。面对西藏雪山，心里自然圣洁；面对非洲草原，心境自然辽阔。非常可惜我去非洲三次都比较匆忙，一次是去津巴布韦和南非，前后一个星期；一次是去肯尼亚，也是一个星期；一次是去摩洛哥，还是一个星期。因为匆忙，每次都留下很多遗憾。所以看到毕淑敏能够在非洲大地旅行几十天，把自己的感受认真记录下来，写成《非洲三万里》这本书，顿时引起我强烈的兴趣和共鸣。既然自己还没有这样的时间，至少通过别人的叙述体会一下深入非洲大地的感受，也算是一种享受。

今天在去机场的路上、等飞机的时候以及坐在飞机上的几个小时里，我一直都在阅读。早上我先把毕淑敏的《非洲三万里》剩下部分读完。为了对毕淑敏的思想有更进一步了解，我又从Kindle（阅读器）上下载了她的散文集《愿你与这世界温暖相拥》，路上就把这本书翻阅完毕了。我的整体感觉是，毕淑敏的游记写得比她的情感类散文更好。《非洲三万里》是一本完整的游记，《愿你与这世界温暖相拥》的最后一部分刚好也是她在以色列、伊朗、不丹和尼泊尔的游记。这些游记大部分声情并茂，叙事生动，融历史和风俗于思考之中，可读性较强。一路游历和记录，总有新鲜事物出现，所以也言之有物、读之有趣。

拿到《非洲三万里》，一看封面就比较喜欢，翡翠色的封面上有温暖的太阳、起伏的山峦，一头长颈鹿在遥望着远方的大地。整本书图文并茂，文字设计和排版搭配得和谐舒适。一路阅读开去，如听熟悉的老朋友娓娓道来，文字没有忸怩作态的痕迹，也能够体会到作者对这块大地的长久渴望和热切探索。书中的每一篇文章，都把自然风景、人文见闻、历史沿革写了出来，作者并没有刻意去寻找每件事情背后的意义，但在生动的描述中，意义已经自现。从曼德拉争取平等自由、消灭种族隔离的毕生奋斗，到大草原上动物在生生死死之间形成的生态平衡所带来的生命领悟，阅读的过程中，我们不自觉就能体会到非洲大地的博大魅力。

非洲三万里，任何人的人生，都应该有这样一次旅行才不会遗憾。你想不想去？反正我想去。我想去看马塞马拉草原上动物的奔跑，我想去亲近乞力马扎罗山顶的积雪，我想去融入撒哈拉沙漠的落日余晖，我想去倾听维多利亚瀑布的轰响。这是我们人类祖先的出生地，我们必得在这片大地上留下足迹，生命才得以完整。

卡伦庄园的美丽与哀愁

这次来肯尼亚的首都内罗毕，最重要的一件事情是去参观卡伦·布利克森的庄园。喜欢看电影的人，大都知道有部电影叫《走出非洲》（*Out of Africa*）。该电影拍摄于1985年，曾获得七项奥斯卡奖。这部电影就是根据卡伦的自传体小说《走出非洲》拍摄的。她的小说自出版后被翻译成几十种文字广泛发行。瑞典诺贝尔奖委员会曾经两度考虑要授予她诺贝尔奖，可惜她最终还是和诺奖失之交臂。卡伦于1962年去世，享年77岁。

我在很久之前就读过卡伦的小说，大概在十几年前看过电影。因为小说和电影的场景就发生在内罗毕，我这次也安排了要去参观她的故居，所以在路上又下载了小说和电影，重温了一下二者的不同情节。小说更多着墨于对非洲大地的壮阔景色和人们的习俗的描写，并没有电影里跌宕起伏的爱情故事。小说尽管故事情节比较平淡，但可读性非常强。卡伦对于景物的描绘细致入微，对于非洲草原的热爱可以说从她内心喷涌而出。她驾驭英文的能力是如此卓越，以至于大部分的文字都像诗一样，很多评论家都说她的文字有种“非同寻常的美丽”。

电影中的爱情故事美丽凄凉，和小说中的描写大为不同。小说中几乎没有涉及任何爱情方面的描述，提到的主要人物丹尼斯也只是以亲密朋友的身份出现。作者对丹尼斯飞机失事、死亡和葬礼的描述，也用一种非常平静的口气进行。但电影中卡伦以一个有夫之妇的身份爱上了丹尼斯，她在对丈夫和情人的矛盾心理中开始自己的爱情之旅。因为丈夫在外面乱来，把梅毒传染给了卡伦，以致她终生不能生育，而丹尼斯对她始终不离不弃，将爱情进行到底，直到最后出事身亡，把卡伦一个人孤零零地留在世界上。

在来到卡伦庄园之前，我一直以为电影有点瞎编的成分，因为很多情节在小说中都是没影的事情。下午2点钟到达卡伦的庄园，发现周边的环境基本和小说中描绘的一致，只不过当时那个四面都有野生动物和原住民的庄园，现在已经是一个被居民区包围的热闹之地。从庄园中依然能够看到小说中反复提到的恩戈山，在蓝天的映衬下，黛色的山峦起伏。丹尼斯去世后，卡伦就把他安葬在恩戈山上，这个场景在电影和小说中是一致的。庄园的导游是一个英语还不错的黑人小伙，给我们认真介绍了卡伦的一生，我才明白整部电影实际上是卡伦真实一生的描绘。

卡伦1913年和她的堂兄巴洛·布利克森订婚。在此之前她爱上的是巴洛的哥哥，但这段爱情无疾而终。同年，她和丈夫移居到当时还是英国殖民地的肯尼亚。1914年两人用家庭积蓄建了一个咖啡种植园，建造了现在大家参观的庄园（房子其实不大，一层楼建筑）。她和丈夫脾性不合，丈夫参加了第一次世界大战，同时在外面鬼混，很快就被传染上梅毒，并把梅毒传给了卡伦。卡伦回到她的祖国丹麦治病，最后算是治愈了。但这一疾病给卡伦带来的影响是终生的，使她在痛苦和屈辱中生活了很长时间。她最后去世也是因为身体问题，她的胃因为溃疡被切掉了三分之一，在1962年因为不能进食而去世。

她和丈夫1921年分居，1925年离婚。正像电影中描述的那样，她在离婚前就遇到了丹尼斯，离婚后一直和丹尼斯同居，直到丹尼斯1931年飞机失事去世。可能是为了避免对丹尼斯触景生情的思念，也由于咖啡种植园最后失败，卡伦于1931年回到了祖国丹麦，终此一生再也没有踏上非洲这片土地。但非洲和在非洲发生的事情，日日夜夜都在她的心里和梦里，最终酝酿成了这本著名的自传体小说《走出非洲》。

在了解了卡伦的真实历程后，我在想，她需要有多大的勇气和意志力才能够在小说中如此平静优美地叙述她在非洲的生活，才能够把自己那段刻骨铭心的感情隐藏得那么深，像平静的大海一样深不可测。也许只有浅薄的爱才是喧嚣的吧，而那种深藏内心的爱只要留给自己就够了。这样的爱撕咬着生命的同时也滋养着生命，也许她的后半生就是在这种撕咬和滋养的交替中度过的。我明白了为什么她把自己的后半生交给写作，因为只有写作能够让她释放心中那从来没有消失的对非洲的怀念和对丹尼斯的思念。如果没有这部电影的话，她真实的一生就只能随着她一起消逝，留给我们的就是一部如此平静和优雅的小说而已。

毫无疑问，她的小说还会继续被人们读下去，电影也不断会有人去看。因为小说和电影，这里已经变成了很多游人来肯尼亚的必游之地。很多人来都是看热闹的，像看八卦故事一样看待卡伦的爱情。她美丽的照片就挂在庄园里，她的卧室同时挂着她丈夫和情人的照片。

卡伦庄园，现在已经是一个被居民区包围的热闹之地

大家参观的时候一路指指点点，评头论足。我默默走过她的餐厅、书房、卧室、客厅，想象着她在这里每一天的心情，想象着她得知自己得病时的绝望，想象着她在丹尼斯出去打猎的日子里（丹尼斯的工作是陪人打猎），如何一个人在房间孤独地等他回来。人总会慢慢老去，世界上没有什么是过不去的，可是很多过去的就再也回不来了。因此卡伦是幸运的，因为通过小说和电影，她的生活和爱情得到了永生。

卡伦离开非洲的时候，是坐着火车慢慢离开的。而在今天的这个傍晚，在残阳如血的黄昏，我坐的飞机冲上了天空。非洲大地在机翼下慢慢变得模糊起来，我只在这里停留了短短的一个星期，但对这片大地已经有点难以割舍，某种热爱已经播种在心里。这一瞬间，我也深刻明白了卡伦十八年的非洲生活是如何孕育了她的小说、她的生命和她的爱情。

欧洲十日：
无目的的享受之旅

下午5点40分，我们登上奥地利航空公司OS063航班，在夕阳照耀的天空中飞向北京。机翼下美丽的城市维也纳逐渐远去，蓝色多瑙河像一条丝带，在阳光下闪着金色的光芒。

从落地柏林开始，整整十天的旅行，没有太多的计划，没有太多的目的，就是出来走一走。也许走一走本身就是目的了。走了，看了，生命得到充实，心情得到改变，就挺圆满的。做事情是否有目的，要看具体情况而定，生命中有些事情有很强的目的性，并不是一件坏事。比如努力通过某次考试，过程并不一定愉快，但达到目的可以得到成就，可以因此改变人生道路，所以我们就应该心无旁骛，全力向目标冲刺。但有些事情一旦有了目的就不好玩了，比如饮食，如果只是为了吃饱肚子，就会索然无味，如果精心品味每一道菜，则每一道菜都有可能变成生命的盛宴。

人从出生的那一天起就注定了肉体的目的地不那么好玩，因为没有一个人能够逃脱死亡的结局，但人出生是为了生活，不是为了走向死亡。生活是一种过程的享受，就有了七情六欲的五彩斑斓，有了精神灵魂的领悟喜悦。因此，人的一生是体验的一生，体验生命过程中的千变万化，体验七情六欲的幻灭和升华，体验生生死死间的悲欢离合，体验尘世无常后的精神永恒。

生命如白驹过隙，如此匆匆。生命需要体验的东西实在太多，只是总觉得来不及，怎么一眨眼几十年过去了呢？该读的书还没有读，该走的路还没有走，该放弃的没有放弃，该坚守的却坚守不住。已经很努力了，但总觉得生命还在空虚之中挣扎，得到的不是自己想要的，想要的已经永远得不到。也许从现在开始，做任何一件事情之前你都应该问自己一下，这真是你想要的吗？

是的，这次的欧洲之行尽管出自偶然，但确实就是自己想要的，一种灵魂的需要。布拉格的古老街道、布达佩斯的两岸夜色、维也纳的金色剧院，还有那绵延起伏的丘陵、蜿蜒奔腾的河流、平静如镜的湖泊，已经多少年萦回在梦里，灵与肉都在等待着踏上这片土地的那一刻。欧洲十日，是一段时间太短的旅行，但对于一个饥渴的人来说，一口水也能够部分消解其痛苦。在浮光掠影之后，未来再来细细品味吧。

在迫切心情的驱使下，我们十天走了五个国家九个地方，从德国的柏林、波茨坦，到捷克的布拉格，到波兰的奥斯威辛、克拉科夫，再穿越斯洛伐克到匈牙利的布达佩斯，最后到达奥地利的小镇鲁斯特，再从鲁斯特到维也纳结束旅程。整个路程驱车近2000公里，经过几十条乡村小道和高速公路，从古老的城市走向茂密的森林，从牛羊满坡的草地进入繁华热闹的都市。一路或白云飘舞，或艳阳高照，或云蒸霞蔚，或阴霾苦雨，一路被历史洗礼，被文化冲击，被美景陶醉，被故事震撼。

走过这些欧洲的城市，最大的感受是几乎每个城市都有一条河流

摩洛哥的舍夫沙万，这座蓝色的小镇是摩洛哥最具梦幻色彩的地方

从城中穿过，极大地符合了人类逐水而居的性格。这些河流像母亲的乳汁一样养育了城市，繁荣了城市，使一个城市有了活力和灵气，有了生命和灵动。当一条河流把城市穿起来，就像一根美丽的线穿起了美丽的珍珠。施普雷河和哈韦尔河从柏林城穿过，哈韦尔河从波茨坦流过，而古城德累斯顿就坐落在易北河两岸，易北河的支流伏尔塔瓦河养育了布拉格的美丽和文化，而穿过克拉科夫的维斯瓦河，优雅地在城市边上形成一个美丽的河湾之后，留下了一座充满传说的城市，河面上总会飘来令人流连忘返的歌声。

当我们穿越美丽的斯洛伐克，沿着山间清澈的河流，经过一个个古城堡来到布达佩斯时，刚好有足够时间把车开到多瑙河边上的自由女神山上，看夕阳给这座古城披上金黄色的薄纱。在这层薄纱下，两岸的每一栋古老建筑都散发出神话一样的光芒。多瑙河在夕阳下熠熠闪光，像玉带袅娜地围在美女的腰上。不错，布达佩斯确实是一座像少女般充满青春活力的城市，尽管她有着如此古老的历史。离开布达佩斯，我们沿着多瑙河上行，最后到达了世界音乐之都维也纳。一曲《蓝色多瑙河》会让人瞬间体会到音乐和自然交融所带来的魅力，当你听着这首曲子在维也纳的多瑙河边散步，一定感同身受。

河流最早把人类带到自己身边，人类在河边创造了历史，留下了自己的足迹和文化，世世代代接续着，生生不息地繁衍。当然，每一条表面上温柔的河流都曾经有过狂野不羁和愤怒暴躁的时候，河流边上的每一个城市也都有过被河流淹没和冲毁的经历。1960年的大洪水，一夜之间毁灭了布达佩斯这座城市六万人的生命。因为害怕洪水，人类曾经有段时间远离河流，但最终又都走了回来，因为大部分河流在发完脾气后，更多的时候展示出的是养育生命的柔情。人类也逐渐学会了与河流的相处之道，我们走过的城市中，大部分都已经建设了非常完备的洪水防范机制，通过这些努力，人类与河流得以和平相处。

欧洲的古老城市，尽管不少都经历过战火与侵略、毁灭与掠夺，但总体上对城市历史和古迹的保护都做得很好。除了柏林之外，不管是德累斯顿还是布拉格，不管是克拉科夫还是布达佩斯，几百年、上千年的建筑比比皆是。不少建筑至今还在使用中，或商业或住宅，都整治得非常漂亮，保护得非常完整。我以为东欧的城市应该很少有古老建筑，但事实上经过几十年的建设，东欧的这些古老城市依然保存完好。真要说有伤害，也许是因为曾经贫困缺少修缮，有些建筑能够看出破损的痕迹。只有柏林是一座没有古老建筑的城市，那是因为在“二战”的时候，盟军的炸弹把柏林大部分的地方都炸成了一片平地。而这一悲剧的酿成不能怨盟军，只能怨德国曾经如此不理性地接纳了希特勒这样一个恶魔般的领袖人物，差点把世界和德国同时带向世界末日。

卢瓦尔河谷边的美丽梦想

Chateau de Challain，在百度上没有查到如何翻译，我就把它翻译成“夏林城堡”吧。法国皇室和各路贵族几百年来沿着卢瓦尔河谷，建起了上百座大大小小的城堡。巴尔扎克对于卢瓦尔河谷有着诗一般的描绘：“整个山谷，宛如一个翡翠杯……请你春天来吧，观赏如未婚妻一般美丽而贞洁的自然风光；或者晚秋的时候，在静谧沧桑的风景里，平复你孤独的忧伤。我们总是想生活在别处，古朴的城堡、清澈的河水、旖旎的河谷风景，时间仿佛在这里停下了脚步，流动的只有卢瓦尔河……卢瓦尔就是一个很好的别处。”法国人为了纪念巴尔扎克的这段话，专门在卢瓦尔河边的美丽城市图尔建了一个巴尔扎克广场。

沿着河谷建起的城堡有不少很有名，其中的佼佼者为香波堡（Chateau de Chambord）和昂布瓦兹堡（Chateau de Amboise）。因为这两座都是皇家城堡，和几代国王的生活、命运、秘史相连，能够引发人们窥探隐私的兴趣，参观的人络绎不绝。两者比较起来，尽管香波堡更壮观，但昂布瓦兹堡更加吸引人，一是因为紧邻卢瓦尔河景色更美，另一个原因就是达·芬奇安葬在这个城堡里面的小教堂里，让游客有充足的理由过来看一看。

蓝天下的夏林城堡

夏林城堡只不过是卢瓦尔河谷边上百个城堡中的一个，和普通城堡没有太多区别，就是一长方形建筑，四个圆形的角楼。该城堡建造于1848年，完工于1854年，据说是设计了卢浮宫扩展部分的建筑师路易斯·维康提设计的，总的来说算是一座相对比较新的城堡（尽管也有一百七十多年的历史了）。城堡是作为私人住宅来建的，但主人是谁、后来命运怎样，已经没有历史资料可以考究。可以肯定的是，那个时候法国大革命早已结束，想来城堡的主人命运应该不会太坎坷。“二战”时，这里也是被德军轰炸的地区，周边的几个大城市图尔、南特等都被炸掉了半壁江山，但可能是因为夏林城堡深入农村，炮弹几乎没有动过它一根毫毛。

这样一座没有什么故事值得说道的城堡应该早就湮灭在历史的记忆中，除了城堡的主人，不可能有人惦记它，更加不会有人穿过广袤的乡野僻壤来瞻仰它。人类是需要历史和故事的，有了历史和故事才会有存在感。我们去参观任何建筑和故居，不在于它的大小，而在于某种历史因缘或者值得纪念的人物。我们没有任何理由去造访一个没有任何来历的富豪造的豪宅，哪怕再金碧辉煌。而夏林城堡就是这样一座豪宅，在19世纪中叶由一个富豪所造，据说还是个伯爵，但那又怎样呢？法国的伯爵也是一箩筐一箩筐的，并不是每个人都有故事，都值得被人提起和纪念的。

夏林城堡默默无闻的境遇因为一对美国夫妇的到来被彻底改变。这对夫妇和这座城堡的故事可以用一句话来概括：普通人有了梦想，就会有奇迹发生。这对夫妇姓尼科尔森，在美国新泽西州长大并结婚。丈夫是一个建筑商，做房地产的，因此对建筑情有独钟，尤其对欧洲城堡更加着迷。他们在有了积蓄后，就一心想在欧洲买座城堡，至于买了城堡干什么并不知道，只是很任性地想要一座城堡，完成一个心愿。但走遍了欧洲，他们也没有看到满意的城堡，就在打算放弃之时，有人告诉他们在卢瓦尔河谷有个城堡可能会符合他们的口味。他们一路从德国开车，越过起伏的原野，来到城堡面前，第一眼就被城堡迷住了。城堡在金色的夕阳下泛着柔和的光辉，前后的水塘波光粼粼，周围高大的树木青翠欲滴。这样的景色使他们欲罢不能，最后死缠烂打，终于说服前主人把城堡卖给了他们。

在中国人心里，买一座城堡一定会很贵很贵。其实，在欧洲买一座城堡并不需要倾家荡产，有的城堡甚至可以送给你。但最关键的是你拿下城堡后，需要对这样的历史建筑进行维护，维护有国家标准，马虎不得，所以每年都很费钱。尼科尔森夫妇拿下这座城堡后，就开始思考如何以城堡养城堡。他们本来就是商人出身，有着商人的敏锐，肯定不想每年在城堡上白花一笔维护费。

很快，他们就想出把城堡改造成有特色的家庭宾馆的点子。城堡本身有上百间房子，能够住人的房间也有几十间，让游客在城堡住一夜是不错的主意，也满足了很多人住过城堡、可以拿来炫耀的虚荣心。于是他们在不破坏城堡需要保护的任何结构的基础上，开始改造城堡。改造工作很艰苦，那可是一百多年前的建筑，没有上下水道，没有卫生间，没有电路，很多房间大而无当，现在要通水通电，又不能破坏结构。但他们如此热爱这一事业，尤其是女主人辛西娅，一头扎了进去，干脆搬到了城堡居住。就这样从点滴开始，两人改造出了几十间可以住人的房间，并且每个房间布置精美，模仿了欧洲不同时期的居住风格。但后面问题就来了，这个城堡既没有历史感，又四面不着边际，谁到这里来住呢？

这时候他们的商业头脑又起作用了：让大家来城堡结婚如何？城堡本身很美丽，周围是可以举行露天派对的花园草坪，边上又有一个比城堡还要古老的教堂，是举行一场值得纪念的婚礼的绝佳场所。这一想法让他们十分兴奋，也因为这一想法，这个城堡真正开始有了生命。女主人辛西娅华丽变身，成为婚礼筹办的专家。她组织团队，有专门主持婚礼的牧师、专门的婚礼乐队、专门的婚礼化妆师和摄影师、米其林级别的厨师。

这里逐渐有了名气，越来越多来自世界各地的人特意到这里来举行结婚仪式，在城堡里装饰得颇具王室气派的房间居住两天。有些结过婚的人甚至也要到这里来重温一下旧梦。一百多年来，这座城堡只有当地人知道，像个灰姑娘一样不显山露水，现在一下子成为很多人的梦幻之地。城堡所在的小镇也开始出现生机，有了饭店、礼品店、小旅店等。

我在2015年7月28日见到了女主人辛西娅，一个胖胖的、充满活力、十分健谈的女人。我到这里来不是为了参观，而是来参加一个亲戚的孩子在这里举行的婚礼。在此之前，我对夏林城堡一无所知。来之后了解了前因后果，大大地被尼科尔森夫妇的故事励志了一下。从热爱城堡到购买城堡，再把城堡变成举办婚礼的天堂，是他们的热爱和创意改变了这座城堡的命运。

那个晚上，壁炉温暖的火焰忽明忽暗地闪烁，我舒适地坐在沙发上，听辛西娅讲述着他们一家和城堡的故事，把家庭的事情也一股脑儿倒了出来。她有五个孩子，大的已经30多岁了，小的才刚刚上高中。

现在她已经是九个grandchildren（孙子、孙女、外孙、外孙女）的奶奶了。我惊叹一声，真是看不出来啊，因为她看上去一点都不老。尽管我知道在西方问年龄是不礼貌的，但我熬不住好奇还是问了，结果得知她居然比我还年轻一岁，出生于1963年。

从辛西娅身上，我看到了她对家庭的热爱、对孩子的热爱、对城堡的热爱，更加重要的是对生命的热爱。她的生命是有温度的，她充满热情一刻不停地忙碌着。她的孩子们现在都在美国，她就把来这里的每一对结婚的年轻人当作自己的孩子，亲自布置房间，亲自下厨，甚至亲自上菜，给人的感觉就像有一个妈妈在身边忙碌，温馨而踏实。

我们很多人也在忙碌着，忙碌着干自己觉得无趣的工作，忙碌着追求自己怀疑的事业，忙碌着天天挣钱买汽车和房子。我们的欲望一年一年水涨船高，但我们确实没有认真思考过生活到底是什么，我们的一生该如何去追求有意义的生命之旅。尼科尔森一家好像不用思考就知道生命应该怎样度过，做什么事情对自己和世界有意义，如何通过给别人带来欢乐而让自己欢乐。

想到城堡，我们通常想到的是阴暗、恐怖的场景，因为很多恐怖电影都是以城堡为背景拍摄的，因此城堡常常和可怕的事情联系在一起。来到夏林城堡，我却发现城堡给人如此不一样的感觉：温馨、美丽、浪漫、梦幻。离开城堡的那天早上，我独自到城堡后面的花园去散步，紫色的薰衣草正在清晨开放，特有的香气在空气中弥漫，淡淡的雾气正从地面和水上升起，袅袅婷婷地飘逸。晨雾中的城堡，因为尼科尔森一家的努力，正在放射出迷人的光芒。

圣米歇尔山：灵魂之上与尘嚣之下

不知道大家有没有听说过这句话："没有到过圣米歇尔山，就没有到过法兰西。"大多数人都知道卢浮宫和凡尔赛宫，但并不知道圣米歇尔山。

要了解圣米歇尔山，就要先了解圣米歇尔。圣米歇尔是谁呢？米歇尔是《圣经》中为数不多的被提到名字的天使之一，也是唯一具有天使长头衔的天使。他在上帝身边，为维护上帝的统治不遗余力，领导天国大军击败了象征邪恶的撒旦恶魔，标志着善的力量最终战胜恶的势力。《圣经·启示录》第12章里是这样描述的："在天上就有了争战。米歇尔同他的使者与龙争战。龙也同他的使者去争战。（龙）并没有得胜，天上再没有他们的地方。大龙就是那古蛇，名叫魔鬼，又叫撒旦，是迷惑普天下的。他被摔在地上，他的使者也一同被摔下去……"

因为圣米歇尔代表了善的力量，所以在末日审判中，他可凭手中天平称量人类为善与作恶的分量，作恶的就被撒旦带进地狱，为善的则由圣米歇尔领入天堂。所以人类灵魂能否升入天堂，就看圣米歇尔是否让他通行，可以说圣米歇尔直接掌握着人类的灵魂，决定了灵魂是通向天堂还是进入地狱。我们现在看到的圣米歇尔雕像，一般都是一手持宝剑，一手持天平，宝剑象征和撒旦作战，天平用来称人的灵魂。

知道了圣米歇尔的故事，就不难明白为什么人们要为圣米歇尔建造修道院和圣殿，专门来祭拜他了。早在圣米歇尔山之前，在意大利等地就有了纪念圣米歇尔的教堂。人类一方面对圣米歇尔能够战胜撒旦表示崇敬，另一方面总是带点私心，不管自己在人世间的行为如何，都希望自己的灵魂能够进入天堂。对于相信天堂和地狱的人来说，大多数人都会害怕自己进入地狱，因此心生恐惧。来祭拜一下圣米歇尔，心理上会感觉自己离天堂近一点，可能在天平上善的分量就会重一点。不难理解，对于掌握着自己命运的天使长，人类是不能不讨好的，尽管这样的讨好在神那里不一定管用。

圣米歇尔山是天主教中除了耶路撒冷和梵蒂冈之外的第三大圣地。这样的地位是如何来的？纪念圣米歇尔的教堂不止一个，为什么偏偏圣米歇尔山这座小山如此有名呢？首先我们来看看法国人对圣米歇尔的态度。法国人对于圣米歇尔有着特别的偏好，他被视为法兰西的拯救者，是英法百年战争中驱逐英国势力的神。圣女贞德说圣米歇尔给她神召，告诉她："我是米歇尔，法兰西的守护人，请起来解救法国国王。"把圣女贞德和圣米歇尔连在一起，法兰西人民对于圣米歇尔山有了别样的亲近。百年战争期间，圣米歇尔山上的人们坚决抵抗英国人。英国军队猛烈进攻长达二十四年，圣米歇尔山岿然不动，这让大家觉得圣米歇尔确实在庇护着这座圣山，所以有了群众基础，"香火"更加旺盛。

除了群众基础外，圣米歇尔山的地理环境使它不止于一个普通修道院。它的存在足以勾起人们的好奇心，远道跋涉来看一看这个地方。圣米歇尔山坐落在大西洋岸边，面向英吉利海峡。此地退潮时露出辽阔海滩，站在海边四顾远眺，除了西北方向的一个小岛屿（峒伯兰岛），还有更加遥远的诺曼底海岸线之外，没有任何制高点。圣米歇尔山海拔88米，是当地唯一一座高出地面的孤山。更加有意思的是，退潮的时候沙滩和地面相连，变成陆地的一部分，涨潮的时候孤山就变成了孤岛，四面是浩荡的海水。在古代的时候，人们只能在退潮的时候上岛，如果回来得不及时，就会被困在岛上。

这里还有一个特点，涨潮的速度之快常常令人措手不及，几十公里一望无际的平缓沙滩让涨潮的平均速度每分钟能达到62米（可以和中国的钱塘江潮相比）。人在沙滩上根本就来不及跑回来，因此以前每年总有十几人被潮水卷走（现在被卷走的人好像不多了）。英法百年战争中，英国人之所以没有攻下圣米歇尔山，就是因为进攻刚开始，潮水就来了，潮水一来就得撤退。山上的人也就有了喘息的时间，物资又能够在涨潮时通过大海运送过来，英国人只能干瞪眼没办法。现在的圣米歇尔山已经有栈桥和陆地相连，基本上除了遇上特大潮水，二十四小时人们都能够来去自由。上千年来，沉积物越来越多，本来离开陆地有几里路的圣山，现在基本和陆地相连。站在已经长满青草的陆地岸边，已经很难想象当时在一片渺茫的沙滩上海浪汹涌而来的壮观。

当然，如果今天圣米歇尔山是一座秃山，海潮再壮观也是不会有人来朝拜的。所以最终让大家不远万里来到圣米歇尔山的还是它的故事和它错落有致的建筑。岁月让故事变得更加神秘，山上的教堂也越建越高，在山的高度之上更加有了神的高度，而神的高度因为人的努力变得更加神秘和迷人，人类自己编织的故事把自己给迷住了。

这座圣山有点像中国的普陀山。普陀山本身环境优美，加上又成了观音菩萨的道场，所以香客和游客就络绎不绝了。这两座山都正好应了“山不在高，有仙则灵”的说法。有传奇、故事和历史，才能够打造一个地方的魅力。圣米歇尔山一开始就是有故事的地方。在圣山上造教堂，始于该地区的欧柏主教。那是在公元708年，据说圣米歇尔晚上托梦给他，让他在山上造一座教堂。因为欧柏的犹豫，圣米歇尔连续三次托梦给他，还用手指敲击他的头颅。山上的第一座教堂就此诞生。在此之前，这座山叫作坟墓山，听名称就知道基本是个人迹罕至的野山。但从此以后，圣米歇尔山逐渐变成了天主教的“香火”旺盛之地，各种神迹也越来越多——比如妇女在海水中分娩居然没有被冲走；犯罪的女子被某种自然力量挡住，只有在忏悔后才得以进入；意大利的一位修士因为带走圣山的一块石头立刻生病等。

这些神迹的流传又带来了更多的人群，以至于在一千年前就出现了因为拥挤人被踩死的事故。不过，圣米歇尔山并非一直是圣山，英法战争时期这里变成了一个战斗堡垒。法国大革命之后，革命分子废除了修道院，把这里变成了一个大监狱，先是关押政治犯等，最后变成了一个纯粹关押刑事犯的地方，最多的时候里面同时关押了一万多名罪犯。直到1863年，革命早已经消停，法兰西帝国颁布了一项法令，才让圣山又恢复了原来的宗教功能。

圣米歇尔山历经沧桑，一千多年来变得更有魅力。今天的圣米歇尔山，旅游功能已经大于宗教功能，更多的人是闻名来游览，不是出于信仰来朝拜。山上的建筑是吸引人来的重要原因之一。随着时间的推移，建筑越建越多，互相叠加，随山势层层盘旋，沿山建起的小教堂，最终托起了主教堂的高度。放置圣米歇尔金像的尖塔，已经超出了山顶近百米的高度。站在远处看圣山，可以清晰地看到整座山作为基石，其上房屋叠加上升至尖塔的景象，巍峨壮观，迎风挺立，直入云霄。站在顶楼的平台上，远眺大西洋那一望无际的沙滩和地平线处闪光的海水，自有一种超凡脱俗的感觉。如果这里是一处纯粹的观景之所，则有“心旷神怡，宠辱皆忘，把酒临风，其喜洋洋者矣”的感觉了。

就我个人而言，圣山最吸引人的还是山脚下的村庄和小街。随着圣山声名日隆，越来越多的人来朝拜，圣山脚下形成了一个可供吃喝拉撒睡的村庄集市。一条小街上，各种商店和房屋鳞次栉比，人群熙熙攘攘，给人一种尘世的热闹和温馨。在众多商店中，有一家店里的布拉妈妈黄油酥饼干尤其有名，在小街上走着，尝一口黄油酥饼干，别有一种尘世的留恋在心头化开，让温暖遍及全身。也许，我留恋于尘世更甚于进入安静的天国，在各种教堂中穿行的我，脚步匆匆而过，但在山脚下的小街上，我却流连忘返，久久不愿离去。

生命的毁灭与尊严
——记奥斯威辛之行

这个地方，既不是一座城市，也不是一个景点。要不是因为希特勒在这里建集中营迫害犹太人，今天这里应该只是默默无闻的一个小地方。但现在这个地方几乎每个人都听说过，几乎每个人在听到这个名字的时候都会有点不寒而栗。因为从1940年到1944年，有上百万犹太人、波兰人，还有苏联战俘，在这里被迫害致死。这个地方叫奥斯威辛。

在去奥斯威辛的路上，一路下雨。从布拉格驱车500公里，从宽阔的高速公路驶入狭窄不平的波兰乡村公路，即使在今天依然能够感到这个地方的闭塞和隐蔽，要是没有GPS导航，要找到它都是一件很困难的事情。当初德国的党卫军就是因为这里的隐蔽而在这里建造了集中营，最初是为了关押波兰政治犯和苏联战俘，但很快他们就发现这里是屠杀犹太人的最佳地点。火车源源不断把人运过来，一个集中营明显不够使用，于是德军在三公里外的比尔科瑙又建了一个集中营。这个集中营的规模比第一个至少大五倍，运人的铁路直接铺设到集中营里面。犹太人被运来后，德国人从中间挑出一些身强力壮有劳动力的人，其他的人不管妇女还是孩子，直接送进毒气室，被送进毒气室的人达到总人数的75%左右。

现在的毒气室和焚化炉已经是一片废墟。德军撤退的时候，为了毁灭罪证，用炸药把毒气室和焚化炉全部炸毁。我到达废墟现场的时候，天空飘着小雨，我没有打伞，伫立雨中，任由雨水打湿我的头发和衣服。面对这片看上去并不是很大的废墟，你很难想象这里曾经用毒气毒死过一百多万人，焚烧过同样多的尸体。你也很难想象同为人类的纳粹能够心狠手辣到这种地步，不论儿童妇女，竟然能够心安理得地把他们统统处死。然而，这就是事实。

也有德国的旅游者到这里来，为他们前人所犯的罪行痛哭流涕，甚至长跪不起。但这样灭绝人性的事情，人类确保不会再犯吗？只要人类互相还有仇恨，只要还有人为了权力和利益不惜一切，杀戮其实离我们并不遥远。世界上不同民族之间，甚至同一民族之间的互相冲突和残杀，依然每天都在不同的地方上演。一个民族不为自己犯过的错误和罪行真诚检讨，这个民族就不会进步，一旦有合适的土壤，历史一定会卷土重来。

现在的集中营遗址依然被当初德军竖立的铁丝电网包围着。一号集中营的营房，由于建造得比较结实，都按原样保留了下来，被开辟成了博物馆。博物馆的墙上，挂着成千上万在这里被关押和死去的人的照片。这些照片有老人有年轻人，有男有女，大部分人的脸上充满惊恐，但有些人脸上却有着微笑，不知道是面对死神的无畏，还是向往新生的勇敢？在博物馆，我看到了被关押的人画的壁画，读到了被关押的人写的诗歌。生命即使在这种环境下，也没有失去尊严。

在比尔科瑙的二号集中营，由于很多棚屋是当年临时建起来的，不少已经倒塌，留下的一些供游人参观凭吊。在恐怖的集中营营房周围，居然大片大片开放着各种野花，黄色的、紫色的、红色的、白色的，从营房延伸开去，一望无际。是不是那些已经消逝的生命，以另外一种方式重回世界，宣示生命的尊严？万恶的集中营，尽管到处被野花覆盖，依然是人类身上不可磨灭的伤疤，时时警示我们要防止历史悲剧的重演。开车离开集中营的路上，不远处看到一对新人正在路边的教堂举行婚礼——人类对生命和幸福的渴望与追求每分钟都在进行。

我曾经对一个朋友说，我到达每一个地方，都会买一张明信片，作为对生命旅程的一种纪念。但是在奥斯威辛，我买不到明信片，这是一个没有明信片的地方！确实，在这里，人们没法寄出代表着欢快和轻松的明信片。

喀什之行

到喀什去不是我自己的意愿或安排。一个月前，黄怒波热忱邀请我参加首届喀什丝绸之路经济带国际论坛。他参与了论坛的组建，同时安排了中坤企业家分论坛。怒波是我北大的师兄，也是我佩服的人，登过三次珠峰，为人平和谦虚，求他办什么事情从不拒绝。所以这次他希望我去捧场，我自然不能拒绝。而且我还从来没有到过喀什，去看一看也增长自己的见识。

尽管只有短短两天，喀什之行还是给我留下了一些珍贵的记忆。飞去的时候，一路天气晴好，我刚好坐在靠窗的位置，看尽了大地风景的变迁。飞出北京时大地一片绿色，一个多小时后就断断续续出现了沙漠，和绿色的农田扭在一起。越过贺兰山之后，基本上就以黄色为主，或为沙漠，或为土丘，或为戈壁滩。进入新疆后看到了绵延不绝的天山山脉，点缀着座座雪峰。由于蓝天下能见度很高，在接近乌鲁木齐时看到了高峻雄伟的博格达峰，那是天山东部的最高峰，山上的积雪和冰川在阳光下闪耀着光芒。每次见到雪山，我的内心都会升起神圣而不可言传的感情，那是一种对雪山的崇拜、敬畏和致礼，也是一种对于不可企及的高度的热爱和崇敬。

飞机从乌鲁木齐再次起飞后，又经过了一大片雪山，显得更加高峻雄伟，山中冰川条条可见。我地理知识有限，不知道是哪座雪山，下飞机后查地图，才知道这依然是天山。天山绵延2500公里，分为东天山、北天山、中天山和南天山。飞机经过的应该是中部天山，山峰平均海拔5000米以上。南部天山已经进入吉尔吉斯斯坦和哈萨克斯坦境内，平均海拔6000米以上。可惜在飞机上看不到南部天山。下飞机的时候，内心充满了看到雪山的喜悦。老天让我一路如此清晰地看到天山，是对我这次行程的最大奖励了。

除了一路看天山，第二大收获是去参观了香妃墓。怒波在喀什投资了十几个亿，整合了周边几乎全部的旅游资源，香妃墓也在他旅游公司的管理之下。香妃是乾隆皇帝的一个妃子（容妃），据说当年香妃被哥哥带去京城朝贡，被乾隆看上了，从此就留了下来。传说“香妃”这一称呼来自她身上散发出的迷人香味。香妃去世后，遗体被安排运回了喀什，安葬在家族的墓园里。

此家族曾经是喀什的贵族，叫阿巴克霍加家族。墓园的外表很有点小泰姬陵的味道，看得出来是同一种风格。进了墓园才知道里面安葬的是一个家族的几十个人。墓园里的棺材并未入土，而是排列在很大的平台上面，男人的棺材大而居中，女人的棺材要小一些。香妃的棺材更小，只占据了边角上一个不显眼的位置，用红绸布盖着，并没有像汉族的传统一样，当了皇帝的妃子就要放在中间显贵的位置供奉。

从墓园出来又去看了喀什的古城。怒波在古城旁边做了一块很大的商业地产，未来将是喀什最热闹的商业中心之一，为边疆发展做了贡献。当初古城民居被定成危房，已经准备把老百姓迁走后拆除。最后怒波力排众议，说服政府把古城民居作为城市遗产保护了下来，现在已经是保护最好的伊斯兰古民居了。政府进行了修旧如旧的改造，将其打造成了一个旅游点，老百姓也在里面安居乐业。我很佩服怒波保护历史遗迹的热情和努力。我去参观过他在安徽桐城保护的古镇和在北京门头沟保护的古村落，真是不遗余力。如果内心没有对这些东西的热爱，是做不出来的。

由于以前新闻报道中的一些恐怖事件，没有到过喀什之前，有人觉得到那里有一定的危险。也有朋友劝我不要去喀什，免得有意外。在到达喀什前，我也想着喀什一定到处都有武装的战士和警察，人们根本就不敢在马路上行走。到了喀什才发现，前面的假设都不存在，这是一座安宁的城市，人们安静地在马路上行走，或者骑着摩托车、自行车来往，一点恐怖的痕迹都没有。喀什的居民大多数是维吾尔族同胞。我们三三两两出去散步，遇到维吾尔族人友好地打招呼，他们也都友好地回答。还有维吾尔族学生把我认出来，拉着我照相的。环球时报社总编辑胡锡进说："昨晚我和同事两个人在喀什街头跑步，跑到了老城区，今天早上我又独自一人跑到老城区，这里很安全。"从城市气氛到人们的言行，我们都能够感到，这片土地就是中国实实在在的一部分，是祖国不可分割的一部分。

晚上的时光是美好的。喀什和北京时差三个小时。夏天本身就天黑得晚，加上时差，喀什到晚上10点钟还可以看到晚霞挂在天空，11点的时候还有亮光。各路朋友大部分初来乍到，比较兴奋，在参加完政府安排的招待会后，怒波约大家在宾馆前的广场上喝啤酒吃烤串聊天。氛围一定是热闹的，大家有说有笑，聊各种话题。时不时还有人把我认出来拉着我照相。我喝到高兴处要了一瓶伊力特曲，几个人一分，瞬间就喝完了。回到房间已有醉意，没有洗漱便倒头睡去。

第二天早上起来，我被安排参加了喀什中亚南亚交易会的开幕式，又参加了上午的官方圆桌论坛。论坛轮到我发言，我提出了喀什想要长远发展，首先需要把喀什大学打造成世界一流大学的观点。任何地区的核心竞争力一定是教育的竞争力，这对于一个国家是这样，对于一个地区也是这样。我对中国的担忧，最大的担忧不是今天中国的经济改革，而是教育的僵化和短视，没有办法培养出未来三十至五十年中国和世界所需要的人才。

下午参加了中坤的企业家分论坛。在分论坛上，我演讲的题目是“要成为一个优秀的企业家必须具备的五大特征”。这五大特征是：勇气（胆略）、眼光（直觉判断）、气度（格局与容人用人）、好学（进步）、理想（坚持价值观）。我的观点是，一个人或多或少具备了这五种能力，就基本能够成为可以做出长久的有价值事业的企业家了，当然也可以成为其他领域的成功人士。

演讲得很匆忙，因为要赶飞机。坐在回北京的飞机上，乘务员广播通知，飞机半小时后落地北京。我看了一眼舷窗外，天空一片漆黑，大地上有星星点点的灯火，也许是照亮人前行的路灯，也许是小城家庭的欢乐之光。

谢尔盖：以凡人的刻苦步入圣人的境界

在莫斯科东北70多公里的谢尔盖耶夫市，有一座修道院叫谢尔盖圣三一修道院。这是俄罗斯东正教的圣地，在俄罗斯东正教徒心目中的地位几乎等于梵蒂冈之于天主教徒、耶路撒冷之于基督教徒那样神圣。

这一修道院的出现是因为谢尔盖这个人。他的故事有点像中国禅宗六祖慧能的故事，是一个人努力创造了一个宗教时代的故事，也是一个很励志的故事。任何宗教都会出现一些特别励志的人物和故事，这些故事不仅让教徒热血沸腾，也能够让普通人血脉偾张。中国佛教中的玄奘、达摩、慧能、弘一法师就属于这类人。在俄罗斯东正教中，谢尔盖就是这样一个人物，在艰苦条件下以一己之力弘法，筚路蓝缕，终得正果。

1314年，谢尔盖生于罗斯托夫的一个富裕家庭，据说他自童年时代起就习惯于独自通过祷告、禁食与劳动来寻求拯救。这个说法和我们说玄奘从小就有佛缘一样（玄奘11岁便随哥哥入寺受学《法华经》《维摩经》，13岁于东都洛阳净土寺出家）。1337年，谢尔盖23岁，他决定和哥哥斯蒂芬一起去荒野之地，在一块被森林环绕的小丘空地上修建隐修院，这就是三一修道院的前身。他们为自己建造了单人房间和小教堂，以便可以专心侍奉三一上帝（圣父 、圣子、圣灵三位一体）。

可以想象这样的生活非常艰苦，尤其到了冬天，滴水成冰，寒风呼号，森林中食物短缺、资源匮乏。他哥哥因为忍受不了严冬与饥饿选择了离开，去了莫斯科城里的修道院。而谢尔盖默默待在荒野里的小教堂，独自过着严厉的苦修生活——读经、劳作与祷告。随着时间的推移，他的努力感动了很多人，其潜心修行的美名开始四处传扬。虔诚的修士和教徒开始来寻求他的指导，各地的农夫和市民们也习惯于来这里祈求谢尔盖的祝福与教诲。

到此为止的故事就是一个人修成正果的故事。像谢尔盖这样的人远不止一个，那为什么谢尔盖三一修道院后来变得那么有名呢？思想或者宗教的弘扬需要有几个方面的条件，有圣人，有故事，有群众基础，最重要的是有统治者的支持。比如儒家思想成为封建中国的正统思想，就是因为有孔子、有故事、有思想、有群众基础，但主要是因为统治者支持，“罢黜百家，独尊儒术”。在统治者的鼎力支持下，儒家思想作为正统思想绵延千年。谢尔盖三一修道院的发展基本也是沿着这个路径。

谢尔盖把耶稣的话当作自己的行为准则：“正如人子来，不是要受人的服事，乃是要服事人。”他为周围的人树立了谦卑与勤劳的榜样，不仅每天主持礼拜仪式，还亲自碾磨小麦和做生面团，发酵面包，为修士们准备食物、擦靴子，给每个房间的桶里灌满泉水。而他自己成夜祷告，却只吃一点面包和清水，无时无刻不在工作。圣人的形象已经跃然纸上，实际上他活着的时候就被尊为圣人了。

对于古代穷困的老百姓来说，宗教信仰除了寻找精神安慰，就是为了祛除病苦。据说许多人因为听了谢尔盖的祷告而病愈。这一名声像水波一样圈圈扩散，无数的朝圣者、病患者和穷人都来向他寻求安慰，治疗病躯。17世纪中期后，这里能够治愈百病的名声在外。1644年，教堂门廊在维修时涌出了一股清泉，据说泉水治病有奇效，第一位被治愈的是一位瞎眼的修道士，用水洗眼再见光明。从那以后，数以万计的朝圣者用圣水来医治与安抚他们的痛楚。人们还将泉水带到各地，去治愈更多患病者。为了方便大家取得源源不断的泉水，1872年修道院修筑了华美的天棚，安装了十字形喷池，终年泉水不断。我也用手接泉水喝了一口，确实清冽甘甜，沁人心脾。

有了圣人，有了治病的圣水，来的人自然络绎不绝。但到此为止，三一修道院依然是一个民间信仰之地，而最终给予此地神圣地位的是统治者的力量。1237年以来，俄罗斯民族受到蒙古人（成吉思汗和其子孙的金帐汗国）的统治，这一异族统治持续了将近两百年。1380年，莫斯科大公德米特里为了把俄罗斯人从蒙古人的统治下解放出来，为了他的军队能够取得胜利，来请谢尔盖祈祷神灵，赐予祝福。军队因为得到圣人的祝福而充满勇气和斗志，在顿河河畔库里科沃旷野大败蒙古马迈的军队。这次胜利振奋了全军士气，德米特里大公因此被称为“顿河的德米特里”。随后德米特里成为三一修道院的长久资助人。

16世纪，俄国历史上第一位沙皇伊凡雷帝对谢尔盖有着特别的敬仰。在他统治时期，专门为修道院扩大地盘，修了结实的环绕石墙和12座塔，到现在还傲然挺立。随后又建造巨大而华丽的教堂，完全是克里姆林宫圣母安息大教堂的翻版，连名称也一样，这座教堂现在还是这个修道院教堂群落中最亮丽的。著名的画家们随即来到，在教堂墙壁上画满了各种优美的壁画，这些壁画现在看起来依然美不胜收。至此，谢尔盖圣三一修道院的宗教地位和政治地位全部奠定，岁月不能使它黯然失色，只能使它更加熠熠生辉。

俄罗斯人一直认为东正教的正源在俄国。在20世纪的苏联社会主义时代，领导者主张人民不信教，甚至毁掉了很多教堂，但东正教在老百姓心目中的地位根深蒂固。苏联解体后东正教迅速恢复，连总统普京也是东正教徒。

在莫斯科克里姆林宫里也有一个教堂集群，但那都是因为沙皇的需求而建立的，教堂的历史无非和这个沙皇或者那个皇族有关。和这些教堂相比，谢尔盖圣三一教堂才是真正有灵魂的地方。从谢尔盖来到这片森林中苦修开始，直到今天已经过去了七百多年，他留下的不是一个修道院，而是整个俄罗斯民族的精神寄托之所。谢尔盖以一己之力，打通了人和神的关系，以凡人的刻苦步入了圣人的境界，并且给世间疾苦迷茫之人指出了一条修行之路，同时成为民族的精神脊梁之一。不能不说，这不仅仅是他的成就，也是一个民族的幸运。

古城徜徉：品味摩洛哥之旅

初识摩洛哥人

到摩洛哥之前，在网上查阅相关资料和注意事项，看到不少人写的游览摩洛哥注意事项：在热闹的地方看好自己的物品，因为小偷比较多；如果有人主动上来带路或做导游，一定要拒绝，否则最后会被漫天要价；买东西的时候一定要小心，否则被宰的可能性几乎百分之一百。给人的感觉一到摩洛哥，不是走进贼窝就是遇到强盗。还没有踏上这片土地，就已经心怀忐忑、手心捏汗。

然而，在摩洛哥旅行了十天，是否有小偷我还真不知道。在一些热闹场合，我背着双肩包自由穿行，好像也没有遇到有人要抢我的东西。当然我也有几分警惕，尽量不去太拥挤的地方凑热闹。我碰上的大部分摩洛哥人都还比较面善友好。摩洛哥比较开放，接触外来人士比较多，大部分女性也都落落大方。由于整体心态比较包容，国民气质就多了一分见过世面的从容。

摩洛哥人个性整体上比较欢快，在马路上很少看到愁眉苦脸的人，也没有太多行色匆匆的白领。这也许和这个国家常年享受阳光灿烂的亚热带天气有关，空气中弥漫着某种慵懒自得的气息。西边浩瀚的大西洋涵养胸怀，东边撒哈拉沙漠打磨坚毅，直布罗陀海峡和地中海把这块土地和世界相连，北接欧陆，东连亚洲，各民族自古在这里交汇融合，形成了多民族共存的局面。现在人口主体以阿拉伯人和柏柏尔人为主，但不少人一看就是混血后代，血管里流淌着世界的血液。据说最早的柏柏尔人，就是非洲土著和欧洲金发碧眼的白人混血而产生的民族。今天把摩洛哥的阿拉伯人和柏柏尔人放在一起，你也很难一下子发现他们的肤色和长相有什么明显的区别。

大家在网上议论比较多的是在旅游地点被人敲诈的事情。这种情况确实有，但通常只有在旅游热点城市，比如马拉喀什或者菲斯才会遇到。这也是全世界旅游地的常见现象，就像北京的长城或者西安的秦始皇陵兵马俑一样。旅游商业必然会催生一批以此谋生的人，用各种手段赚取游客口袋里的银子。只要预先知道如何防范，就基本不会上当受骗。在摩洛哥，如果你不需要让人带路，就一定不要理睬主动走上前来和你搭讪的人，不管是小孩还是成人。他们会非常热情地带你到要去的地方，但紧接着就是伸手要钱，而且开口就是大价钱，让你产生强烈的被人敲诈的感觉，给本来美好的旅程蒙上不快。要防范这样的事情，一是不要理睬主动接近你的人，二是如果你真的要问路或需要向导，一定要预先讲好价钱，并且要说清楚币种，只要这两点敲定了就不会有什么意外。即使是这些“狡猾”的带路人，也不能算是坏人，你只要态度强硬一点，他们通常也会知难而退，不会出现当地人对你群起而攻之的情况。

我在摩洛哥的两次与向导打交道的经历让我对摩洛哥人心怀好感。这两次经历一次是在联合国文化遗产保护地阿伊特·本·哈杜村，一次是在海滨城市丹吉尔。我们在阿伊特·本·哈杜村游览时，在村口碰上一个长相相当英俊的小伙子，名叫哈桑。哈桑英语不错，一路陪着我们参观讲解。我担心被他敲诈，问他需要多少费用，他说随便，我心里一紧，再看看小伙子一脸无辜，心里就想，如果被他敲诈，大不了最后就是和他讨价还价而已。

在摩洛哥两天，我已经学会了在讨价还价中寻找乐趣。小伙子一路热情，最后还带我们到了他家。他家就在古村落里，土坯房子，居然收拾得很不错，有干净的厨房、客厅、卧室。他把老婆孩子介绍给我们，带我们进入客厅。客厅铺满了手工编织的地毯，我们席地而坐，他给我们煮了很好喝的薄荷茶，给我们看了他参加电影《角斗士》拍摄的剧照，并把手工地毯一条条抖开给我们介绍。我明白他是希望我们购买他们家的手织地毯，但考虑到地毯随身携带的麻烦，我还是抗拒了内心的柔软。离开时我主动给了他100迪拉姆（相当于70元人民币）的导游费，他一点都没有嫌少，欢天喜地地把我们送到村口，依依不舍地看着我们涉河而去。我们过河回头看，他居然还在村口站着向我们挥手。

在丹吉尔，我们在老城里面闲逛，逛着逛着就迷路了。丹吉尔的老城，街巷纵横，七绕八拐，十分容易迷失。我们只好停下来，向一个推着手推车去干活的中年人问路。在中国就算我们遇到好心人，对方最多也就指指方向而已。没想到这个中年人，推着手推车，掉头就带着我们走过好几条小巷，到了我们想去的地方。我心里想着他会要钱，静等敲诈，没想到他推着小车回头就走了。这让我心里着实感动了一下，追上去给了他20迪拉姆，他笑了笑，也很大方地收下了。这一经历让我在后面几个小时的行程中心里充满了愉悦。

我们租的汽车是带司机的。帮我们开车的司机叫犹赛夫，是个阿拉伯人，话不多，但做事很实诚。摩洛哥是个交通规则执行得很好的国家，在路上很少看到有人横冲直撞开车，乱超车、乱停车的现象也不多见。犹赛夫是个好司机，一路没有一次违反交通规则。有一次前面有辆很慢的车，马路中间是实线不能超车，结果他不急不慢跟了十几分钟，而另一侧前面道路上几乎一辆车都没有。在瓦尔扎扎特，我相机的充电器丢了，他就开车带我满大街找能够买充电器的地方，最后终于在一家照相器材店找到了一个旧的充电器，好说歹说让店主卖给我。司机一路陪着我，帮着砍价，给我留下了很好的印象。

一个国家的素质，往往不是大楼有多高、设施有多现代、装修有多华美，甚至不是科技水平有多先进；一个国家的素质，往往体现在普通国民的一举一动、一言一行之中。在摩洛哥，尽管你见不到太多的现代化痕迹，没有摩天大楼、高速列车，也没有太多的名牌汽车，但国民的整体素质让人非常放心。这是一个尊重传统、思想开放、做事有底线、不急功近利的民族。国民的生活不算富有，但大部分人脸上有某种安宁自足的表情。

近些年，越来越多的中国人去国外旅行，但却会有一些惹人生厌的行为：随处涂鸦、随地吐痰、大声喧哗、加塞拥挤等。现在到摩洛哥的中国人还比较少，摩洛哥人对待中国人还非常友好，但已经出现了一些不愉快的现象。真希望中国人走向任何一个地方，都能够给人留下美好的记忆和良好的印象，而不是被人侧目而视。在摩洛哥的一个小镇，一位普通男性走上来，握着我的手一个劲夸中国人好，我以为遇到了骗子。原来，他的胳膊曾经摔伤了，是一位中国医生帮他治好的，所以他见到中国人就像见到亲人一样。希望中国能够多一些像这个医生一样的人，在出国旅行的时候，收敛自己的不当行为，尊重当地的文化传统，把善意和美好留下来。

城市的颜色

在摩洛哥旅行，基本上以游览城市为主。城市与城市之间的距离，少则几十公里，多则几百公里。开着汽车，一个城市接一个城市地逛，每个城市都能够逛出不同的味道来。城市间除了历史不同之外，还有一个最大的不同，就是几乎每个城市都有自己的颜色。其中给我印象比较深刻的城市是卡萨布兰卡、马拉喀什、依弗兰、舍夫沙万、丹吉尔和艾西拉小镇。

卡萨布兰卡在我头脑中是异国他乡和浪漫爱情的代名词，也许是因为电影《卡萨布兰卡》（*Casablanca*）和主题曲《时光流逝》（*As Time Goes By*）所产生的印象。卡萨布兰卡又称达尔贝达，阿拉伯语意为“白色房子”，后来西班牙殖民者改叫卡萨布兰卡，也是“白色房子”的意思。摩洛哥独立后，城市名又恢复为达尔贝达，但大部分人只知道卡萨布兰卡，不知道达尔贝达，连摩洛哥各处的路标也都写着卡萨布兰卡。整个城市确如其名，以白色房子为多，即使是新城区的现代建筑也以白色为主调。靠近海边的老城，更是统一白色，只不过天长日久，经过风吹雨打，大部分白色变成了陈旧的奶黄色。

走过摩洛哥一些城市，发现白色是被普遍接受的颜色——首都拉巴特以白色为主，古城菲斯也以白色为主，还有一些依山而建的小城镇，以白色为主的房子层层叠叠，把整座山装扮成错落有致的民居风景，很有美感，其风格好像有点受古希腊民居风格的影响。在所有城市中，好像卡萨布兰卡最没特色，到了现场，也感觉不到太多浪漫，城中有个Rick's Café（咖啡馆），可惜和电影半点关系都没有，是电影出名后商人仿造的一个咖啡店。后来想想，没有特色的卡萨布兰卡，其最大的特点就是在大西洋的海浪声中展示出自己的包容和大气。

从卡萨布兰卡向南200公里左右，就到了历史文化名城马拉喀什。马拉喀什坐落在阿特拉斯山北麓，整个地区的土地都是土红色，所以马拉喀什的建筑几乎全部是赭红色，和周边的自然环境和谐统一。马拉喀什比卡萨布兰卡干净很多，分为新城和老城。新城多为比较漂亮的五六层楼的居住区。老城就是皇城，也就是历史上马拉喀什真正的核心地带。

进入马拉喀什老城，除了必去的景点库图比亚清真寺和巴希亚王宫外，最迷人的地方就是杰马夫纳广场。这个广场是摩洛哥最热闹的地方，来到这里，就像进入了阿拉伯天方夜谭的神话世界，随处可见穿着红衣拿着皮袋的卖水人、民族乐师、舞师、卖狗皮膏药者，还有带着蛇与猴子的表演者等。他们招揽顾客声嘶力竭、动作夸张，充满活力。来自全球四面八方的客人尽情享受着这种热闹，又把自己变成热闹的一部分，而且这一闹就是千年。置身其中，你一瞬间就仿佛穿越了时空，在不知今夕何夕的恍惚中，自然而然加入了这场热闹的盛宴，把自己的情绪和马拉喀什的赭红色历史融为一体。

小镇依弗兰却完全是另外一种风情。从撒哈拉沙漠边缘的小城梅祖卡出发去菲斯，从阿特拉斯山下行，地貌逐渐过渡到起伏平缓的山坡丘陵地带，这个时候，在绿树掩映中，突然出现一大片红顶白墙的建筑，风格完全欧化，和在摩洛哥大部分地方见到的土黄色平顶房子完全不同，让人产生到了欧洲某个小镇的幻觉，这个小镇就是依弗兰。经导游解释才明白，这个地方在殖民时期曾经被德国人占领，从那时起建筑的风格就成了红顶白墙的欧洲风格。殖民地时期结束后，大部分德国人撤离了，但建筑风格留了下来。阿拉伯人和柏柏尔人可能觉得这些建筑挺好看，在扩建小镇时继续沿用，打造成了独具一格的欧风小镇。阳光下的小镇宁静美好，整洁的街道，干净的小店，散步的人群，给人安宁与放松之感。还有很多非洲鹳鸟在房顶上造了巨大的窝，它们悠闲地站在窝里或者屋顶上，习以为常地俯瞰着下面来自世界各地的游人。

摩洛哥另外一个有特色的小镇就是舍夫沙万。这个小镇坐落在阿特拉斯山北段的里夫山脉中，离开最北端的城市丹吉尔100公里左右。小镇背靠大山，依山而建，就像一个美少女坐在保护神的怀中一样。说小镇是美少女一点都不夸张，因为这个小镇是摩洛哥最有梦幻色彩的地方。整个小镇的房屋都被粉刷成浅蓝色或深蓝色。在走向小镇的旅途中，除了绿树、仙人掌和起伏的山峦，你看不到别的东西，时间久了就感到单调乏味，这个时候翻过一个山包，突然发现前面的山坡上有一片蓝色房子，此起彼伏，和蓝天白云融为一体，那种喜悦心情只有亲临其境才能够体会。

进入小镇只有小巷可以拾级而上，上下的台阶也被粉刷成淡蓝色，行走其上犹如走在蓝色梦境之中。小镇中小巷套着小巷，每条小巷或宽或窄，展现各自的姿态。有的小巷有小商店，把彩色的皮革制品或者纱巾沿墙挂着，微风吹过，五彩的纱巾迎风飞舞，犹如身穿蓝色长裙的女子腰间彩带飘逸。不知道当初是哪个居民第一个想到把房子刷成了蓝色，从此，蓝色就成了这一充满地中海风情的小镇身份的标志。小镇的游人并不多，三三两两在街巷中散步，早就放慢了原来在工作中匆忙的脚步。当地老百姓悠闲地待在门口，或聊天，或静思，或读经，脸上没有任何忧虑神情。因为是星期天，孩子们不上学，三五成群在巷口玩，跳格子、弹玻璃球，或者一起唱着儿歌。游人走过，孩子们神态自若，没有一点扭捏做作之态。这样的小城镇，特别适合恋人牵手散步，必为恋情增加别样的美好回忆。

丹吉尔，直布罗陀海峡南边镶嵌的一颗明珠，紧扼地中海通向大西洋的出口，对面就是隐约可见的欧洲大陆。这个城市起于什么年代几乎没法考证，可以肯定的是，自从有人类在这一地区活动开始，这里就形成聚落和城市了。好奇心使人类不断走向未知，不管是地理上的探索还是知识上的探索，都是人类从来没有停止过的活动。当最初的人类来到丹吉尔，站在海边，看着对面的大陆，产生的第一个冲动一定是渡海去看一看；而对面的人类也一定会有同样的冲动。于是几千年来，两边的人类渡过波涛来来往往，互相交融，把丹吉尔变成了人类历史上最早的一个国际人群集散地。据说摩洛哥的土著柏柏尔人，实际上是非洲土著和欧洲人的后裔。罗马人和腓尼基人曾以这个地方为据点常年征战，阿拉伯人也是从这个地方走向了西班牙；后来欧洲殖民者又从这个地方登陆，走向了摩洛哥和非洲的其他地方。

丹吉尔成了一个地地道道多民族混居的地方，犹太人和阿拉伯人为邻，欧洲人和柏柏尔人通婚，整个城市从一个小小的内城卡斯巴开始，向周边扩展成了一个传统与现代结合的大都市。走进丹吉尔的老城，各种颜色的房子错落有致，绿色、蓝色、黄色、粉红色的建筑，和这个城市居住的人口一样，渲染着民族、宗教的多样性和丰富性。丹吉尔，守着狭窄的直布罗陀海峡，却具备了和海洋一般广阔的胸怀和气质。

最后值得一提的小镇是位于大西洋边上的艾西拉。本来这是个名不见经传的小地方，像这样紧靠大西洋、每天享受海风和夕阳的小镇，摩洛哥还有很多。但1978 年之后，这个小镇的命运出现了转机，一跃成为摩洛哥最具魅力的小镇之一。两位出生于这里的艺术家穆罕默德·本那伊萨和穆罕默德·梅乐伊，提出了将艾西拉打造成表现各类艺术形式的地方。他们邀请了一些艺术家在这座大西洋边老城的墙上绘制各种壁画。从此，每年便有一些来自世界各地的画家到此绘画，举办各种艺术展览。我没有发现中国画家的作品，估计很快也会来了。

艺术家来到艾西拉，小镇丰富了他们的灵感，让他们享受大西洋落日的同时思如泉涌；而他们的创作又充实了小镇的灵魂，丰满了小镇的历史，创造了小镇的未来。走在小镇的巷子里，不经意间一拐弯，就会有一幅令人印象深刻的壁画在等着你。每个作品风格迥异，但都充满了阳光和大气，不乏童趣和天真，明确无误表达了人们对于和平、爱情、美好生活的喜欢和向往。这是我走过的摩洛哥城市中最明快的一个，在各种眼花缭乱的色彩里，我深切体会到了直击人心的生命主题。走完小镇里所有的小巷，可能都不需要半个小时，但这不到半个小时的时间从此就被收藏在了心里的某个温馨角落，当面对单调、灰色的日常生活时，这个小镇的色彩一定会从心底泛起，温暖生命。

这就是摩洛哥，不同城市的色彩带给了我们不同的心情和体验。每个城市都像一个朋友，这些朋友有着不同的个性，但都友好迷人。卡萨布兰卡的大气，马拉喀什的厚重，依弗兰的明净，舍夫沙万的梦幻，丹吉尔的包容，艾西拉的妩媚，都让人一见倾心，流连忘返。行走在这样的城市间，就像被温暖的朋友所包围，在给予我们惊喜和温情的同时，也洗净了我们久积心头的麻木和冷淡，让我们相信人世间的美好不仅能够存在，还能够持久。

马拉喀什和菲斯

摩洛哥的城市几乎都有古城区，但有两个古城更加值得驻足品味。不是因为建筑古老，也不是因为历史悠久，而是这两个古城迄今为止还保持着千年不变的原始商业活动。从这些商业活动中，我们能够感受到生生不息的尘世活力。商业交易展现了人类的自私贪婪、斗智斗勇和狡猾欺诈，同时也给人类带来了衣食温饱、互相理解和共同发展。这两个值得驻足的古城就是马拉喀什和菲斯。

马拉喀什的皇宫早已倒塌，失去了曾经的辉煌。时间已经把一批批曾经驰骋疆场的英雄送进历史，有的连一点痕迹都没有留下。“旧时王谢堂前燕，飞入寻常百姓家。”今天的马拉喀什，确实是寻常百姓的天下。这一点在杰马夫纳广场就能够体会到。这个古老的广场，一如既往充满了人类的活力和张力。打个中国人熟悉的比喻，这个广场就像春节的地坛庙会，或者现在的簋街夜市，人潮涌动，热闹非凡，而且越过千年岁月，天天如此。

来到这里，就像进入了中世纪阿拉伯的神话世界，随处可见各种稀奇古怪的人群和表演。热闹的同时也暗流涌动，游人需要随时保持警惕。进广场前，我已经被人警告要看好背包，因为这是一个小偷和游人比试高下的地方；同时我也被告知不要随便对着表演者照相，否则一定会被敲诈一笔钱。我想，哥什么风浪没有经历过，还怕在这小沟里翻船？于是信心百倍步入广场。结果刚进去就被一个舞蛇者拦住，不管不顾把一条蛇挂在了我的脖子上，吓得我浑身激灵，连忙让他拿掉。没想到他伸手就要50迪拉姆（35元人民币左右），我说没有让你挂，是你自己挂的，你给我钱我也不会让你挂，怎么还要给你钱？但是对方穷追不舍，最后我只好给他10迪拉姆脱身。经此一役，我才体会到对手了得，从此小心翼翼，见到舞蛇者就蹦出三丈之外。但是几乎防不胜防，舞蛇者刚走，弄猴的人又来到你面前。

尽管心情有点受挫，但广场的小吃非常不错。到了晚上，广场就成了摩洛哥乡土名菜的夜市，各种特色烧烤小吃，只要你敢吃，就会给你摆上来。一望无际的小摊支起来，烤肉的香味四处飘荡，引起人的强烈的食欲。我们坐下来吃了几根羊肉串，又到了一个专门煮羊头的地方，吃了一点羊头肉，然后心满意足地走到水果摊前要了一杯鲜榨果汁。这里的水果摊也很有特色，各种新鲜水果铺陈，尤以橙子为多，你点上一种水果，几分钟鲜榨果汁就递到你手中。吃完烤肉之后，一杯果汁把口中的油腻洗刷干净，顿觉心明气爽。

吃完后再悠闲地逛逛广场周边的各种小店，这里卖各种稀奇古怪的东西，从仿古的器皿到世界名牌的假货，应有尽有。你在路上行走时，不时有人会蹿上来拉住你推销物品，你只要稍一犹豫，就会被死缠烂打到底。我因为不想在这里买东西，所以坚决拒绝任何推销，倒也没有惹上什么麻烦。在广场游览几圈后，尽兴而去。

到了菲斯古城，由于行程安排，我们把游览时间安排在早上。9点到达古城时，古城的街道上几乎空无一人。昨天是伊斯兰历穆罕默德的诞辰日（不是每年都是这个日子），刚好又是圣诞节前夜（这里的人基本不过圣诞节），所以很多人欢聚到很晚才睡。大早上大家还没有起床，除了三三两两坐在路边台阶上的老人外，没什么人出现。我们享受到了难得的古城清静时光。阳光照在古城高低错落的房子上，照在淡黄色的墙上，斑驳陆离，宁静和谐。

整个菲斯老城，街道狭窄，最宽处也就两米左右，最窄处仅能一人容身。间或会有一个小广场出现，也就100平方米左右，是城市各种活动的集散地。老城范围巨大，街巷纵横交错，如果没有人引路，一不小心就会迷失在蜘蛛网一样的街巷之中。到了中午，老城开始热闹起来，人群熙熙攘攘，街道两边各色商店都打开铺门，各种稀奇古怪的东西挂到门口，游人如织，穿行其中，叫卖声此起彼伏，卖者买者斗智斗勇，一派热闹景象。

人类的活力来自人与人之间的交流，其中贸易的交流是人类最基本的交流活动。现代世界贸易往往十分正经，预设很多规矩，大家循规蹈矩，使得本来妙趣横生的交易活动变得了无生趣。进入杰马夫纳广场或者菲斯古城，人们暂时摆脱了现代文明世界的买卖规矩，摆脱了明码标价，进入了一种释放活力、机智应对的状态。比如讨价还价，在大城市商店里早就没有这个机会，但在这里，开价几百迪拉姆的东西，如果你真心想要，甚至可以砍到几十迪拉姆。在砍价的过程中，心里会充满成就感，当然不小心被骗，也会很受挫。买东西买出成就感来，是一种很开心的体验，阿里巴巴的“双11”大卖也是利用了这种心态。可以肯定的是，在一种可控的无序状态下，贸易活动给人带来的惊喜和活力（当然有的时候也是烦恼和恐慌），要比循规蹈矩的世界给人带来的稳定和无聊更容易激发人们的情绪、热情和追逐心理。

对于中国人来说，这样的场景一点都不陌生。买卖方之间互相较量更是中国人的强项。在古城里我兴致所至，也买了两样东西。一个是手工刻制的铜盘，刻着光芒四射的太阳和花纹，非常精美，我一看就爱不释手。大胡子店主开价1500迪拉姆，我还价到300迪拉姆，互相拉锯了十分钟，最后以500迪拉姆成交。

另外就是在一家皮衣店，我们到主人家楼顶平台上参观染坊。作为感谢觉得不买点什么过意不去，我就为儿子挑了一件很好的皮衣。店家开价800美元，我还价到200美元，店家坚决要500美元。我就和他开始聊天逗乐，他说只要我买了衣服就送我一双200迪拉姆的拖鞋作为礼物，而我说干脆我买拖鞋，你把衣服作为礼物送给我。我又说你只要把衣服卖给我，我就介绍中国人来你店里买东西。我说我在中国认识很多人，他就问认识多少，我说我认识老婆孩子，还有邻居、同事啊。最后聊得开心，店主居然邀请我到他家里去玩。衣服最后以250美元成交，同时附带了一双皮制拖鞋。就这样我以“二百五”的心态，买了一件“二百五”的衣服。其实这样的价格我也不知道是不是受骗了，但砍价的过程真是让人乐在其中。

游览菲斯，值得一提的就是到这些皮制品商店的楼顶上，俯瞰动物皮毛的鞣制染色过程。据说千年以来，这一方法就没有变过。在被房子包围的染坊中，石砌的池子一个连着一个，有上百之多。带血的皮毛（牛皮、羊皮、骆驼皮）被运到这里，泡在石灰水的池子里两个星期左右，让皮和毛脱离。然后捞出清洗，再放入搅拌鸽子粪等的池子里，浸泡三个星期左右，让皮子软化。皮子软化后，放到旁边的染池里浸泡染色，据说染料都是天然植物提取，一旦染好永不褪色。染色过程大概又需要几个星期，之后就变成了各种颜色的皮革，可以做成衣服、皮包等出售了。这里的皮革全球闻名，质量上乘。据说世界上很多名牌时尚产品都是用这里生产的皮革制作。如果不讲究品牌，这里的皮制品可能是全球最好、最便宜的。

由于这些染池都是露天，各种皮臭加上鸽子粪的臭味，使整个染坊上空恶臭难闻。上天台之前，店家会给你一把薄荷叶，放在鼻子底下闻着，以抵抗空气中的恶臭。现在是冬天，臭味不那么凶猛，据说到了夏天，有不少人一上天台就被熏晕过去了。看着在池子周围劳作的工人，浑身上下都是脏水，也不戴口罩，把一堆堆皮子从水里捞出来，神态自若，一年四季就这样工作，也许是久处其中不闻其臭了吧。

到了傍晚5点左右，我们到古城对面的山坡上去看落日。菲斯老城区完整地展现在我们面前：房子鳞次栉比，在山坡和山谷中展开，无数的宣礼塔耸立在夕阳的光辉中，似乎向人诉说着千年历史。随着夕阳西下，古城的灯火星星点点亮起，同时亮起来的还有人们心里千年不变的希望：人间烟火是真正的温暖所在，也是人类活力和生生不息的根源。从耶路撒冷到麦加，从大马士革到菲斯，从印度到中国，人类在宗教活动的背后，从来没有放弃过对幸福和温暖生活的追求。包括那些在臭水池边劳作的工人在内，一代代人的努力，就是为了当黄昏来临的时候，能够为家人点上那一盏穿透黑夜的明亮灯火。

椰枣树和橄榄树

走遍摩洛哥，给人印象最深的就是两种树，椰枣树和橄榄树。

横贯摩洛哥的阿特拉斯山脉，好像在一张纸上画了条对角线，把摩洛哥分为东南和西北两部分。阿特拉斯山西麓到大西洋属于海洋性气候，雨水相对比较充足，植被丰富，平原山川郁郁葱葱；阿特拉斯山东边，雨水被挡，形成戈壁沙漠，以干旱为特征，植被稀少，大部分地区都是裸露的黄色沙地，再往东就是一望无际连绵几千公里的撒哈拉大沙漠了。

在山的西边，最常见的植物就是橄榄树。到摩洛哥，人们一般先去卡萨布兰卡、马拉喀什或者菲斯游览。这三个城市都在大西洋一边，所以看到的植物更多的是橄榄树。尤其是到菲斯和梅克内斯一带，更是漫山遍野的橄榄树，种植得非常整齐，像士兵一样排排站着，一望无际，绿色的树叶在阳光下闪闪发光。

在摩洛哥吃饭，每餐必有橄榄出现，要不就是腌制的，要不就是做在菜里的，吃起来也没有什么特别的味道，涩涩的、干干的。据说橄榄回味的时候才会其乐无穷，结果我回味半天也没有“乐”产生。

橄榄主要的作用不是食用，而是榨油。摩洛哥的橄榄油出口到世界各地，有很好的名声。在摩洛哥仅存的古罗马遗址瓦卢比利斯，你能看到巨大的榨油坊和榨油机，那是两千年前的设施，表明从古代开始，这一地区就种植了大片的橄榄树。穿越两千年，人世间沧海桑田，朝代政体已经发生了无数次更替变化，从古代的柏柏尔人，到罗马帝国的移民，到不远万里迁徙到这里的阿拉伯人，再到近代百年的欧洲殖民历史。今天生活在这里的人们和古代的人们不一定有血缘关系，这一地区的宗教信仰也发生了巨大变化，从罗马的多神教到阿拉伯人的伊斯兰教，人们的生活习惯也因此发生巨大变化。但有一点一直没变，人们一直在依赖着这片土地上生生不息的橄榄树，榨取橄榄油，获得收益，繁衍后代，建设家园。在蓝色小镇肖恩，有一棵千年橄榄树，盘根错节，老态龙钟，但枝头依然是一片翠绿，好像在诉说着生命千年不变的倔强和传奇。大树下面，几个穿着鲜艳服装的当地女孩在嬉笑玩耍，好似在描述着跨越千年，生命一如既往的美丽。

提到橄榄树，就不能不说三毛作词的歌曲《橄榄树》，那优美的旋律也会在耳边响起："不要问我从哪里来，我的故乡在远方，为什么流浪，流浪远方，流浪。为了天空飞翔的小鸟，为了山间轻流的小溪，为了宽阔的草原，流浪远方，流浪。还有还有，为了梦中的橄榄树橄榄树，不要问我从哪里来，我的故乡在远方。为什么流浪，为什么流浪远方，为了梦中的橄榄树！"不过据说最初的歌词，三毛写的并不是橄榄树，而是小毛驴，只不过后来唱起来，小毛驴不好听，才改成了橄榄树。这一说法是有可能的，因为三毛在摩洛哥的时候，是在西撒哈拉那边活动。那边橄榄树不多，但小毛驴确实很多。几十年来，一曲《橄榄树》把多少人唱得心思奔向了远方，背上远行的行装，寻找梦中的橄榄树去了。

翻过阿特拉斯山，橄榄树就基本见不到了，进入眼帘的尽是椰枣树。刚开始我以为那是棕榈树，叶子和棕榈树几乎一样，但被人提示之后，就能够看出区别了。其实椰枣树就是一种棕榈树，不过棕榈树的树干表面相对光滑，但椰枣树在生长过程中，每年都要被砍掉一圈叶子，树一年年长高，叶子一圈圈被砍，就形成了龙鳞般的树干。

椰枣树是典型的经济植物，需要的水分不多，在干旱地带生长，生命力顽强。从紧贴地面的一棵小树，慢慢长成高大挺拔的大树，在成长中不断贡献甜蜜的椰枣给人类。不过一棵椰枣树从种植到最后结出椰枣，需要五年到十年的时间，但一旦结果，就开始长出满树椰枣来。椰枣成长的时候是绿色，半成熟状态就变成鲜黄色，最后长成红彤彤的成熟椰枣，一棵树的产量多达几十斤到上百斤。那种巨大的叶子下面挂着一串串红色椰枣的景象，十分可爱喜人。

摩洛哥是椰枣生产国，从阿特拉斯山南麓到沙漠边缘的广袤土地上，几乎家家户户都种椰枣树。有些山谷里，椰枣树成片成林，一望无际，蔚为壮观。在城市的小摊上，我买了一袋椰枣，形状和我们吃的普通大枣差不多，但没有像红枣一样烦人的枣皮，呈半透明状，放入口中慢慢咀嚼，像糖一样在嘴里慢慢化掉，口感甜美且不腻。据说椰枣的营养十分丰富，由于是天然果糖成分，连糖尿病人也能够放心食用，常吃椰枣可以治疗肠胃疾病，对于男女的性功能调节还有好处。穿越沙漠的人，带一袋椰枣，既能够解饿，又能够救命，只要几颗椰枣下肚，维持一天的生命所需没有任何问题。

椰枣树，吸收了沙漠和太阳的精华，凝聚成甜美的果实。因为椰枣的存在，一望无际的戈壁沙漠不再显得那么无情，那些耸立在沙地上的椰枣树是生命挺立顽强和大地无私给予的象征。

如果说橄榄树有点像风情万种的女人，展示出不断生产的丰饶和优雅的妩媚，那么椰枣树就像是挺拔的男人，在残酷的大自然面前守卫着家园和生命。在家门口，只要有橄榄树或者椰枣树迎风摇曳，就代表了生活的安宁和生命的延续。这种对于生命的坚守，自古至今，从未改变。

摩洛哥的老城

摩洛哥尽管是个小国家，但大小城市也有几十个，不少城市都有自己的特色，从城市的历史到城市的颜色，各有自己的故事。在摩洛哥旅行，就是从一个城市走向另一个城市，在不同城市体会不同味道的过程。

我在走过很多摩洛哥城市后发现，不管城市颜色和历史多么不同，有一点是相同的，就是基本上每个城市都分为老城和新城。这一做法使得摩洛哥所有老城的历史和风貌得以完美保存，今天再现于世人面前，形成强大的文化和历史魅力，吸引全世界的游客在各个城市的大街小巷转悠，在古色古香的寺院民居里品味光阴。

新城基本都建造在老城边上，现代化的公寓楼、巨大的商场、宽阔的马路一应俱全。大多数居民都在新城生活，在老城区从事旅游工作，形成了良好的互补和呼应。不知道当初是谁的决定，老城没有拆除，只进行得体的维修。这一明智选择给今天的世界留下了无比宝贵的文化遗产。摩洛哥仅进入世界文化遗产的城市就达到十个左右。

整体来说，摩洛哥是一个温和的国家，历史上尽管有过变革，但从来没有出现过革命或者激进运动，人们能够心平气和对待过去的历史，潜移默化中接受世界新的理念，不动声色地走向未来。因此，在摩洛哥这样一个小国家，我们居然能够感受到一种沉静和大气。想象一下，如果中国的一个个古城还都保存完好，那么中国在世界面前将会是怎样一个同时充满古意和新锐魅力的国家啊。

随着城市的发展，全世界都面临的一个问题是，城市居住的人口越来越多，老城会明显不够用，大部分国家都会选择在老城边上建设新城。那些不管不顾推倒老城，彻底重建的做法并不是很多。因为一旦推倒老城，就等于把城市的历史和文化一起推倒。有着五千年文明的中国，在现代化进程中却表现得有些激进。例如北京的城楼，从1952年开始大面积、大规模拆毁，到1958年就几乎拆光了，梁思成等人虽竭尽全力也没能保住北京城墙。随着20世纪80年代改革开放，城市建设加快步伐，由普通民居组成的老城更是没了立足之地。现在中国的很多城市，要找到老城区已经难上加难，很多人只要离开家乡十年后再回去，会发现自己小时候生活过的街道几乎都踪影难觅。

在失去老城的同时，中国几代人也失去了童年的记忆和对故乡的眷恋。我们对于历史和祖宗遗产的粗暴态度让很多人失去了心灵家园。现在我们大部分人住在现代化的公寓楼里，生活条件得到了改善，但灵魂却常常无所归依，只能在虚空中叹息不止。我家乡的小镇，曾经那美丽的青石板街道和街道两边木门青砖的瓦房都被夷为平地，让位于一栋栋没有品味、长相难看的水泥楼。从此以后，我再也没有一点回家乡的欲望，那种江南水乡烟雨朦胧的感觉只能时时在梦中出现，醒来时就变成了呜咽。

到了近些年，我们突然从经济角度发现古城可以变成挣钱的工具。但除了可怜的周庄、丽江、乌镇等几处之外，古城几乎已经都被拆除。于是在全国各地，一座座假古城拔地而起，各种仿古建筑遍及南北。这些建筑东施效颦，质量拙劣，犹如暴发户穿上了不得体的皇家大袍，望之令人顿生滑稽之感。

在这里，真心向摩洛哥人民致敬。每走进一座古城，就多一分敬意。每个古城都被保护得如此完整，几乎都不允许汽车进入。在菲斯、丹吉尔这样的地方，古城街道保持着最原始的状态，狭窄的街道和小巷只允许人们徒步在里面徜徉，每一道门和每一堵墙，都显示出时间的沧桑和无言的内涵。不少名人住过的房子也都做出标记，透露出某种有底气的骄傲。在街道两边小商店里劳作的人们，不管是卖皮革、铜器、地毯，还是卖古玩的，脸上都带着一副悠闲自得的神气。你从门前走过时，他们会叫卖几声，常常是用日语和我们打招呼，表明来这里的日本人比中国人要多一些。当我们告诉他们自己是中国来的，不少人会改成"你好"来问候，可见这几年中国人也来得比较多了。如果你露出想买的样子，他们就会热情倍增，你要是真心砍价，一般砍下开价的三分之二基本没有问题。也许这种做买卖的方式，千年之前就是这样的吧。

有些古城游客众多，比如在马拉喀什、菲斯等地，小商贩明显狡猾一些；到了更加安静一点的古城，比如舍夫沙万和丹吉尔，小商贩就实诚很多。任何一个古城，都有老百姓居住在里面，生活也许不方便，但祖祖辈辈好像就是放不下这片地方，这里是家族的血脉所在。在菲斯，驴子变成了日常运送物资的工具，被称为古城里的UPS（一个快递公司）。

政府也在不破坏古城结构的前提下进行了一些改造工作，家家户户基本上都通了电，也有不少人家安装了自来水。但依然有不少人家没有水源，因此每过几段街道，就会有一个贴着漂亮马赛克的水池出现，可以拧开水龙头取水，不用交费。据说这种供水系统自古就有，只不过过去是引山上的泉水，现在变成了自来水龙头。走在任何一个古城的小街窄巷中，你都会有一种时空的穿越感，有时感到自己行走在中古时期的阿拉伯市场，有时感到自己回到了儿时的家乡小镇。在古城独步，远离现代社会的喧嚣和匆忙，多一分清净，多一分悠闲，真是难得的生命享受。

喀纳斯之行

我已经两年没有去乌鲁木齐新东方学校了。在校长梁焕臻的领导下，乌鲁木齐新东方学校一直运营得很好，基本上不用我太操心。这次去乌鲁木齐，主要是因为三件事情：一是新东方西北区校长会议在这里召开，专题是国外项目的发展，我参加会议给大家鼓鼓劲；二是见见乌鲁木齐新东方的全体员工老师，表示问候；三是儿子的学校放假，这样我可以带着他一起上路，父子之间增进一些感情和了解。因此，我重新设计了路线，决定从乌鲁木齐停留后再飞到喀纳斯。我从来没有去过喀纳斯，只听人描述过那里的美景，看过那里美丽的照片，这次刚好带着儿子也去体验一下这片神奇的土地。

飞机准时冲上天空，一路向西飞行。天空一碧如洗，几朵白云在天边飘逸，像蓝色大海中开出的莲花。在飞机上我阅读了阿来的《尘埃落定》。这本小说我在十几年前就读过，对故事和描述笔法都印象深刻，这次重读，犹如品一杯老茶，甘味犹存。

阅读之中，不知不觉飞机已落地乌鲁木齐，时钟指向晚上8点35分。梁焕臻和艾力一起来接我们。艾力是新东方优秀老师，维吾尔族，在北京工作，这次刚好回新疆来看望母亲，知道我到乌鲁木齐，就和梁焕臻一起来接我了。

晚上9点钟，在北京早就天黑了，但新疆偏西，所以西边的天空还挂着美丽的晚霞。到达住宿的宾馆接近10点钟，刚好是乌鲁木齐开始热闹的时候，很多人还在喝酒吃饭。

一天奔波之后，我已经十分疲倦，在房间处理完一些邮件，阅读半小时后，熄灯睡觉。窗外传来若隐若现的维吾尔曲调的歌声。

去艾力家

第二天是我的工作日。处理邮件、参加会议、和员工聚餐，直到下午3点活动落幕，我结束了来乌鲁木齐的正式工作。

昨天在下飞机的时候，艾力就问我是否愿意到他家去看看，我当场表示十分愿意。艾力全家都是维吾尔族。艾力爸爸是政府领导，在艾力大二的时候，去农村调研的路上遇到车祸身亡，被追认为烈士。从此艾力就成了家里的主心骨，帮助妈妈一起照看家庭，共渡难关。艾力还有一个妹妹，当时应该还在读小学。艾力非常疼爱妹妹，一路鼓励妹妹认真学习，去年，妹妹考入中央民族大学读书。艾力是在北大读的书，毕业后就来到新东方。聪明加勤奋，梦想加实干，今天的艾力，不仅仅在新东方，在全国已经小有名气。他最近出版的图书《你一年的8760小时》已经成为非常畅销的励志图书。

活动结束后，我们坐车到了艾力家。他家在一个普通的公寓楼里，楼道里有一个公用的小电梯，进到他家，他妈妈和妹妹热情地迎了出来。两年前我曾经在乌鲁木齐见过艾力妈妈和妹妹。这次见他妈妈，感觉她开朗了很多，想来可能是艾力越来越有出息，让她心里高兴，逐渐走出了丈夫去世的阴影。艾力的妹妹已经从一个羞涩的高中生，出落成了花一样的美丽姑娘。一家人欢天喜地地把我们迎进客厅，茶几上已经放满了各种吃的东西，水果、干果、面食点心、茶水等，让我们感受到了维吾尔族人待客的热情。

很快我发现，热情远远不止茶几上所放的东西。我刚进门就闻到了煮羊肉的香味，果然一会儿艾力说，到了维吾尔族人家里一定要招待吃点东西，才能够对得起远道而来的贵客。接着，一大盘手抓羊肉放到了桌上，尽管我刚刚吃完午饭，但羊肉的香味依然让我垂涎欲滴。羊肉还没有吃完，一人一碗手擀面和香喷喷的馕又端了上来，紧接着就是自制的核桃仁酸奶和奶茶，一路吃下来，肚子被撑得滚圆滚圆。我不懂维吾尔族的礼仪，但我知道艾力一家是用最高礼遇在招待我们。我想，人类之间的和谐相处之道无外乎就是互相尊重、互相理解和互相分享，分享善意、友情和美食。

直到吃得饱饱的，才有时间认真看艾力家里的布置。他家是一个普通的三居室，一个客厅，一个厨房，和我们住的三居室格局基本一样。所不同的是其中一个房间，装饰成了一个大炕，很像东北农村的那种大炕，如果有外面的朋友来，大家就可以一起在大炕上盘腿而坐，尽情聊天；如果朋友要住下，也可以当作临时大床，睡上五六个人都没有问题。我和艾力就盘腿在大炕上聊了20分钟。家里的装修以维吾尔族风格为主，门框等木制结构上是维吾尔族的花草雕刻，朴素大方。在正对着沙发的电视柜上，还有电视上面的墙上，摆挂着全家四口人的照片，照片里艾力的爸爸英俊帅气，灿烂地微笑着。艾力告诉我，他爸爸就是在这个房子装修的时候出事的，所以他爸爸从来没有住过这个房子。我听完后心里充满莫名的忧伤，想想艾力现在如此出色能干，他爸爸在天之灵也一定会很欣慰吧。

离开的时候，我们已经有点依依不舍，大家一起合影留念。我抬头看去，下午的阳光刚好从窗户照射进来，落在艾力全家的照片上。让真主保佑这样的家庭吧，祝艾力全家从此美满幸福地生活，让阳光不仅照进他们的居所，也照进他们的心里。

半夜旅程

飞往喀纳斯的航班是晚上9点起飞。我们从艾力家离开后，回到宾馆收拾行李，出发前往机场，梁焕臻和我们一同前往。飞机准时起飞，10点落地喀纳斯机场。一下飞机，带有草原味道的空气扑面而来，天空中有星星闪烁，空气中有丝丝寒意，我们赶紧打开行李，把带来的毛衣套在身上。

我们预订的宾馆在景区里的核心地带。我原以为喀纳斯机场离景区很近，后来知道从机场到宾馆路上要开车两个小时，幸亏梁焕臻预订好了旅行社的汽车，要不然到了机场真不知道如何到达景区。来接我们的于师傅居然一眼把我认出来了。他并不知道要来接我，认出我来是因为在电视上看过我的节目。一路上于师傅边开车边介绍各种风土人情，让我在一片漆黑中想象着连绵的草原和起伏的山冈，以及生活在其中的人们。

山路曲折，因为看不到四周风景，盘旋的感觉特别强烈，以至于产生了头晕的感觉。11点半我们终于到达景区的大门，买完门票进入景区，继续开了40公里，经过了两道关卡，才到达我们的宾馆喀纳斯山庄。山庄坐落在松树包围的森林里，一下车就是满鼻子好闻的松树味道，我拼命呼吸了几分钟，让自己的心肺充满大自然的馨香。这样的味道在北京城里已经杳无踪影，人们生活在高楼的丛林里，每天闻的都是汽油那厚重窒息的气味。

办完入住登记，已经是夜里12点半了。房间还比较干净整洁，洗漱完毕，赶紧休息。

喀纳斯的一天

我们来的时间还不是喀纳斯最美的季节。最好的时间应该在两周之后，那个时候各种树木都变成了秋天的颜色，红黄色的树林漫山遍野，几乎要把天空都点燃，而绿松石一样碧蓝的喀纳斯河蜿蜒在峡谷丛林中，如仙女披着彩色的缎带，飘逸在梦幻一样的大地上。9月初的喀纳斯，更像一个还没有涉世的少女，隐藏着更多的羞涩，在秋天大胆的灿烂之前，先蒙着一层神秘的面纱。

我早上起来得比较早，7点洗漱完毕，一个人出门散步。天已经亮起来了，宾馆就在森林和草场中间，草场上有几匹马和几头牛悠闲地吃草，草场后面是茂密的树林，树林之上是起伏的山峦。我研究过地图，知道在树林和山峦之间是喀纳斯河，就信步走了过去。有小径引导着前行的方向，路边的指示牌写着游船码头，一会儿就听到了树丛里哗哗的流水声。穿过一些松树，如翡翠般的喀纳斯河出现在眼前，就像一个绝色美女带着醉人的气息突然到来，美丽得让人屏住呼吸。河边有步道，在步道边上蹲下，清澈的河水触手可及，冰凉爽滑，在手指缝间流过，犹如美女凝脂般的肌肤。

旅行社派来了一位导游，是位带点羞涩感的美女。女孩从小就在阿勒泰长大，爷爷奶奶辈都是支边过来的，爸爸妈妈已经是出生在阿勒泰的本地人了。看得出来经过三代人和这块大地的亲密接触，他们已经把这里看作是地地道道的家乡了，就像沙棘一样，在这块沙漠、草原和大河交织的土地上生了自己的根，开了自己的花，结了自己的果。我们叫她小张，她一路陪着我们，很认真地进行各个景点的讲解，一天下来我们就已经变成了很好的朋友。

一天之内，我们玩遍了喀纳斯的核心景点。早上我们先去了著名的喀纳斯三湾：神仙湾、月亮湾、卧龙湾。神仙湾是看晨雾缭绕最好的地方，可惜今天早上没有晨雾，但景色依然宜人。在月亮湾看喀纳斯河，在这里优美地拐了两个弯，形成了一道S形的优美曲线，有点像半个月亮，但更像一个身材曼妙的少女扭动曲线的妩媚。卧龙湾是因为开阔的河面上有一个形状像龙一样的沙洲而得名，水面平静碧绿，水边的树林已经有了丰富的颜色，对面山上的森林依然青翠，形成了层次感特别明显的立体风景。

在三湾流连，依依不舍离开，我们掉头去爬喀纳斯湖边上的观鱼台。观鱼台位于湖边的骆驼峰上，据说因能在此看到“湖怪”而得名。此台比湖面高出600米，汽车可以开到大概400米的高度，最后200米的高度需要爬1068级台阶，台阶一路沿着可以看到湖景的山坡而修，能够从不同的角度看到喀纳斯湖的形状和周边景色。登上观鱼台，整个喀纳斯湖尽收眼底，蓝天白云、碧水青山，水天一色、秋意盎然，令人心旷神怡。

从观鱼台下来后，一路坐车到山脚，回到宾馆后面的码头坐船游

在月亮湾看喀纳斯河，在这里优美地拐了两个弯

湖。其实坐船游湖，既不优雅也无情怀，就是为了满足在湖上一游的愿望。装有大马力发动机的游船在水上航行，在山顶上看去并不宽阔的湖面，在船上看则变得了无际涯。这里的天气说变就变，在山顶还阳光灿烂，到了湖面就已经细雨霏霏，雨中的湖面变得更加朦胧深邃。即使在雨天，湖面也是翡翠色的，水的颜色不是因为天空云层的反射，而是由于湖水富含矿物质而变成了绿玉一样的颜色。

从下午开始，雨就一直淅淅沥沥下着，本来打算午饭后开车到喀纳斯的边境村庄白哈巴村，去看看中国和哈萨克斯坦的边境，再参观一下还保留原始色彩的村庄。结果到达中段检查站的时候，因为我儿子持有的是加拿大护照，不能进入，最后我们只能抱着遗憾重新回到喀纳斯村。

由于旅游业的发展，喀纳斯村已经由一个原始的小村庄变成了一个小镇模样。这里的原始居民大部分是图瓦人，是蒙古族的一支，信仰的基本上是佛教。据说他们自成吉思汗年代起，就已经居住在这里了，自认为是成吉思汗的后裔，所以家家户户都挂有成吉思汗的画像。他们的房子都是木头造的，屋顶是非常陡的尖三角。到了冬天，这里的大雪能够下到一两米深，如果屋顶是平的，就会被雪压垮，尖三角可以让积雪从屋顶顺利滑落到地面。为了开发旅游，政府为老百姓造了一个喀纳斯新村。原来旧的村庄，就变成了商店和小客栈。这里的图瓦人能歌善舞，能够用空心植物的秆做成像笛子一样的乐器，随口吹出动听的曲调，我们拿过来试了试，却怎么也吹不出声音来。其中有一个旱獭乐队，除了玩弄各种当地乐器，还能够唱出非常好听的呼麦，声音忽远忽近，忽高忽低，令人悠然神往。

晚饭后，雨还是滴滴答答下个不停，空气中充满草和松树的香味。

明天早上6点就要起床，赶早上9点半的飞机。我躺在床上看了会儿阿来的另一本书《格萨尔王》，在雨声中蒙眬睡去。

返程

早上6点半，整理好行李出发。一夜雨后，天空已经放晴，可以预料今天是一个阳光灿烂的日子，可惜没有时间再逗留一天。去机场的路要再次经过三湾。天空一点点亮起来，到达神仙湾时，半山腰云雾缭绕，犹如美女腰间裙带飘逸，也如飞天神女上下起舞。昨天没有看到的景色，今天在我们离开之时终于展现出了秀美的容颜，真有点“众里寻他千百度，蓦然回首，那人却在灯火阑珊处”的味道。出喀纳斯的路上，一路沿着喀纳斯河，两岸都是绵延不绝的山峦，山腰飘舞着云雾，山脚水声潺潺，激流飞溅，美若仙境。出了喀纳斯，树林减少，地势变缓，逐渐进入了草原地带。草原上三三两两的蒙古包，是周围老百姓放牧的住地。草原上草色已经枯黄，但牛羊依然悠悠漫步其间，啃食着冬天来临前最后的食物。

一路上太阳从东边升起，把温暖的阳光洒向山山水水，山峦草场都闪耀着金色的光芒。我们到达机场，刚好距起飞时间40分钟，办理好登机牌，过了安检，穿过宽阔的停机坪走向飞机。南航的6614航班飞机在金色的阳光中显得尤其矫健，就像一只大鹰，只要一声呼啸，就能展翅飞向深邃的蓝天。

飞机冲向天空的一刻，我们的喀纳斯之行也画上了句号。但美丽的喀纳斯在我心里刻下的深刻记忆从此不可磨灭，一定会让我时时想起，在枯燥的日常生活里呈现于梦中。

第二章

阅读

是我平生一大乐事

看历史从眼前流过，凝聚成永恒

今天用零碎时间阅读了陈光中的《走读周有光》，这是在政协会议驻地的流动书摊上买的书。首次听说周有光这个名字是在一本关于民国才女的书里读到的。书中讲到了合肥四姐妹，四人都是颜值和才气俱佳，而且都嫁了当时的才俊。其中专门提到张允和嫁了周有光，张兆和嫁了沈从文。后来看一些资料，知道周有光曾参与拟定《汉语拼音方案》，主持制定《汉语拼音正词法基本规则》，为汉字的拉丁字母拼音化做出了贡献。

最近看到对周有光的报道，主要是因为他的高寿[1]，以及他的笔耕不辍——近二十年间几乎每年出一本书，令人惊叹老人家的创造力。而且老人家的思想也不落后。比如他说，民主不是有利无弊的制度，但是历史证明，它是不断减少弊端的较好制度。在民主制度之下发展了近代繁荣，先进的国家无不尊奉民主制度。从神权到君权到民权是一条政权演进的路线，全世界的国家都在这条路线上竞赛。

1 编注：本文写作于 2016 年 3 月，当时周有光为 111 岁。2017 年 1 月 14 日，周老去世，享年 112 岁。

除此之外，我对他的生平知之甚少，这次阅读《走读周有光》，算是补了这一缺憾。我也上网搜了一下作者陈光中，结果出来的都是法学家陈光中的信息，和作者不是同一个人。根据封底的介绍，作者陈光中也不年轻了——1949年生，爱好写作、摄影、绘画。看书中的插图，觉得作者的绘画功底很不错。为了写周有光，他几乎走遍了周有光到过的所有地方，写作上也一丝不苟，文笔真实流畅，是一个很不错的传记作家。他还写过《走读鲁迅》，但我没有读过。

这样传记性质的书，除非充满思想性和趣味性，我一般选择翻阅，这一本我也是以比较快的速度翻阅完毕的。然而，即使只是翻阅也可以窥见一个百岁老人的全貌，111岁的年龄放在我们面前，就是一百多年历史的活化石，何况老人记忆清晰、情感丰富、思维流畅。为了对他有更多了解，我又从Kindle上下载了他自己写的两本书，一本是《静思录・周有光106岁自选集》，一本是《周有光百岁口述》。

翻阅完《静思录》，能感受到老人家丰富的历史和文字学知识，作为补充历史知识的读物值得一读，但作为思想性读物就稍显不足。毕竟老人家百岁以上高龄，不太可能对于正在发生的社会问题表达出锐进新潮的思考。相较而言，《周有光百岁口述》更值得阅读，老人娓娓道来，讲人生、讲爱情、讲历史。读者能够从他平淡的语言中体会到真情——他和张允和的爱情，一辈子的相依为命，足以称之为传奇了。其实读《走读周有光》，不如直接读《周有光百岁口述》，清澈明了，如喝米酒，不知不觉就沉迷其中了。

老人家过了百岁还学习开博客，是一件很了不起的事情。也有人在网上骂他，有的骂得还挺难听，我觉得这是很刻薄的表现。对于一个百岁老人，不管说什么我们都应该很宽厚地对待，何况他这么大年纪还在呼唤民主和讲真话。

人的长寿还是很重要的，就算没有人生成就，看着历史从眼前流过也是一种难得的经历。长寿和基因相关，但我觉得更关乎人的生命态度。周有光和他夫人张允和的人生态度，有几点值得我们借鉴：一是感情和谐。他们两人从恋爱开始，一辈子感情很好。感情平和稳定，人就心顺气畅，自然不得病。二是有热爱的事情。周有光爱学习，学经济金融、学文字语言，每学必有成就；张允和爱昆曲，一辈子乐此不疲。三是想得开、天地宽。他们一生经历了无数波折，还有丧女之痛，但都抱着乐观心态生活。四是名利心淡薄。我觉得以上四条也是我们应该学习的生命态度。我们这些还在红尘之河行走的人，大部分功利心都比较重，很容易一不小心，不光湿了脚，还会掉下去淹个半死。

红叶相逢瞬间的诗意与暖意

这两天重读大冰的《乖，摸摸头》，也重新翻阅了一下他的另外两本书，《他们最幸福》和《阿弥陀佛么么哒》。在读他的书之前，我并不知道大冰，他主持的节目我没有看过，他流浪歌手的民谣我没有听过。大概是在2013年底的时候，我在机场偶然看到《他们最幸福》，随便翻翻，被故事吸引，一路读过就难以放下，从此记住了大冰。然后上网搜他自己作词谱曲弹唱的民谣，听《陪我到可可西里去看海》："谁说做个男人注定要蹉跎，谁说你的心里荒凉而曲折，谁说流浪歌手注定要漂泊，谁说可可西里没有海。"听《如果我老了》："如果我老了，山都不能爬，你还会搀扶我吗？如果我老了，掉光了头发，你还会觉得我帅吗？陪我到卡瓦格博去晒晒太阳，一起跪下磕个长头吧。数你的皱纹，数我的白发，一生一世这样过去啦！"听得心一揪一揪的，同时又感到很温暖，某种孤独漂泊中的温暖。

2014年看到他又写出了《乖，摸摸头》，依然是写自己身边朋友的故事，依然是在平凡的人生中写出温暖，文字比上一本书更圆润了些，更深入到人的内心了。2015年他又写出《阿弥陀佛么么哒》，继续写自己身边的朋友，有前两本书里朋友故事的续集，也有新朋友的故事。

我读了不少写人的书，能够把自己周围的朋友写得这么动人的，只有大冰一个。故事流畅、情感鲜活、语言简洁煽情，讲真人故事犹如写短篇小说，似短篇小说却是真人故事。所有的故事都可以用大冰自己的话来总结："没有什么过不去，只是再也回不去！"其实是可以回去的。也许人没有办法再回去体验一次自己走过的路，就算走在过去的路上，心路历程也已然不同。但心确实可以回去，不光自己和当事人可以回去，通过故事的叙述，也可以把别人的心一起带回去。读过大冰书的人，或多或少都会被勾起对自己生命的回味和怅然。

2015年秋天，野夫邀请我去《1980年代的爱情》的电影首映式，电影是根据他的同名小说改编的。在被邀请的嘉宾名单中，我看到了大冰的名字，结果那天大冰没有到。我一直想认识一下大冰，就向野夫要了大冰的微信。互相联系后，没想到他也想和我见面，因为他看到我在某个场合推荐过他的书（我自己都忘了是在微博还是在演讲中），而且也知道我很能喝酒。他的三本书中，描写最多的场景就是朋友们喝酒唱歌，侠肝义胆，浪迹天涯。

快入冬的时候，好像第一场雪之后，大冰刚好来北京，就约了我一起见面喝酒。本来我想订一个地方请他，结果是他订了一个地方请我。在见大冰之前，我想他一定是个饱经风霜、张牙舞爪的人，见面后才发现他其实外表很文气，面容清秀，讲话甚至还带有一点腼腆。他带来另外一个朋友，就是《阿弥陀佛么么哒》中讲到的王继阳，一个在苦涩中长大却总是笑眯眯的孩子。那天就我们仨喝酒，我很开心，就多喝了点。他们也开心，就拿起吉他唱歌，王继阳弹着吉他唱，大冰打着手鼓唱。具体唱的哪些歌我忘了，一首接着一首，我心里就那么被感动着，差点哭出来，但脸上却挂着笑容。

我和歌手打交道不多，此前被弄哭过两次。一次是很多年前和王强在橘子洲头喝酒，来了一个12岁的小姑娘，要给我们唱歌，问了一下是安徽流浪过来的，于是就让她唱，结果把我和王强唱哭了。另外一次是在江西吉安，我带着一帮朋友吃夜宵，一对父女来唱歌，也把我唱得一边大口喝酒一边流泪不止。

那天结束的时候，大冰送给我一个手鼓。大冰在登山时手严重受伤，所以不能弹吉他，只能打手鼓。可我怎么也敲不出他轻易就能够打击出的美妙节奏来。现在这个手鼓就挂在我书房，本来能够发出优美节奏的鼓只能委屈着，像哑巴一样陪着我。今天重新翻阅《阿弥陀佛么么哒》，书中突然掉出两片红叶，才想起来去年读这本书的时候，枫叶正红，随手捡起两片夹在了书里。本来是两片各自飘零的树叶，现在被收藏在了同一本书里，也许正寓意着两个各自天涯的人在某一时刻相遇，缘聚缘散，哪怕只有一瞬间，也能留下一点诗意和暖意。

大冰是一个给世界留下暖意的人。

书中窥人：他们让我感动，让我怜惜

参加各种活动的路上，我读完了一系列“中国故事”人物采访：崔永元的《我有一事，生死与之》和柴静、刘瑜的《自由从何而来》。采访这三个人的记者水平都不错，对话没有太多矫揉造作，实在真诚，也比较准确地反映了三个人的所思所想。我和崔永元、柴静都有过当面接触，所以读起来多了一份亲近感。刘瑜我没有当面见过，但读过她的《民主的细节》一书，对她的思想也不陌生。阅读对他们三人的采访，就像是听朋友真心实意地倾诉。

很多年前，有一次我坐飞机去上海，落座后发现旁边坐着小崔，看他脸色暗淡，眉头紧锁，匆匆问候，也没来得及深聊，后来才知道他那时被严重的抑郁症困扰着。再一次遇见他，他跟我说在做《口述历史》，意气风发了很多，还和我一起为冯仑的一个论坛站台，互相调侃。冯仑后来为小崔提供了《口述历史》的办公场地。小崔也邀请我做企业家的口述历史，我婉言谢绝了。我认为即使口述历史无限接近真实，也必有所掩盖。如果让我讲，涉及周围还没有了断的利益关系，并不可能和盘托出，一旦有所掩盖必然失真，所以拒绝了。但小崔还是很认真地做着《口述历史》，现在已经成了中国最接近真实历史的宝库之一。

柴静和我的见面缘自《中国合伙人》这部电影。电影播出后，我表达了一些不同的观点，柴静看到后很感兴趣，就分别对我、徐小平、王强进行了采访。最后节目在中央台播出，引起了较大的反响。后来我的散文集《在绝望中寻找希望》出版时，她也给我写了推荐语："俞敏洪得到的最多评价是'好人'，一个忍辱负重的励志人物。但当《中国合伙人》电影以他为蓝本，讲述他的企业如何被美国人的傲慢激发，奋斗上市时，他却在采访时明确说出教育企业上市的弊端，公开反对'在美国纽交所敲钟才能被世界尊重'的理念，他说'一个人错了就认，认真做有意义的事，企业才能在世界上得到尊重'，这种态度可见他个性的另外一面。"

但不管是小崔还是柴静，都不是我日常的朋友。我在媒体界朋友很少，以前一直认为一些媒体界的人就是传声筒，靠容貌的魅力和声音的磁性吃饭，有思想深度的人不多，直到出现了崔永元、白岩松和柴静。在人云亦云的时代，能够有独立思考能力、通人性、接地气、敢讲真话冒风险的人寥寥无几，而这三位毫无疑问是我认为值得钦佩的媒体人。社会的进步来自有良知的人勇敢的呐喊，来自经过独立思考向真相的靠近，来自把人们从迷蒙状态拉回清醒现实的执着。我从他们三人的言论中，读出了追寻真相的执着和回归人性的勇气。

在全国政协会议上，我常常碰到白岩松和崔永元，也就是握握手，互道问候，然后擦肩而过，但至少我的握手里有一份对他们的敬重，他们对我是什么印象我不得而知。小崔没有出版过什么自己的书，但白岩松出版了《痛并快乐着》《幸福了吗？》《白说》，我都读过——尽管有点借事说事的味道，但至少没有违背良心和独立思考的底线，曲折地讲真话，已经实属不易。

至于柴静，自从读了她的《看见》一书，就从心里对她充满了敬重和怜惜。敬重是因为她充分表达了一个独立思考者的立场和情怀，是一个在迷雾的世界寻找真实的勇士，是一个把社会的痛苦和伤疤揭示在阳光下，并希冀一切变得更好的良善之人，而不是一个小气和刻薄的嘲讽者。一个小女子身上能体现大情怀，这是一件特别不容易的事情，需要承受巨大压力。我因敬重而怜惜，不是那种怜香惜玉，而是希望自己有能力支持这样有血有肉、有情有义的女子。

刘瑜也是同样的情况。自从读了她的《民主的细节》之后，我感到以前读过的有关民主的书籍都可以束之高阁。天下男人，谈民主自由以及相关的条件和约束，好像没有人比刘瑜谈得更好，也许是因为她女性的敏锐和直觉，以及对细节的关注。民主在刘瑜这里变成了一个社会机体中鲜活的细胞和血液，变成了日常小事和切身感受。在她对这些事情的描述中，我们理解了民主对于个人、民族、国家的真正含义。最难能可贵的是，刘瑜从安逸的剑桥回来，在清华大学带着大学生们，至今仍在认真探讨着民主和自由的真实意义。

建议大家认真阅读一下《看见》《民主的细节》，也建议大家认真了解一下小崔的《口述历史》。中国的媒体界有小崔、柴静等人存在，就有了未来的希望。在中国女性的世界里，老一辈我最喜欢的是资中筠。老太太人老心不老，头脑清醒，思想前瞻，逻辑清晰，特立独行，表达的思想总是振聋发聩。年青的一代女性中，柴静和刘瑜毫无疑问令人钦佩，从年轻时风花雪月的文艺女青年，经过现实和思想的熏陶，走在独立思考的荆棘之路上，在柔弱的表面下，用理性的态度，为人性、平等、自由、真实而呼喊，实在令无数拍马奉承之无骨男人汗颜。

有挑战就有
人类新文明的诞生

在路上读书，成了我的基本阅读方式。做新东方以来，我成了在路上来回折腾的人。来回折腾，浪费的自然是时间。最初我喜欢自己开车，那种驾驭汽车踩油门的感觉很棒，但随着北京堵车，浪费在路上的时间太多，就配了司机，这样我在汽车里的时间就可以用来读书了。坐飞机时，除了机场等待，飞机还常常延误，与其对抗的唯一方法就是带本书在身边，一读书心就安了，静静地等，把焦虑变成随遇而安的从容，也算一种风度。我有两次都因为读书太过入迷，没有听到登机广播，一抬头发现飞机已经离去。当时恨不得踹自己两脚，现在想来也算是好玩的事。

这次在飞机上读的书是广西师范大学出版社出版的《无印良品的设计》。这真是一本好书，用简洁的语言，图文并茂地介绍了日本无印良品的理念。无印良品成立于1983年，主要设计各种家居用品和家用电器，现在已经衍生到了房子设计和建造。无印良品在中国也已经开了几家直营店，成都无印良品店为全球最大。我对家居用品和电器也没什么兴趣，原来听说过无印良品，但并没有做过深刻了解。第一次接触无印良品是两年前有人送了我一个名片盒，线条简洁，充满极简主义的味道。

今天阅读《无印良品的设计》这本书，让我有种眼界大开的感觉。

无印良品的设计理念值得任何对产品设计有顶级追求的企业学习，其核心理念有下面几条：

一、简单并具备功能性，摈除一切多余而呈现美。也就是在实用的前提下产品越简单越好。这个简单不是普通的简单，而是经过设计师反复研究讨论后不留痕迹的简单，体现极致美的状态。

二、素和空。让所有产品的设计传递一种朴素和空灵的感觉。空不是什么都没有，而是把文化和审美包含在里面，像中国的青花瓷，看上去简单，细品却有无穷无尽的韵味。

三、这样就好。无印良品不追求独特和奇异，而是追求一种平淡中的美，美得让人有好像前世就遇到过的感觉。“这样才好”是一种霸道和强制，但“这样就好”也是一种温润，一种久别重逢的喜悦。

四、用机制保证以上三点的实现。任何一个产品的创想和设计，不是一个人决定，而是高水平的设计委员会共同决定，任何违反上面三条的都不加考虑。

由于经年累月的坚持，无印良品最终打造出独具特色的内涵和全球性美誉度。无印良品能够在日本成功不是偶然的，文化和机制起到了重要作用。日本文化的特征就是追求极简和充满禅意，继承了中国唐朝简单明快的大气，同时把佛教的空灵发挥到极致，这种文化上千年没有任何破坏地被保留了下来。由于文化传统的稳定性，优秀的东西得以不断继承，在继承之上再进行创新。日本百年以上的企业有六万多家，几百年的商铺也有上万家。放眼中国，百年以上的企业已经难觅踪影，回头再看，只能顿足叹息。这给了我们一个深刻的启示，文化和人心都是极其脆弱的，一旦被毁，千年之后只能是满地碎片。

因为信仰
所以勇敢

我对有关非洲的东西一直比较感兴趣，卡伦·布里克森的自传体小说《走出非洲》和同名电影我各看了两遍。《走出非洲》的文字实在太美了，我到了肯尼亚后，专门去参观了卡伦的故居并且为她的故事写了一篇散文。后来无意中看到《深入非洲三万里》一书，我也很感兴趣。

这本书是19世纪英国著名的非洲探险家、传教士、医生大卫·李文斯顿的传记。李文斯顿我听说过，但对他的探险细节、生命历程确实不太了解，所以干脆就利用工作的空隙阅读起来。本书作者生于中国台湾，叫张文亮，美国加州大学戴维斯分校博士，台湾大学生物环境系统工程学系教授。张文亮自称是李文斯顿迷，身为工程学博士，居然写出了探险家的传记，而且文笔和布局都还比较流畅。可见一个人只要坚持兴趣所在，就必有所成。

读完该书，我对李文斯顿的一生有了更多的了解，他的信念、坚守、勇敢、善良着实让人感动。他一次次进入非洲传播基督教福音，劝导土著人信仰上帝，以此为终生使命从未动摇。不管是遇到食人族还是毒箭族，遇到狮子还是毒虫，他都没有半点放弃的念头。他抱着

非洲大草原上的长颈鹿。我一直对非洲这片大地充满好奇

良善的心态，从不和土著发生激烈冲突，而是通过自己的耐心让土著明白他的善意，接受他的布道。他的良善并不是软弱，在非洲他一直和贩奴者作斗争，强烈抗议抓黑人去当奴隶的罪恶行径，以至于贩奴者高价悬赏他的人头。后来，在他的努力促成下，非洲的奴隶买卖终于被彻底废除。李文斯顿身上那种在信念的支撑下坚忍不拔的精神和对自己使命的热爱，是所有愿意活出生命意义的人学习的榜样。

我一直对非洲这片大地（北非除外）没有发展出现代文明感到好奇。非洲几乎所有的土著都没有文字，也没有历史记录，上万年（从人类最初出现在非洲算起应该是上百万年）过着原始部落采摘狩猎的生活。有人说这是因为黑人智商低，我认为这是无稽之谈，只要看看后来的马丁·路德·金、曼德拉以及奥巴马，这样的言论就立不住脚。有研究者认为，人类是从非洲走出去的，走出非洲的人类创造了现代文明，留在非洲的却处于原始状态，主要的原因是什么呢？我觉得答案在于挑战的程度，人类接受的挑战越多，进化得越快。在非洲，大部分人生活在热带地区，没有明显的春夏秋冬，自然界有充足的食物，不需要收藏粮食、编织衣服以备冬需，社会结构也不需要复杂，人们只要能应付野兽的袭击和其他部族的攻击就行。

李文斯顿讲了一个故事。他到一个部落，发现这个部落的人要到河里打水，因为河里有鳄鱼，总有人在打水时被鳄鱼吃掉，但上千年来人们就这样打水，从来没有真正想办法解决鳄鱼吃人的问题。李文斯顿去后，在水里建了一圈木栅栏，把鳄鱼挡在了打水的地方之外。这个办法很简单，但土著从来没有想出来。走出非洲的人类，遇到了太多的挑战——不同季节的挑战、不同环境的挑战、不同族群的挑战。

在一次次迎接挑战的过程中，人类变得越来越机警，越来越有创造力，越来越懂得利用工具，越来越知道群体合作的重要性，并由此创造了语言和文字，文明从此诞生。所以我的结论是：文明的产生是人类为了生存迎接一次次重大挑战而形成的结果。

毕淑敏也写过一本《非洲三万里》，但我们比较两本书就会发现很多不同之处。中国人的旅游或者探险，大多是为了了解而去，不是为了深度考察和文化融合，所以基本是走马观花。毕淑敏已经算是了解得比较深入的一个，但也只在非洲待了几十天，既是旅游，也是为了写作。虽然她对遇到的事情和现象进行了认真的思考，但都不是深度的精神体验，也并未用生命的热度去丈量。而李文斯顿这样的人，把整个生命都交给了非洲，最后死在非洲，并把自己的心脏埋在了非洲的大地之中（身体被运回了英国）。他其实不只是一个探险家，更是一个“传教士”，带着神圣的使命，希望通过传教让非洲走出野蛮和愚昧。因为信仰，所以勇敢，所以他敢于在19世纪深入广大非洲地区，在刀枪挥舞、猛兽横行的环境中，九死一生（曾有狮子将11颗牙齿咬进他的左肩，居然没把他咬死）。他以行医和做善事为手段，赢得了土著的信任，也让很多土著部族之间增加了了解，减少了冲突和杀戮，并且让不少人信奉了上帝。（传教这件事情本身的好坏，我不在这里妄作评价）

与此同时，他也认真考察了非洲的地理特征、风土人情、植被动物，为世界全面了解非洲填补了空白。最重要的是，非洲本来是异乡，他反把异乡当作故乡，对这片大地产生了深沉的热爱和眷恋，最后把生命永久留在了那里。写了《走出非洲》的卡伦，对非洲大地也是一往情深，几度梦回。尽管从某种意义上，他们都是非洲的入侵者，没有他们，非洲也许更原始、更安宁，但我们在这里不讨论是非，只讨论一个人愿意投入某项事业的深度。在中国，有些人做事情喜欢浅尝辄止，连做科学研究时刨根问底的精神也不够。在唯金钱是瞻的今天，大家更显浮躁和轻薄，那种一往情深、满腔热血、坚守自己一生信念的人越来越凤毛麟角了。

人是活在一种精神里的，有了精神就有了永生。如果没有精神，就算有再多的财富，也是行尸走肉。就像古代大多数皇帝一样，死后就算埋在金山银海、绫罗绸缎之中，也没有任何办法阻止自己肉体的腐烂和消亡，更没有办法阻止强盗们的盗墓和对他们尸骨的凌辱。

孤独的作者
绚烂的故事

提起达芙妮·杜穆里埃的小说《浮生梦》，很多人并不是那么熟悉，但她的另外一部小说《蝴蝶梦》应该耳熟能详。我在上大学的时候看过小说改编的电影，英文长进后还阅读了英文原著。只不过三十年过去，对于小说文笔的记忆已经模糊，但故事情节依然记得比较清晰，尤其是小说表达的对纯洁爱情的坚守和对诡异气氛的渲染，给我留下了深刻印象。由于这部小说，我在很长一段时间内对英国的城堡有一种偏见，认为里面非鬼即怪。直到十年前到剑桥去参观其中古老的建筑，知道无数伟大的思想都是在这些建筑中诞生，才对城堡类建筑产生了一点好感。

小说《蝴蝶梦》1938年问世，描写了一个无依无靠的女主人公爱上了曼陀丽庄园的男主人马克西姆·德温特并与其结婚。但婚后她感到德温特的前妻——溺死在大海里的吕蓓卡的阴魂无处不在。后来吕蓓卡的尸体在海里被发现，德温特也因此被控犯了杀妻罪。法院经调查，弄清楚了吕蓓卡因为身患癌症自知无望，故意激怒德温特朝她开枪，因此德温特被判无罪。忠实于吕蓓卡的女管家因妒生恨，放火烧掉庄园。故事以女主人公过上平静生活而结束。吕蓓卡虽从未以活人形象出现，但随着情节的逐步展开，其灵魂和性格特征也跃然纸上。故事带有悬疑小说的色彩，引人入胜。

《浮生梦》可以算是《蝴蝶梦》的姊妹篇。小说以康沃尔郡的庄园为人物活动的主要舞台，描写了堂兄弟安布鲁斯和菲利普两人与女主人公瑞秋的故事，以菲利普为第一人称叙述。像《蝴蝶梦》中的吕蓓卡一样，身为庄园主的堂兄安布鲁斯也从来没有正式出现过，只不过在这里，他是个正面形象。他在意大利邂逅孀居的表妹瑞秋后，坠入爱河并很快与其结婚。不久后，安布鲁斯在异乡去世。菲利普非常热爱堂兄，因此对瑞秋心生仇恨，但见面后很快由仇恨转为爱，甚至到了非理性的程度。最后由于菲利普怀疑瑞秋的动机而酿成悲剧，以瑞秋的意外去世而告终。小说对于爱情中人的情绪波动和心理活动描述非常到位，同时由于达芙妮擅长用悬疑小说的方式来渲染气氛，所以使作品有较强的可读性。作品以情生爱、因爱生乱、乱极生悲的主线展开，以一声叹息、无限惆怅而结束。

达芙妮的一生创作成就丰富，但自身经历却带有一点悲剧色彩。她不喜欢城市生活，长期住在英国西南部、大西洋沿岸的康沃尔郡，因此她的不少作品都以此郡的社会习俗与风土人情为主题或背景，被坊间称为“康沃尔小说”。她获得过很高的荣誉，曾当选为英国皇家文学会会员，还被授予大英帝国二级女爵士勋章。达芙妮有双重性取向，一生既有男朋友和丈夫，也有一些女性情人。在学校读书期间，她就和一位女教师有密切的情感关系，后来又与自己美国出版人的夫人埃伦·道布尔迪有情感纠葛，同时还与女演员格特鲁德·劳伦斯保持着暧昧关系。1965年，丈夫博伊·布朗宁（英国空降兵创始人）去世后，她继续从事写作，但再也没有写出早年那样成功的作品。20世纪80年代起，她感到失去了生活的价值，再也找不到灵感。1989年达芙妮开始拒绝进食，同年4月16日晚在睡梦中去世，享年82岁。

达芙妮写的小说很精彩，但实际上她一生的大部分时间都在孤独、寂寞和平淡中度过。她用小说创作了一个比她生活的世界更加丰富和激动人心的世界，但最终现实的平庸让她无法接受，自杀式地结束了自己的生命。人生都有精彩和灰暗，都有如闪电般的光辉和闪电过后的黑暗消沉。达芙妮用小说叙述了生命的精彩和光辉，为我们留下了关于爱情和生命的不朽叙述，而她生命中的灰暗和消沉，则随着她生命的消逝，一起埋入了历史的烟尘之中。

时空交错的
瞬间与永恒

在意大利旅行，走过威尼斯，走过维罗纳，于是重读了莎士比亚的《威尼斯商人》和《罗密欧与朱丽叶》。因为剧情发生的场景一个在威尼斯，一个在维罗纳。

大学时读过莎士比亚的英文原著，也读过朱生豪的译本。这次读的还是朱生豪译本，本来想读英文原版，想想旅途太累，还是选择了轻松读法。记得大学时老师讲莎士比亚时，能够整段背诵，让我们钦佩不已，但现在一点也回忆不起来老师讲了什么。要是这次不重读，故事情节几乎都忘记了。忘记就忘记了，我的理论是阅读就是为了忘记，但读过和没有读过对人的影响是不一样的。

再次读这两个剧本，依然发现朱生豪的翻译是没法超越的：文笔流畅、用词优美、忠实原著、语言精准到位。我对朱生豪一直是敬佩有加的，他从1936年开始翻译莎士比亚，到1944年因贫病交加去世，年仅32岁，这些年他几乎把莎士比亚全部作品翻译完了，为中国和世界留下了一份极其珍贵的遗产。可惜他没有看到抗日战争胜利，也没有等到能够治疗肺结核的药物问世，所以留下了太多遗憾。

莎士比亚是无与伦比的伟大人物，对戏剧语言的把握，对人物心理的描述，对场景的铺设，以及语言之优美，到今天还没有出其右者。但用今天的眼光来看，我们发现人类社会还是取得了巨大进步。《威尼斯商人》毫无疑问体现了当时欧洲对犹太人的歧视，而《罗密欧与朱丽叶》的悲剧在今天原则上已经不太容易发生。几百年来，人类在平等、尊严、公平、宽容、开放上面进步飞快，尽管依然有偏见、歧视、极端狭隘存在，但我们可以相信，人类在人性层面一定还会取得更大的进步。

今天的威尼斯，已经不再像中世纪时那样是一个世界性的商业中心，更多的是一个纯粹的旅游城市。威尼斯本地居民只剩下五万多人，但平均每年来这里的游客多达千万，几乎要把这座城市踩沉。一样的城市，一样的血色夕阳，但演绎的是截然不同的故事。

维罗纳是一座美丽的城市，坐落在威尼斯到米兰的必经之路上。城市里的古罗马圆形剧场，在经历了两千多年的风雨之后，今天还在使用。但人们来到这里不是为了参观圆形剧场，而是为了去看一眼罗密欧爬过的墙和朱丽叶待过的阳台。据说那个阳台是真实存在的，很多游人都到上面照相。不知道游客们有没有想过，这里是爱情的开始，但也是悲剧的开始。院子里有一座朱丽叶的铜像，不管男女都去摸她的右胸（据说会带来好运气），结果右胸被摸得锃光瓦亮。要是朱丽叶再世，也会羞得无地自容吧。

最美丽的还是在维罗纳边上的加尔达湖，从阿尔卑斯山下来的雪水和泉水源源不断，让加尔达湖变成了意大利第一大湖，浩浩荡荡，横无际涯，朝晖夕阴，气象万千。在湖边散步，心旷神怡，宠辱皆忘，千年罗马帝国的辉煌已成烟云，而儿女情长的纠结也恍如隔世，唯独壮丽的大自然，千万年之后依然风景如画。

在放不下中
选择放下

今天北京的天气可以用“爽”来形容，空气澄明，阳光明媚。站在楼上的窗户边，能够看到密云、怀柔一带山峦起伏，轮廓清晰。早上劲风疾吹，穿着棉袄都有点冷，到了中午又变成了微风拂面，在户外散步，温暖的阳光照在身上，人就有了融化在阳光里的感觉。

今天阅读了陶立夏的《岛屿来信》。非常惭愧此前我确实不知道陶立夏是谁。对于青年女作者，我好像已经过了关心的年龄，不知道是不是证明我已经变老了。之所以读《岛屿来信》，一是Kindle上推荐这本书，所以我就随手下载了，二是这本书讲的是作者在世界各地不同岛屿上的经历和感受，而我听到岛屿，心里就会升起温馨和浪漫的激动。为了了解陶立夏，我特意百度一下，介绍如下：“陶立夏，翻译、作家、摄影师，多年来以独特视角周游世界，畅销旅行书《分开旅行：在路上遇见自己》，首次以情感为主线，探索旅行之于内心成长的意义。”

《岛屿来信》不厚，图文并茂，很快就能读完。作者用细腻的笔调，讲述自己在世界十几个小岛（岛国）上的经历、情感和思考。每个岛都像不同个性的人，给她带来不同的体验和领悟。从自然风景的描绘到人文历史的探究，融入自己的所思所想，陶立夏成熟地运用细腻的语言表达出了其他人也许同样能够感受到，却不太容易表达出来的细腻情感。

因为觉得作者的文笔不错，我又下载了她的另外两本书，《练习一个人：当我开始爱自己》和《分开旅行：在路上遇见自己》。我翻看了《练习一个人》，觉得比《岛屿来信》在情感表达上更加真实和细腻，也许是作者日常感情不断积累和内化所致。这样细腻的情感表达，只有女性作家能够做到吧？这样的书更适合女性阅读，男性阅读这样的书籍，更多的是体会女性的柔软、纠结和细腻，去理解一位女性因为丰富的感情无处摆放而选择浪迹天涯的潇洒。

读完还是挺喜欢陶立夏的文字，但更加让我欣赏的是，她在放不下中选择了放下。字里行间能够感受到她是一个内心丰富的人，经历的感情像刀刻过一样在她生命中留下了印迹，几乎无处排遣，最后失眠症像噩梦一样夜夜紧随，她只能选择在陌生的风景和文化中找回自己。从文字中能够读出她深深的孤独，而这样的孤独已经变成她精神气质的一部分。也许正是这样的情感交错，使她的文字变得清澈透明但余味无穷。

说走就走的背后，是对过去生活的告别；丈量脚下每一块陌生土地的同时，也是在丈量自己心的容量和对世界的度量。一位女性只有在失去安全的情感堡垒后，才会选择走向异国风雨，并在风雨中寻找自己失落的宝藏。就像西藏磕长头的善男信女，每一次身体伏地的伸展，都是靠近佛的一次努力，但当长头磕完之后，面对雪山圣湖，一定还会有四顾茫然的苍凉。陶立夏从决定迈向世界的第一步开始，已经注定，一生只能属于路上的风景。

“世界那么大，我想去看看”，并不是每个人都能够做到的。陶立夏家庭条件应该不错，父母好像也有足够的经济条件，而她自己又很有才气，擅长摄影、翻译和写作，所以她去世界各地旅行并不算是一种苦旅，基本都是在商务舱和星级宾馆中。一般的人可能还真不具备这样的条件，能够悠闲地旅行，悠闲地写作。即使如此热爱旅行者如我，也只能每年拿出二三十天时间来行走世界。不是没有钱，不是不想走，我甚至很想和陶立夏一起旅行一次，探讨旅行中生命的意义，但我真的没有时间。做新东方，做洪泰，做耿丹学院……不再是为钱，但身上的责任感和使命感一分钟都卸不下来。我只想说，来一次说走就走的旅行，真的不那么容易。

回忆和向往
都在远方

傅真迄今写了三本书，第一本书是她和毛铭基合著的《藏地白皮书》，描写自己在西藏的爱情奇遇，她遇到的男人叫毛铭基，一位香港小伙子；第二本是《最好金龟换酒》，记录自己和铭基一起在中南美洲旅游的故事；第三本书是《泛若不系之舟》，讲述了他们俩一起在印度、泰国、越南等地旅行的见闻。这三本书我原来都没读过，后来阅读《泛若不系之舟》是因为有朋友看到我写有关陶立夏《岛屿来信》的阅读笔记后，告诉我其实还有一个更加值得一读的游记作者，也是个女作者，叫傅真。

在此之前我还真没听说过傅真，于是上网搜了一下，知道了一点她的背景：出生江西书香之家，在人大读书，去英国留学，毕业后做金融分析师，最后放弃报酬丰厚的职业，开始行走生涯。我在网上匆匆翻阅了《藏地白皮书》和《最好金龟换酒》，觉得文笔清新自然，表达轻松幽默，在女性描写自身经历的作品中，难得不矫揉造作。我干脆把三本书全部买了下来，挑出最新出版的《泛若不系之舟》，认真阅读一番。

傅真的爱情故事可以用童话故事的逻辑来概括，让人相信只要愿意寻找，幸福和美好的生活总会在什么地方等着你，最后会与你不期而遇。在2003年“非典”的时候，她一个人到西藏旅游，在那里碰上了毛铭基。两人在相伴出游的过程中互生好感，最后有情人终成眷属，结婚生子，感情和美地生活到今天。更加难得的是两人志趣相同，都很喜欢旅游探索，所以各自辞去工作，东飞南美，西下印度，体验世界，品味生活。

由于生活的明快，傅真的文笔摆脱了一般女性写作时的扭捏作态和腻腻歪歪。阅读她的文字，你不会被女人的感情绕进去，最后不知所云。如果你预先不知道傅真的性别，在阅读她的文字时，几乎体会不到这是一个女性在写作，字里行间有一种洒脱和大气。通过《泛若不系之舟》的文字，我们能够感到，傅真不是一个娇生惯养、没事找事、豪华出行、无病呻吟的旅游者，而是把自己定位成一个体验者、融入者和思考者。她和铭基一路住青年旅舍或民居客栈，到特蕾莎修女创建的垂死之家做义工，去佛陀家乡对修行进行证悟并思考。尽管这些行为依然只能算浅尝辄止，但已经为旅行融入了不一样的意义。旅行不再是一路上的浮光掠影和寻奇猎艳，而是一场精神和灵魂的陶冶之旅。

阅读和旅行，是我人生两大乐事。可惜我作茧自缚、深陷红尘，做事业的同时为自己编织了好大一片名利场，到今天依然失头盲脑，心浮气躁游走其间。希望不远的将来，我也能够有一段完整的时间，去完成一场属于自己的旅行，不是为了奇遇，也不再是为了爱情，而是为了给自己一个交代，让自己的心灵有另外一片更加广阔的天地可以安放。

在渴望与无奈间交替的爱情

我读过美国作家尼古拉斯·斯帕克思的两本小说，一本是《罗丹岛之恋》，另一本是《分手信》。这两本小说都被拍成过电影，电影是否流行我不知道，但小说是十分畅销的，在国外几乎任何一个机场书店都被摆放在显眼位置销售。不过，我一直觉得自己已经过了读爱情小说的年龄，所以以前没有读过尼古拉斯的小说。这次阅读也是源于Kindle的推荐，每次关上阅读器电源，《罗丹岛之恋》就被推荐到页面上，推荐语是“相遇，永远不会太晚”。打开看看简介，是讲述中年男女相遇之爱的，心想趁着假期，不妨随便翻翻，就下载了下来。

我一直认为，爱情畅销书作家的作品都会流于肤浅和情绪挑逗，读完了尼古拉斯的这两本小说，觉得他对人性深处的渴望和现实生活的无奈有比较深刻的了解。本质上，人类就是在渴望和无奈的交替中生活的。于是，在读完了《罗丹岛之恋》后，我又下载了尼古拉斯的另一部小说《分手信》。

尼古拉斯的爱情小说几乎涉及所有的年龄段，如他自己所说：“就爱情而言，之前我的作品几乎囊括了所有的年龄阶层。有讲述老年人爱情的《恋恋笔记本》，有讲述从青年时期到壮年时期的爱情故事《青涩年代》，也有30多岁中年时期的浪漫爱情《瓶中信》。我的创作灵感来源于我身边各色的女性，而在我生命中占有重要角色的仍然是女性，我真的打心眼里喜欢她们。我的妈妈、我的妻子、我的经纪人、我的编辑、我的几部电影的制片人都是女性，所以就我整个人生来说，与女性深层次交谈的时间比与男性的多得多，因此我有更多的机会去走进她们的内心。”

《罗丹岛之恋》讲述了一对中年男女在罗丹岛上五天短暂的爱情故事。两位已经离异的男女因为不同的原因来到岛上，一个暴风雨的夜晚，在岛上的旅馆，风雨飘摇中彼此交心，爆发的爱情把两人紧紧联系在一起，短暂的五天成为彼此生命中永不磨灭的印记。分手后两人两地思念，在努力履行人父人母责任的同时，静静等待对方。但最后因为一场车祸，等待变成了永别。尽管故事落入一定的套路，但文字的流畅和对中年人困惑心境的描述依然足够吸引人，至少能够吸引像我这样在各种中年迷茫和困境中苦苦挣扎的人。

人生一辈子真正的感情，遇上已属难得，而人生的悲剧在于遇上的那个人，往往不是生活在一起的那个人，或者常常不是在对的时间和地点遇到的那个人，到最后总是“执手相看泪眼，竟无语凝噎”。过去的幻灭、现实的无奈、未来的迷失、朦胧的期待，构成了中年情感错综复杂的内涵。

《分手信》描写的是年轻人的爱情。生长于单亲家庭的约翰与父亲难以沟通，终日自暴自弃。后来他决心改变自己，去军队服役，驻扎海外，回国休假时结识了清纯可人的莎文娜，并陷入深深的爱恋。在莎文娜的帮助下，约翰正视了父亲的社交障碍，改善了父子关系。由于“9・11事件”爆发，本来可以复员和爱人团聚的约翰继续在部队服役，只能通过书信与莎文娜维系感情。这段远距离恋情在艰难维持了两年之后，最终因莎文娜的一封分手信而画上了句号。但故事并没有到此结束，约翰父亲后来因病去世，约翰回来安排后事，葬礼结束后在不知所措的心情驱使下，来到莎文娜家里，发现她的丈夫提姆患了癌症。为了拯救提姆的生命，约翰卖掉了父亲终生收藏的钱币，并且放弃了可能再次得到的爱情。故事的叙述让人怦然心动，最动人的有两点：一是对父子关系和亲情的叙述；另一个就是人性中深藏的美丽总是在关键时刻显露出来，不经意中让读者浸染人性的光辉。

故事的笔调依然是“人有悲欢离合，月有阴晴圆缺，此事古难全”，但人类的精神生命也正是根系于情感生活的美好、复杂和失落才会呈现出变化多彩、催人泪下的丰富性。尼古拉斯的小说叙述了爱情的真实性：人的心灵总是渴望爱情，但常常为爱情所伤，这些伤害不管是来自他人还是自己，都成为生命得以持续的某种滋养。

由于尼古拉斯擅长对女性情感的理解和描述，所以更加受到千百万女性读者的欢迎。他的小说被翻译成几十种文字，畅销全球五千万册。我只读过其中两本，以后也不一定再有时间去读他的其他作品。但相较于现在有些文艺青年所描写的各种无厘头爱情，中国年轻的孩子们如果能够阅读尼古拉斯的作品，也许是一个更加不错的选择。因为他描写的爱情总是把情感和责任结合在一起，而这恰恰是今天中国的一些年轻人的爱情观所缺乏的。情感缺乏了责任，很容易变成儿戏。

一本好的历史书是什么样子?

维吉尔·希利尔《美国学生世界历史》

读完维吉尔·希利尔的《美国学生世界历史》，整体感觉是本好书，语言简洁，生动有趣，历史脉络清晰，从远古一直讲到现代。但也有一个明显缺陷，就是作者站在西方人的立场上书写历史，整本书与其说是世界历史，不如说是欧美历史比较确切。世界文明浩浩荡荡几千年，东方文明是最重要的组成部分之一，但整本书基本没有提到中国历史和印度历史，以及这些文明古国为世界文明发展做出的贡献。美国小孩读完这样一本历史读物，有可能会产生一种偏见，认为世界历史就是欧洲和美国的历史，造成孩子的欧美中心情结，无形中形成"普天之下，莫非欧美"的傲慢和错觉。

但不管怎样，这本书（实际上是一系列书籍，包括历史、地理、文艺等）依然值得大家一读，能帮助读者轻松了解除东方外的世界历史和文明发展脉络。该书也适合我们的孩子一读，能够开阔孩子的视野，增加孩子必备的历史知识，尤其能够培养孩子的历史格局观。到现在为止，在我所知的范围内，中国好像还没有一本真正有趣的、专门为孩子们写的世界历史和中国历史的好书。我们的历史观受制于各种教条，总忘不了归类、批判和灌输，而不是轻松地叙述和公正地把握人类文明发展的路径。前几年以《明朝那些事儿》为起点，对于历史的叙述开始变得轻松故事化，但又走向了调侃和轻浮。很希望不远的将来，我们不仅能够为孩子，也为大人写出尊重事实、培养理性、开启心智、提升价值的好历史书来。

张宏杰《大明王朝的七张面孔》

顾名思义，这本书写了明朝有代表性的七个人物，他们是朱元璋、朱棣、海瑞、魏忠贤、张献忠、吴三桂、郑成功。写中国古代历史的书已经多如牛毛，从各种角度翻来覆去，大部分都是炒冷饭。张宏杰站在现代社会制度、人格平等和做人尊严的角度，去分析古代社会制度的缺陷和这种制度造成的人格扭曲，看问题的角度有一定独特性。

但我认为，了解中国古代历史的大概脉络和主要人物之后，中国古代历史就可以不读了。一部中国古代历史，大体就是两个方面：一是帝王统治下家国天下的历史；一是帝王权力失控后天下大乱及农民起义的历史。不管是帝王统治还是农民起义，除了通过暴力和压制从而追求极权和利益之外，从来没有追求过人与人之间平等的更高社会形态。即使是明君如唐太宗和赵匡胤，也只不过是更加懂得如何平衡官僚集团和百姓利益，知道如何在有条件的前提下对知识分子更好一点，来获得帝国的暂时稳定。他们也从来没有突破过“普天之下，莫非王土”的理念，设计出新的政治理念和结构。

中国的农民起义，当然是因为民不聊生、官逼民反，但几乎所有的农民起义都是低层次上打砸抢的历史，提出的最高理念也就是“均贫富”而已，而农民领袖的“鸿鹄之志”最多也就是把自己变成帝王。朱元璋是农民起义成功的典型代表，从一个乞丐一路奋斗到帝王。最后的结果大家看到了，他是一位农民意识如此强烈的帝王，目光短浅、心胸狭隘，导致明朝社会与文化发展陷入困境，本来在宋朝就已经初露头角的资本主义萌芽也被扼杀在了小农经济的摇篮里。而自明到清的闭关锁国，更加使中国在与世界的竞争中处于下风。

张鸣《重说中国近代史》

张鸣的《重说中国近代史》，实际上是他讲的政治史公开课的录音整理。因为是讲课整理，所以语言就显得活泼轻松，使得本书很具有可读性。当然这本书真正值得读是因为张鸣看近代史的视角比较新颖独特。一般的近代史都比较受意识形态的影响，先戴着有色眼镜，把人分成了好人坏人，比如一讲到孙中山就是伟大的，一讲到军阀就是反动的。其实真实的历史并不那么简单。张鸣站在中立的立场、人性的立场，而不是阶级的立场来分析中国近代史，还原历史人物的真实风貌，呈现在我们眼前的近代史就变得丰富多彩，人物也变得有血有肉。张鸣说：“冷静地审视过去，然后去看待我们的未来，尽早学得聪明些，不要总在一个坑里反复折腾、反复跌倒。如果我们不能很正确地看待这段历史，就很难吸取教训，很难避免过去的悲剧。我们必须从心理上走出我们的中世纪，才有前途，过去的辉煌历史才有价值。”诚哉斯言。

“庄周梦蝶”的谦卑与智慧

4月里，我用了两天的零碎时间，阅读了澳大利亚仿生科学家和企业家杰伊·哈曼的《创新启示：大自然激发的灵感与创意》。该书的主题就是揭示大自然的现象和各种生物特性如何激发人类的灵感驱动创新，人类通过研究和模仿自然创造出造福于人类的各种设备和应用。比如人类通过研究大黄蜂，改善飞机的空气动力性能；通过研究跳蚤的膝关节，制造出完美的弹性橡胶；通过研究鲨鱼，制造出了使运动员游泳更快的鲨鱼皮泳装。种种现象表明，造物主的发明和设计远远高于人类的造作，只有通过和大自然的亲密接触和观察，人类才能够创造出各种优质产品来。

由于作者是一位海洋爱好者，很多年都在海洋上度过，潜水、钓鱼、航海等，所以对海洋生物比较熟悉。在书中，他穿插描写了不少自己在海上的奇闻趣事，比如他受到海蛇的攻击时，如何与海蛇进行搏斗，比如他在潜水时发现了古代的沉船和钱币等。但给人印象更加深刻的是他对各种海洋生物的观察，然后试验各种仿生产品，最终把产品商品化。因此，杰伊不仅是一个科学研究者，更是一个以仿生为核心的发明家和创业家。他拥有自己的公司，通过公司化运作积累资金，用于更多的仿生产品研究。从杰伊的例子可以看出，一个人只要对自己喜欢的东西进行深入研究，并着眼于人类未来的进步，就一定会获得很好的成果，而自己在这样的过程中也充满乐趣。

自从工业社会开始，人类不断创造各种提升自身生活水平的产品，也给大自然带来了重大灾难。空气污染、污水排放、化学垃圾等使人类在得益于现代医学的发展，消除一些疾病的同时，也造成了更多的疾病痛苦，比如癌症的发病率就是原来的好几倍。人类的生命因为自己不慎的贪婪行为，受到了重大威胁。面向未来，我们如何和大自然进一步融合，在人类自身发展的同时，更好地保护大自然，真正形成天人合一的共存局面，确实是一个需要严肃探讨的话题。

从这本书中还可以得出一个结论，人类自以为是的状态可以结束了。通过仿生学的研究，我们发现世界上几乎所有的动物和植物都有远远高于人类的奇特之处，即使苍蝇和螳螂也不例外。在几十亿年的地球进化中，无数生物都被淘汰了，现在留下来的可以说是天地精华的凝聚，各种生物之间既互相依赖又互相竞争，形成了和谐的存在。

人类过去上千年自诩为上帝的骄子，为了自己的利益大肆破坏自然，已经导致了很多物种的灭绝，还有很多物种走在灭绝的路上；与此同时，人类也因为自己的愚蠢陷入种种困境之中。人类说到底来自万物，又归于万物。“昔者庄周梦为胡蝶，栩栩然胡蝶也。自喻适志与！不知周也。俄然觉，则蘧蘧然周也。不知周之梦为胡蝶与？胡蝶之梦为周与？”庄子梦为蝴蝶，寓意人和自然灵魂的结合，也只有当我们放下身段，谦卑对待世间万物，与它们和谐相处，我们才能够进行真正的自我救赎。

变革
从突破自己开始

2014年11月，团中央组织的“创青春”全国大学生创业大赛决赛在武汉举行，大赛请了三个人做总评委，邓峰、周鸿祎和我。周鸿祎带了一本他的新作送给我，就是当时刚出版的《周鸿祎自述：我的互联网方法论》。

对于周鸿祎，我们平时都习惯称他老周，他也很习惯这个称呼，但其实我是比他大一些的。他给我的印象是不拘小节，几乎从来没有见他穿过正经的西装，人很真诚，用通俗的话说就是不装，所以爱装的人到他身边会觉得难受。另外，他说话锐利和直接，常常能够一针见血，这又让说话绕圈子想要隐藏点什么的人感到难受。所以圈子里对他的评价就出现了正负两极，有极喜欢他的，有很讨厌他的，让他变成了一个有争议的人物。

我比较欣赏他的个性，直来直去，敢作敢当，一针见血，爽快自如，所以很愿意听他侃大山。这次在武汉又看到他不按常规出牌，组委会明明已经安排了晚上的快餐，让我们待在演播室不要出去。老周利用中间的一个小时，要到马路上找一家小饭馆，吃点湖北当地的饭菜。这刚好也符合我的个性，所以我们一起哄，组委会只能让步，送我们到马路上的饭馆吃饭去了。

从武汉回北京后我找时间把老周的书读了一遍，感到收获良多。从一个人的书中，你可以读到他的个性、为人、思想。在老周的书里，你还能够读到他作为一位企业老总对企业发展定位、创新、变革的思考。老周的这本书并不是他的自传，更主要的是他对如何在互联网时代取得商业成功的思考，这些思考在移动互联时代迅速到来的今天，显得特别得体、合时宜。

老周做360公司的时候，最初的目的并不是要做免费的网上杀毒软件。老周最初是做软件插件的，结果后来很多流氓软件都把老周当作祖师爷来宣传。老周为了正名，就做了360杀毒软件，帮助电脑用户阻挡流氓软件，结果大受欢迎。从这里开始，他觉得杀毒软件也应该免费。可是当时的杀毒软件都是收费的，而且费用不少，他进入杀毒行业并且免费，成了彻头彻尾的搅局者，让传统的杀毒软件行业大伤元气，以致基本消失。但这一搅局行为让上亿的电脑用户受益，开始享受360随时随地的上网保护。

在书中，老周对什么是互联网时代，在互联网时代何为用户至上，什么叫颠覆式创新，在互联网免费的大潮下如何重建商业模式，如何创造出极致体验的产品等进行了生动的阐述。给我整体的感觉是，互联网方法论就是不按照传统的规则出牌，你收费我就免费，你顺着大道走我就另辟蹊径，你进行宏观的战略布局我就单点突破，你循序渐进我就颠覆式创新，你自以为是研发产品我就一切以用户为出发点。所有这一切，其实就是一条：在一个日新月异、风云变幻的时代，没有什么是恒定的，也没有什么是可以强加给这个世界的。一个企业的发展需要有突破性思维，一个人的发展也需要有突破自己的勇气。

因为对传统教育的突破，新东方才有了今天。今天的新东方已经从新锐走向了传统。进入移动互联时代，所有的经营模式都发生了变化，客户的需求也发生了变化。能否跟上这个时代，并且最终在教育领域引领时代的发展，决定了新东方的生死存亡。在发展二十多年后，新东方的基因里已经有了太多的惯性思维需要打破，需要变革。要做到这一点，新东方关键岗位上的人都需要进行思想革新，都需要具备互联网思维和互联网方法论。从这个意义上说，让大家阅读周鸿祎这样的书就很有必要。因此，在我读完后，我让新东方人力资源部从网上书店订购了500本老周的书，给新东方关键岗位上的人人手一本。如果一个企业在行动上需要变革，就必须在思想上先变革。希望老周的这本书，成为新东方变革的导火索之一。

一部日本人写的中国历史

最近几天一直在读陈舜臣的《十八史略》。《十八史略》本来是一部被中国人遗忘了四百余年的史学著作，由宋代学者曾先之撰写，成书于元朝，有明一代成为史学畅销书，是私塾必备的史学著作。后来该书传入日本，跻身名望史籍之列，与《史记》《汉书》《贞观政要》《资治通鉴》等一道在宫廷、幕府内正式讲读。时至今日，《十八史略》仍然是日本人阅读最多的中国史书之一。陈舜臣把《十八史略》用现代语言改写成了历史小说，加入了很多现代的元素，变成了一部可读性极强的小说型历史普及读物。

我一直以为陈舜臣是中国台湾人，没有想到是日本人。陈舜臣1924年生于日本神户，祖籍中国台湾，他对中国历史和人物心理的理解让人吃惊。陈舜臣先后出版了《十八史略》《甲午战争》《鸦片战争》《秘本三国志》《太平天国》《大元王朝与耶律楚材》《秦始皇》《风云儿郑成功》《成吉思汗》《诸葛孔明》等著作，以其博学多识和丰富的想象赢得广泛赞誉，一次次掀起日本阅读中国史的热潮。

广西师大出版社引进出版的《十八史略》，语言翻译流畅，故事性强，而且不脱离历史事实。陈舜臣有非常厉害的对历史人物进行心理分析并凝聚成对话场景的能力，所以阅读起来，历史人物就变得栩栩如生。这套书共有五本，洋洋洒洒上百万字，特别适合中学生、大学生阅读，也适合轻松悠闲式阅读，和当年明月的《明朝那些事儿》有得一拼。

给我感受最深刻的是《十八史略》五本中的最后一本《文治时代》。这本书里介绍了宋徽宗的上台，其后果是把整个北宋给毁掉了。宋徽宗本来不应该做皇帝，但他的哥哥哲宗死了，轮到了他。他本来应该是个艺术家，写字、画画、收藏都很出色。其实他自己对做皇帝也不感冒，所以做了皇帝仍只是对艺术感兴趣，用皇帝的权力在全国范围内搞收藏，兴起了花石纲，就是把太湖等地的奇木怪石运到京城，国家的正常漕运和人民的正常生活受到重大影响，导致民怨沸腾，直接激发了方腊起义（《水浒传》就是围绕这一段历史展开的）。而在国家治理上，宋徽宗直接让蔡京等人打理，结果蔡京等又利用职权欺上瞒下，面对北方金国的战略完全失误，在外交上常常说话不算数，直接激怒金国打进开封，把宋徽宗和宋钦宗掳掠到了北方。

宋徽宗是一个出色的艺术家，但却是一个绝对糟糕的亡国皇帝。这给我们的启示就是：一个人有什么才能就应该干什么事，否则对自己是个灾难，对别人更是个灾难。宋徽宗的艺术家气质是北宋灭亡的重要原因，也导致了自己后半生的悲惨命运。

《文治时代》的后半部写南宋的诞生，岳飞和秦桧的故事开始上演。偏安一隅的南宋坚持了一百多年，最后被忽必烈的蒙古大军所灭，以文天祥慷慨赴死结束。设想一下如果北宋没有灭亡，可能宋、辽、西夏在互相平衡中还能够相处上百年，女真族（金）就不会挺进中原，蒙古族可能就没有机会驰骋纵横，成吉思汗就不一定有施展的余地，历史可能就会被改写。

读完《十八史略》，觉得确实是一套不错的历史启蒙书。如果你有时间，可以读读这套书，应该会有收获。

在书页间感受帝国兴亡

我一如既往地喜欢读《罗马人的故事》，现在中文版出到了12本，我就买了12本，都是在机场买的。每次买到一本，心里就会多一分欢乐。还有最后3本，估计很快就会出版，总有期待在其中。[1]

读完12本《罗马人的故事》，也基本了解了罗马帝国从兴盛到衰退的历史。一个帝国，从兴盛到衰退，原因似乎都是相同的。帝国兴盛是因为碰上了伟大的人物，能够带领人民走向兴旺，从恺撒、奥古斯都到五贤帝，几代人带领罗马走向了兴盛。帝国衰退，一般都是内忧外患，内无能人将相，外无国境安宁。罗马帝国和中华帝国不一样的地方，在于罗马帝国一个政体持续了一千年，分成了共和制和帝国制两个阶段，实际上本质的区别不是那么大。中华帝国的特点是文化强势，不管哪个人上来当皇帝，最后大都以儒家文化为主导进行统治，所以断代不断文化，血脉相连，构成了一个文化高度统一的民族。

中国人不怕换代，哪个人当皇帝都是一样，生活在一样的文化中，中国人怕的是换代的战争让自己不得安生。如果统治者动了文化的根，

1 编注:《罗马人的故事》一套15本现已全部出版。

常常是自找倒霉，元代那么快灭亡，重要原因就是没有接纳中国文化。清朝就好很多，尽管本质上仍高压钳制知识分子，但接纳老百姓的文化习惯，接纳儒家文化，所以朝代延续就长了很多。罗马帝国延续上千年，也不仅仅是伟大人物的事情，但和中国的强势文化不同，罗马帝国的管理机制，比如帝国的元老院机制，以及对其他文化的接纳和包容能力，都给了帝国生命力。

《迷途帝国》是我读的最新的一本，讲述了帝国的衰退。衰退的原因有几个：

一是皇帝的无能，3世纪的罗马皇帝，已经没有了雍容大度、气宇轩昂的风采。由于蛮族入侵国境等原因，军人势力发展起来，因此军人当政。军人大部分都是草莽出身，暴戾之气明显，而且互相残杀，导致一个世纪不到换了二十几个皇帝，所以帝国动荡也属必然。

二是蛮族和东方波斯帝国对于罗马帝国的入侵。日耳曼民族势力越来越强大，罗马为富饶之地，所以蛮族掠夺越来越频繁，而帝国的动荡导致边疆守卫漏洞百出，蛮族可以轻易进入罗马腹地。这有点像中国封建时期汉族和北方少数民族的关系，汉族强则少数民族乖，汉族弱则少数民族一定强悍掠夺，长城其实起不到太多的防范作用。罗马帝国也有日耳曼长城，到最后也不管用。在东方，帕提亚帝国被波斯萨珊王朝推翻，然后波斯帝国成了罗马最大的威胁，因为在波斯人的眼里，地中海一带都是古代波斯的国土。在整个3世纪，罗马帝国的皇帝基本上忙于保卫边疆，东奔西走，然后就是被暗杀。

三是基督教的兴起对罗马帝国的文化有很大的杀伤力。基督教的行为和罗马的基本文化相违背：罗马是宽容的多神教，基督教是严格的一神教；罗马人希望帝国兴旺，基督教徒则认为帝国的灭亡是上帝的旨意。在帝国兴旺的时候，基督教的破坏力没有显露出来，但到了社会动荡的时候，人们心里充满不安和恐惧，所以寻找宗教庇护就成了必然，这样越来越多的人信仰了基督教，同时对帝国原有文化的凝聚力造成了破坏。尽管历代皇帝都希望压制基督教，但最后基督教依然成为帝国内的熊熊烈火，加速了帝国的崩溃。

一个帝国的衰退和一个人的生命历程几乎一样，得意之时总是好事连连，优秀的皇帝也是一个接着一个，倒霉的时候也是祸不单行，总是坏事连着坏事。迄今为止，人类依然没有摸索出一条国家万古长青、万世兴盛之道。有人说美国式民主是人类近代以来最好的试验，但美国只有两百多年的历史，已经出现种种危机，美国式民主是否是美国人民认可的最好的方式，依然有待时日证明。但可以肯定地说，中国古代的政治更替模式是比较糟糕的，因为每一代的更替和兴旺都是以人民的生活和生命为代价，而且中国的封建统治从来不赋予人民真正的尊严和权利。唯有一点值得称道，中国儒家文化为统治者所有，尽管造成了思想僵化（儒家文化被统治者故意简单化了），但毕竟使中华民族血脉相连，得以持续到今天。

催生属于这个时代的伟大人物

很喜欢日本女作家盐野七生写历史的方式，把历史铺陈开，娓娓道来，把历史的精气神写了出来。原来读过她的15本大部头著作《罗马人的故事》，还帮助写过推荐语。今天又在路上读完了她的《文艺复兴是什么》。

该书用对话的方式，用轻松易懂的文笔，讲述了文艺复兴兴起的原因和文艺复兴中的关键人物。盐野七生研究罗马的历史，就是从研究文艺复兴开始的，所以她对文艺复兴的理解比较深刻，同时又能用浅显的语言讲述出来，很有大家风范。只要读过《罗马人的故事》的读者，应该对她简单明了、思想丰富、叙述到位的风格有很深印象。

文艺复兴是欧洲从中世纪的黑暗中走向现代世界的开端。人类历史所经历的最黑暗的一段时间就是中世纪，宗教统治一切，包括世俗生活。人民除了把自己交给上帝，不能做任何别的思考。在基督教教会的神权下，古希腊罗马的丰富思想早就在人民心里死亡，古希腊罗马的所有成就，包括建筑、图书、雕刻等都被视为邪教和异教的作品，基本被摧毁和破坏殆尽。古希腊罗马时期是如此开明的时代，人类似乎充满了智慧，但基督教的兴起和当时基督教对其他信仰的不包容，以飞快的速度把人类带入了愚昧的黑暗中。

直到文艺复兴开始，人们才一点点从昏暗和愚昧中走了出来，接受启蒙，走向现代世界。政教分离也使得现代国家制度形成，逐渐走向了民主、自由、平等、包容。从文艺复兴到现在也就五百多年的历史，从这个意义上说，人类并不是一直从开明走向更开明的。人类的开明和愚昧之间，有的时候就像隔了一层纸，穿过去也许就会重回愚昧时代。人类今天的自由和包容来之不易，我们需要小心呵护，用生命来维护都不过分。

文艺复兴是怎么开始的？我读完全本书之后，基本可以清理出一个头绪来。首先是经济发展，有钱是前提条件。佛罗伦萨和威尼斯是当时两个最富有的国家（那时还没有统一的意大利，都是独立的小国家）。这两个国家的人特别会做生意，发展海外贸易和银行业，所以很有钱。但单靠有钱并不能够带来文艺复兴，最重要的还是这两个地区人们的思想比较开放，接纳不同文化的能力很强。对于基督教的态度，他们是信而不迷，并没有被宗教思想束缚，对世俗生活依然很热爱。他们和中东伊斯兰教的人也做生意，所以对于不同思想和信仰就有了包容度。思想和灵魂的自由是人类创造力的来源，这两个地区的人正具备了这一条件。这个时候有钱有权人的态度就起到了重大作用，刚好这两个地区的富人，例如大家都听说过的佛罗伦萨的美第奇家族，对艺术有着狂热的爱好。于是收藏艺术品，培养艺术家，包括诗人、小说家、哲学家等，就成了这些富人最热衷干的事情。

在经历了一千年的中世纪黑暗之后，人们被压抑的创造力、想象力和生命热情像火山一样爆发出来，出现了无数伟大的人物，达·芬奇、米开朗基罗、提香、但丁、薄伽丘、拉斐尔，还有航海的哥伦布、麦哲伦等都是文艺复兴时期的人物。文艺复兴从意大利往外扩散，影响到了其他国家，又出现了蒙田、塞万提斯、莎士比亚等大文豪，可谓群星灿烂，数不胜数。可以说没有文艺复兴，就不会有现代科技、现代文明和现代世界的格局。

也许有人会说，这些伟大人物出生在差不多同一个时代，凑巧了。但我一直认为，任何时代都有伟大人物存在，可惜在有的时代，伟大发挥不出来，就像在冬天，再伟大的树也难以长出绿叶一样。伟大人物就像种子，要有适当的气候和土壤，才能够茁壮成长。中国的春秋战国出现了那么多思想家，就是气候和土壤合适；唐朝出现那么多伟大的诗人，也是气候和土壤合适。那这些气候和土壤到底是什么呢？总结起来就是：自由宽松没有压抑的政治环境；兼容并包的学术和创造氛围；免于恐惧的表达自由；良好的经济环境；统治者和有钱人对思想和艺术发展的鼎力支持，今天还包括科技和创新的支持。有了如上五个条件，伟大人物在任何时代都会像雨后春笋一样不断涌现出来。

第三章

人生

就是活在过程当中

意大利五渔村，许多西方游客在这里享受轻松度假的乐趣

钱要怎么花才算幸福?

度假，顾名思义，就是到一个自己喜欢的地方放松自己，比如在海边游游泳看看书，比如带全家到一个风景优美之地吃喝玩乐。度假的主要目的是放松心情，消除工作积累的疲劳，以储备更好的精力回归奋斗。但有些人度假的方式往往比工作还要累，在导游的带领下，每天从一个景点匆忙赶到另一个景点，既不了解文化历史，也不关心风土民情，就是照张相，然后匆忙离开。加上各种情愿不情愿的购物、难以下咽的饭菜，一场旅行回来，筋疲力尽，万念俱灰。

度假应该是以放松为核心，到一个自己喜欢的地方，彻底放下工作和琐事。这次我去意大利旅行，一路走过很多海边小镇，这些小镇面向蔚蓝色的地中海，海水清澈明亮。海边凡有沙滩的地方，都坐着躺着各种体形和肤色的人。这些西方人绝不像中国人那样，到了海边游个二十分钟，算是旅游中的一个体验。他们是实实在在度假，或个人或全家，在海边一待至少一个星期。早上9点到海边，弄个沙滩椅，游泳、晒太阳、看书、聊天、喝啤酒，就这样一天天待着，直到身心彻底放松。我随便问了两个人，从德国或者北欧来，都在当地租了老百姓的民居，一住就是半个月。

不过说回来，中国人现在满世界跑的方式也没有什么可指责的。中国闭关自守太久了，原来是不让出国，后来让出国了没有钱，现在有点钱了，自然要满世界跑。中国人其实很愿意了解世界，所以有度假机会时，第一个想法一定是到没有去过的地方去，而不是躺下来休息。我相信，等很多中国人跑遍世界后，可能就会像西方人一样享受轻松度假的乐趣了。

西方人的另外一个习惯是中国人一定要学习的。中国人一周七天几乎全部都是工作日，尤其体现在各种商店和商场上，恨不得七天二十四小时开门营业。只要有钱挣，绝不关门休息。但西方人一周至少有一天，一般都是星期日，所有商店一律关门，所有人都休息或度假去了。有一次我在法国，星期天去香榭丽舍大街散步，发现所有商店都关门。这次在意大利一个小镇，到了星期天想买个牙膏都找不到开门的商店。他们这样做不仅是老百姓自愿，而且有国家法律作保障。比如法国如果有商店星期天营业，是要被劳工部处罚的。但有意思的是，这几年巴黎星期天开张的商店越来越多（甚至不惜为此和劳工部打官司），据说其中的一个主要原因就是为了迎合旅行者的购物潮流。可见金钱的力量确实能够扭转人的价值观和行为体系。但总体来说，西方人把工作和休息结合起来，远比中国人做得好。

中国改革开放后，我们发现机会终于来了，中国人民挣钱的积极性前所未有地高涨。一是过去几十年挣钱的机会确实很多，人们害怕稍不留神机会就失去了。二是中国人原来穷怕了，所以有赚钱的机会就有人蜂拥而上。有些人捞过了头，商人不法，官员贪腐，结果把自己给捞进去了。还有些人为了挣钱，把自己的良心也出卖了。三是由于中国社会保障机制不够健全（尚在改进中），有些人没有安全感，所以抓紧时间挣钱存钱，心想着万一哪天挣不到钱了，还能够生活下去。与之相比，周末不休息算什么。于是很多人到最后彻底忘了挣钱是为了生活，为了幸福，钱本身变成了唯一目的。

随着中国社会制度的健全，希望未来中国人能够真正把事业和生活结合起来，把挣钱和幸福结合起来。说到底，有钱是没用的，只有用钱换来真正的幸福，那才是有意义的钱。会用钱的人，一定不会不断给自己提出更多的物质需求，而是不断提升自己的幸福指数。住在普通公寓里幸福生活，和住在豪宅里担惊受怕，鬼都知道应该选择那一个。想起一个朋友的话："钱，能够让深刻的人更深刻，浅薄的人更浅薄。"我换一个说法："钱，能够让懂得幸福的人更幸福，让不懂幸福的人更不幸。"

人生的路过

挤药膏的启示

有一次挤药膏，由于前面的口子开得太小，所以我就拼命挤，结果在挤压之下药膏没有从口子处出来，却从屁股后面一下子喷了出来。由此联想到，所有的东西如果不让从正道出来，内部压力越来越大，就一定会从歪门邪道跑出来。在一个社会或机构中，如果封住别人的嘴巴，不让人正常发表自己的意见，人们把意见放在肚子里，就会找别的渠道发泄。不让人堂堂正正讲话，人们就会想办法说“屁话”。一个健康的社会是敢于让人们说任何话的社会，一个健康的企业是敢于让员工发表任何意见的企业，一个健康的领导是敢于让人们提出任何批评的领导，一个健康的人是敢于说任何话也能够心平气和听任何话的人。

由此可以得出结论，不论在哪个地方，人们肚子里的牢骚有正常的发泄渠道，人际关系就会变得简单明了。也可以倒过来说，在一个人际关系乌烟瘴气的地方，人们的意见一定没有正常发泄的渠道。

汽车的启示

一辆汽车是不是高质量不仅仅体现在它是否比别的汽车跑得快上，还在于不管跑得多快是否能够刹住车。只有不管什么速度都能在该刹车时稳稳当当刹住车的汽车才是一辆真正的好汽车。

做人的道理也一样，一个人的能力和智慧并不仅仅体现在能够把事情做到多大上，而是体现在不管事情做多大，该停止时就能停止，该放弃时就能放弃上。一个不知道如何控制自己的人就像一辆没有刹车的汽车，跑得越快，危险越大。

很多人就是因为不知道如何刹车，所以栽得很惨。对于财富和名声的追求就像人身上的两部发动机，推动着人们不顾一切向前飞跑，但很少有人能够在飞跑之前先想一想，自己能否刹得住车，结果常常摔得粉身碎骨。

所以对于那些没有刹车系统的人，最安全的办法就是宁可待在原地不动，远离名利的发动机，这样才能确保平安。

鞋带的故事

有一次我的鞋带松了，我看到了，但并没有弯下腰去把鞋带系紧了再赶路，而是匆匆忙忙继续往前走。结果走着走着，右脚踩到了左脚松开的鞋带上，把自己狠狠地摔了一跤，大腿和膝盖疼了半个月。

很多严重后果的产生并不是来自很起眼的大事情。记得有一架波音757飞机的坠毁，只是因为维修人员忘记把一张塑料纸从飞机的传感器上撕下来，结果导致晚上飞机飞上天空后传感不到高度，最后掉到了海里，但飞机的仪表盘上还显示着几千米的高度。

我们生命中的很多严重事情和恶果也是如此，最初的起因都是小到可以忽略的。就像鞋带松了并不影响你走路，也并不必然会使你摔跤，但要是不及时系上，早晚会被另外一只脚踩住，然后就会被绊倒，狠狠地摔上一跤。很多大贪官最初的贪污，数额都小得微不足道，但他们放松了警惕，让道德像鞋带一样松弛了下来，最后的结果往往是狠狠地摔上一跤。

小小的因通常会产生大大的果。就像一棵树的种子很小，但最后可以长得很高很大。所以，种小的善因会得到大的善果，种小的恶因就会得到大的恶果，这就是为什么要不因善小而不为，不因恶小而为之的道理。

良心出了问题

中国出现的造假事件，最严重的不是假电视、假衣服、假鞋子，而是假药、假酒这些要人性命的东西，以及往各种饲料和食品中添加的各种有毒的化学物质。

在一个社会中，想要杜绝所有造假现象是不太可能的，即使在美国，我们也会看到一些游商小贩拿着假冒的品牌手表等在大街上兜售。但当一个社会中的造假已经突破了底线，造出来的假东西已经到了谋财害命的程度时，一些人在道德良心的根基上就出了大问题。不受道德良心约束的行为，会对人类造成极大的伤害，也是这个社会不可忽视的问题。在中国，我们屡屡发现的假药、假酒、有毒食品等事件都是要人性命的事情，但是却屡禁不止，这是良心缺失的明显标志。

我们当然可以说这是一些个人的行为，但放大了看是整个社会体系的问题。从政府体制的不健全到社会诚信基础的缺失，种种原因导致很多人造假药、假酒时即使把人毒死也没有良心负担，更不会受到道德谴责。如果整个社会连基本的良知都没有了，所有人就都会生活在一种恐惧之中：我们在饭店吃饭时，会怀疑每一个菜都有毒素；我们去买药时，会怀疑吃这样的药会不会要我们的命。在这样一个连性命都自顾不暇的社会里，希望人们有稳定的心态和长远的眼光是完全不可能的事情。

文化人的真情怀

中国很多文化人没有真情怀，没有真情怀的人就不应该做文化人，否则文化就会充满虚伪和假道学，更加糟糕的是，会让整个社会充满一种自私狭隘和追名逐利的污浊气氛。文化人应该是既懂得社会又能引领社会的一群人，因此他们必须既能够和光同尘，又能够遗世独立；既能够善待名利，又能够收放自如；既能够善解人意，又能够坦率直言；既能够悲天悯人，又能够疾恶如仇。所有这一切，没有真情怀是做不到的。

文化人所犯的最严重的毛病是言必志存高远，而行必追名逐利。犯这一毛病的文化人并不在少数。有了这一毛病的人，表面和内心完全分裂，还不如直截了当、毫无遮掩追求名利的人来得可爱，因为这些人至少有追逐名利的真性情。

放心与不放心

在企业管理上，我们常常讨论到放心大胆、充分授权的问题。其实，你把一件事情放到别人手里之后，是不是放心让他做，主要还是取决于做事情的人的表现。如果他的行为和判断使你越来越放心，你就会放心大胆让他去做事情；如果他的行为让你放心不下，你就会越来越不放心，越不放心就会干涉越多。

在这一点上我深有体会，当我坐上一辆出租汽车后，我就会观察司机的行为。当我发现司机开车沉着稳重，汽车行驶平稳，起步停车都让我感到舒适时，我就不再观察汽车前面的路况，埋头做自己的事情，或读书，或听音乐，或用电脑写东西；但当我发现司机开车鲁莽，忽冲忽停，弄得你前后左右摇晃不停，我就会紧张地看着司机的一举一动，同时死盯着眼前的路况，嘴里还不时地念叨着师傅小心，而对方由于我不断的念叨变得更加心绪不宁，开车就更加恶劣。

所以是否能够放心大胆让别人去做事情，至少需要考虑以下几个因素：是否找到了恰当的人做恰当的事；是否通过观察这个人的表现对他做出了合理的判断；如果不放心，是否果断采取措施替换上让你放心的人。

最重要的是第一点，找恰当的人做恰当的事，这样从一开始就不用担心，就可以充分授权。但这件事并不容易做，需要有深刻的洞察力和判断力，同时还需要有足够的对人类本性的了解。中国有句老话叫“知人知面不知心”，基本说出了用人者的无奈和被用者的委屈。当然，还有同样关键的一点，当你发现用的人不对头，做事情使你不放心时，你有没有勇气把他及时替换掉，免得产生严重后果。

在第二点上，我一直在争取做到，这也是件需要勇气的事情——用人容易辞人难，这是人力资源部门天天讨论最难解决的问题。至少，我现在坐出租车时，当我发现司机开车让我严重不放心时，我不再无助地念叨着师傅小心，而是让师傅靠边我下车。我宁可步行，也不愿意把小命交到一个我不信赖的人的手里。

没有宗旨

小时候，我最常听我妈说的一句话就是说人“没有宗旨”。

如果我不知道每天努力，只知道玩，我妈就会骂我没有宗旨。

如果我考试结束后成绩不及格，我妈也会骂我没有宗旨。

如果我做了一件事情半途而废，我妈还会骂我没有宗旨。

如果邻居家的媳妇没有把家里打理好，不会管教孩子，不懂得孝顺，不知道节约，我妈又会说她没有宗旨。

听多了，就有点开始明白“没有宗旨”是什么意思，凡是做事情不靠谱、没有规划、没有步骤，都可以说是“没有宗旨”。现在分析起来，没有宗旨就是没有头脑，没有思路，没有规划，没有长远打算，做事没有常识。一个没有宗旨的母亲培养不出好的孩子，一个没有宗旨的妻子或者丈夫不会持家，也不会让家庭持续安宁兴旺，一个没有宗旨的管理者会把事情越管越乱。

宗旨本来是指一个团队、组织、政党的目标和纲领，我妈不会懂得这个，所以从她嘴里出来一定是自古就是这样用的，可以说是民间古汉语。“没有宗旨”用在个人身上，指那些头脑混乱、胸中无块垒、做事没思路的人，真是再恰当不过了。

小事和大事

有的时候，一件不起眼的小事如果不能及时处理好，就会变成一件麻烦事，甚至一次不可挽救的严重事故。

前不久，我到美国出差，去拜访一个朋友，顺便住在他家里。没事一个人出去散步，回去的时候朋友刚好出门了。朋友出去的时候特意把后门给我留着，我就从他院子的侧门进去，这样可以进入后院再从后门进屋。北美的大部分人家，一般进了院子还有一道门，把前院和后院分开，后院相对私密一些。一般这道门不会上锁，供自己家里人在院子里来往。我进后院时由于手里拎着东西，所以就没有把这道门关上。

过会儿朋友回来了，随手就把家里的狗放到院子里，小狗刚好是最爱玩的时候，看到院门开着就跑出去了。由于门在侧面，朋友并不知道院门开着，而我脑子里也没有闪过狗会出去的念头，等到半小时后再到院子里找狗，发现侧门洞开，狗早就不见了。于是全家出动到处找狗，我们开着汽车，把整个社区方圆五公里都找遍了，前后花了两个小时，但哪里还有狗的踪影？垂头丧气回到屋里，我觉得自己犯了大罪一样。朋友一家很爱狗，丢了狗就像丢了孩子一样，又不好对我大发脾气，但是心里的那种疙瘩一眼就能看出来。本来朋友间其乐融融的气氛变成了干瞪眼不知道再说什么好，我也在心里和自己闹别扭，骂自己笨蛋。

其实，我当时是起了关门的念头的，只是觉得不关也不会有大问题。关门和丢狗之间本来没有因果关系，但最后就相关了。本来狗绝对不会影响我和朋友的关系，但是现在就影响了。关门本来只是几秒钟的事情，最后却花费我们好几个小时，而且影响了大家的心情甚至友谊。一件小事，由于没有及时处理，变成了一件大事。

所以当我们发现一件事情不妥的时候，一定要及时处理，否则真像我小时候常听到的一句话一样，在衣服破了的时候如果不补，那就是“小洞不补，大洞吃苦”了。

幸亏第二天有人把狗给送了回来，要不然真的不知道如何向朋友交代。

如何治疗纠结的毛病?

最近发现，之所以有很多问题难以解决，不管是人生问题还是管理问题，主要还是来自人内心的纠结。

内心为什么纠结，主要有如下原因：一、任何一个决策，都会带来后果，如果我们对于后果想不清楚，就会纠结。比如管理者要做出一个企业转型的决策，但不清楚转型的后果，所以反复在转与不转间纠结，最后可能错失转型机会。二、尽管我们想清楚了后果，但是对于可能产生的后果承担不起，也会产生纠结。比如想去追求某人，知道一定被拒掉，自己不敢面对这种伤自尊的事情，所以纠结追还是不追。三、后果想清楚了，也能够承担，但是顾及别人的情感，不愿意伤害别人，所以纠结。比如某个人已经不爱对方，想和对方说再见，又怕伤害对方，所以纠结。四、面对两个选择分不出高下，这个时候没法取舍，所以纠结。比如面对两个美女，纠结到底和哪个谈恋爱。五、个性本身比较犹豫或者懦弱，遇到任何事情都拿不定主意，对任何事情都纠结。这是性格问题，是最没救的纠结。

一般来说，有几种办法可以治疗纠结的毛病：一、如果一个人能够明确思考清楚未来，有远见，遇到事情从未来想现在，也许就会少一些纠结。二、增加自己的勇气，要有好死不如赖活的精神。从这一精神出发，凡是不要命的事情，就尽快决策，这样可以减少内心纠结的痛苦。三、不要过分为别人考虑。尽管世界上有很多自私的人，但确实还有很多人常常为别人考虑很多，甚至为了别人牺牲自己。其实为别人适当考虑就行，哪怕有点伤害别人的事情，也要尽快决策，因为拖下去有可能会伤害更多。四、面对两个实在没有办法取舍的选择时，为了避免纠结，用抛钱币正反面来决策，把决策权交给上帝，可算是快速决策的最好办法。

总之，少量纠结算是思考周到的表现，大量纠结就是一种病；人生少点纠结，多点决断，一定会更加畅快淋漓。

人生不就是活在过程中吗?

中国选手傅园慧在里约奥运会女子100米仰泳决赛中，以58秒76的成绩获得季军，被媒体热烈报道。其实对于获得季军这件事情，媒体从来不热衷，中国的媒体眼里几乎只有冠军和金牌，在历届奥运会中，季军很少被提及。

傅园慧被热烈报道，不是因为她获得季军，而是因为她在比赛前后的各种表现，是她的快乐、乐观、夸张表情和自嘲精神，“另类”到了让人不能不开心的地步。

是因为傅园慧没有痛苦吗？她说：“我经历了很多痛苦，但是我不想告诉大家，不想卖眼泪！”游泳游到奥运季军，在很多比赛中获得冠军，不经历魔鬼一般的训练是不可能的，何况她一定还有我们不知道的其他人生苦恼。

傅园慧可爱的地方，是她把阳光和可爱的一面展现在世人面前。她表情的丰富、语言的幽默和比赛的态度，真实、自然、打动人心。所有这一切都是大部分中国运动员缺乏的。许多中国运动员都是抱着必胜的心态走上赛场。拿到冠军热泪盈眶，如果是银牌或者铜牌就痛哭流涕。

唯独傅园慧，得了第三名还笑得那么开心。媒体采访她，前一天她说自己已经用了洪荒之力，这次她说把洪荒之力也用完了；笑称和冠军差0.01秒是因为自己的手太短了；自嘲“昨天看到自己的表情，太惊讶了，一个人的脸怎么会这样”。所有这一切都在传递一种新的价值观：体育是快乐的事情，只要努力了，无所谓名次；不要和自己过不去，开心既是对自己的奖励，也是给别人的礼物。大家那么喜欢傅园慧，不是因为她的名次和泳姿，而是她散发出的生命气息和能量，那是一种人性的光辉。

唯冠军论的体育，早就该歇菜了；为了名次的教育，也早就该歇菜了。努力和竞争都是必要的，但更加应该弘扬的是参与和过程的快乐！说到底，人生不就是活在过程中吗？傅园慧，谢谢你及时做出了榜样。

其实我也会犯“拖延症”

《战胜拖拉》是一本比较实用的书，英文原版是*The Now Habit*。这样的书不在我感兴趣的阅读范围内，我拖拉的毛病也不那么严重。之所以知道这本书，是因为我儿子有一段时间做家庭作业总有点拖拉，他自己也承认有procrastination（拖延）的毛病。我想我需要帮他解决一下这个问题，就想找一本这方面的书看看。找到这本书的英文版，读了几段后觉得写得不错，就上网查有没有中文版，结果发现东方出版社在2013年就出了中文版，2015年还重印了。

今天从书柜里拿出这本书，认真翻阅一遍，才发现这本书主要不是针对学生写的，而是针对职场人士写的。书中举了不少案例来讲述拖延的特征、原因和消除拖延的方法，有些观点还比较到位。拖拉主要来自人的自卑、完美主义倾向、对失败甚至成功的恐惧、优柔寡断的个性、工作与休闲的失衡、无效的目标设置，以及对工作和自我的负面观念。书中对于这些情况进行了逐个分析并试图给出解决方法，提供了十种战胜拖拉的方法：建立安全感、通过积极的自我对话纠正消极的态度、以症状作为治疗的契机、从工作转向休闲、三维思维与逆向日程、让焦虑变得有益、制定逆向日程表、设定现实目标、在喷发状态中工作、控制倒退等。我在这里对这十种方法就不一一详述了，有兴趣的朋友可以买书细读。

不过，我读这样的书有一种感受，中国人面临像拖拉这样的问题，一般都是指责或者自责，很少用科学的态度去寻找原因，并用科学的方法来探索解决方法。西方人在这方面做得非常好，认为一切问题都可以通过科学手段来解决。尽管实际上科学并不能解决所有问题，但和东方人的感性思维相比，科学确实能够解决更多问题，而且比较容易提供方法论。去年机器人AlphaGo和李世石下围棋，四比一完胜李世石，也是科学的人工智能对感性的人脑的胜利。在此之前，不少人都认为，围棋是一种捉摸不定、随机应变的博弈，机器人只会根据设定的步骤布局，所以不是人脑的对手。但实际上即使复杂如围棋，也可以通过科学分析找出其中的规律和常态。

回到《战胜拖拉》这本书上，其中有一个观点我非常赞同，就是做任何事情都不要抱着完美主义的态度去做，努力本身就值得赞扬，结果好坏并不重要。不要设定一个自己达不到的目标，最后总让自己受挫，而是要制定合理目标，并且对阶段性的成就进行及时回报，比如买冰淇淋或者咖啡进行自我奖励等。另外，书中专门详述的如何制定逆向日程表，也对提高工作效率、消除拖延毛病很有用处。所谓逆向日程表，就是先把和你工作任务无关的事情填入日程，以确保自己的休闲和自由支配时间，然后再填入工作的主要内容，确保高效工作。

其实消灭拖拉最好的办法是调整心理，面对不得不做的事情，就用积极的态度去做完。《战胜拖拉》的作者尼尔·菲奥里原来是美国空降101师的士兵，他很生动地讲述了自己第一次跳伞的故事。他说，第一次在空中跳伞的时候，他发现前面的士兵都很害怕，到了舱门口死死抓住门框，最后被老兵一脚踹下去。他觉得这样既难看又受辱，所以他决定，既然跳伞不可避免，自己一定要勇敢地跳下去。结果他克服恐惧，勇敢跳出，成就了自己最骄傲的第一跳。

拖拉是一种很糟糕的精神状态，但每个人或多或少都会有拖拉的情况，所以不用太焦虑。人的本性一定会对生活和工作中遇到的困难故意回避。比如我回复邮件，一般都会找最容易回复的邮件先回，把难的留到后面，甚至故意拖着不回，有些工作因此就被耽误了。

根据我自己的经验，针对不过分的拖拉只要做到如下几条就行：一、给自己设定的目标一定要合理。如果目标过大过难，一定会因此产生焦虑。二、凡是不得不做的事情，一定要提早做，不能等到最后一分钟。拖到最后再做，就算做完了，身心也已经疲惫不堪，失去了做事情的成就感。三、如果有领导交代工作，觉得自己做不了的，不要轻易接受。坦诚告诉领导做不了，这比接下工作完不成，效果要好很多。四、不要轻易承诺别人。自己做不到或者很难做到的事情，一旦承诺了做不到就会形成巨大压力。五、学会每天给自己安排一件努力一下就能够完成的事情，并在完成后给自己一点奖励，形成自我奖励机制。六、一定要给自己一些放松心情的休闲时光，散步、锻炼、交友、看电影等。让自己心情放松下来，这样再去面对困难，效果会好很多。七、人生苦短，要尽量寻找自己喜欢做的事情作为事业。做自己喜欢的事情，再苦再累也不会有太大压力，因此也就不会太拖拉。八、找几个朋友一起，共同做一件事情，可以互相帮助，会减轻一个人工作时带来的负面能量和高压。

总之，不要因为自己的拖拉产生沉重的心理负担。其实每个人都会拖拉，因为每个人都会遇到自己不喜欢的或困难的事情而不愿意面对。设定合理目标，放松心情，用积极心态面对，生活和工作就能够优雅起飞。

希望
也许是最好的东西

昨晚睡不着，重新看了遍电影《肖申克的救赎》。这是一部二十多年前的电影，但也是一部历久弥新的电影。电影情节我不再赘述，在百度上就能够搜到，看过的人都被震撼过，没看过的人更应该去看一下。我只分享一下电影情节和台词给我的启示。

首先关于绝望。绝望似乎是一种让人难以忍受的状态，但实际上人是很容易接受绝望的。肖申克所在的监狱里，大部分罪犯都是终身监禁，在监狱里待几十年直到老死，一定是非常绝望的。但大部分罪犯最后也就接受了这样的事实，年复一年过下去了，习惯被欺负，习惯事事汇报，习惯不动脑子。其实人在绝望中并不痛苦，只有在绝望中还总抱着希望才是真正的痛苦。我们大多数人是身在绝望中不自知的，并不比在监狱里好多少，因为我们不自知，所以也无所谓痛苦。

真正抱有希望的人，才会有巨大的痛苦和挣扎，但无谓的痛苦和挣扎对希望没有任何帮助。在电影中有关希望的台词不少，以下两句尤其说到了点子上，第一句是瑞德说的："希望是危险的，希望让一个人发疯，在监狱里希望没有任何用处。"第二句话是主角安迪说的："记住，瑞德，希望是好东西，也许是最好的东西，而好东西是不会死的。"

电影中安迪是主角，以行为来阐释了人生的最高困境和哲学，以及救赎的过程；瑞德是配角，用旁白来撬动人的思想，震醒僵死的人。瑞德代表放弃了希望但依然想乐观接受现状的那类人，而安迪是决不放弃希望的典型。所以，整个监狱里，只有安迪一人为了希望奋斗，哪怕希望渺小如飘忽的豆油灯。为了给监狱图书馆增加图书，他写了几千封信，最后终于改善了监狱的阅读环境，也让很多囚徒在阅读和音乐中振奋起来。为了获得宽松的条件，他不惜忍辱负重，为邪恶的监狱长和狱警队长服务十余年；但希望的象征——那把小铁锤，一直在他手里，每天晚上挖一点，二十年如一日，最后终于挖通了逃生的隧道，这就是希望的力量。

人生常常会出现无可回旋的时候，不管是因为体制、命运或者他人的原因使厄运降临到身上，还是因为自己的错误造成。一旦出现这种状态，大部分人的反应都是心灰意冷，甚至走上绝路。所以最重要的是要心存希望，哪怕如飘忽油灯，只要一直亮着，也许就有云开日出的时候。

当瑞德提到监狱的高墙时，他说："刚入狱的时候，你痛恨周围的高墙；慢慢地，你习惯了生活在其中；最终你会发现自己不得不依靠它而生存。这就叫体制化。"所谓体制化，其实就是一个人被制度和现实同化，既不需要独立思考也不可能独立思考，最后失去独立思考能力，依附于体制不能自拔。其中一个老年狱友布鲁克斯，在监狱里待了五十年，获释后不愿意出去，出去后无所适从最后自杀，这就是很深刻的象征。实际上人类是很容易被体制化的，德国的希特勒曾让那么多人被体制化，无数人都变成了邪恶体制的帮凶，有些可能是被胁迫，但更多人是出于自愿。

对于人来说，要不就是忙于生存，要不就是赶着去死。我们要思考的不是如何去赴死，而是如何更有希望地生存。尽管我们是普通人，羽毛也并不那么亮（电影里有句台词：“有些鸟儿注定是笼子关不住的，它们的每片羽毛都闪耀着自由的光辉。”），但我们至少可以成为一个强大的人，来拯救自己。正如电影所说的那样：“强大的人拯救自己，伟大的人拯救他人。”

别让物质追求成为唯一信仰

许知远《一个游荡者的世界》一书记录了作者过去几年游历世界的经历和思考。我读这本书的原因有两个：一是这本书记录的是许知远对于不同文化和现状的思考，由于其独立思考和独特视角显得弥足珍贵（我本人就是一个特别喜欢在游历中体会和感悟的人）；二是许知远算是我学弟，他2000年毕业于北京大学计算机系微电子专业。让我感到惊奇的是计算机系毕业的他对人性、文化、文明的冲突居然有如此透彻的理解，并且能够用清晰流畅的文字表达出来。这再次证明了很多人进大学的时候，根本就不知道自己一辈子干什么最合适，人生价值在哪里。只有进了大学，有了独立思考的能力和灵魂像孤魂野鬼般的深度思考之后，才有可能心扉洞开，因此展现自己闪光的一面。

作为一个有独立思考能力和敏锐文化判断力的作家和新闻记者，许知远不是一个普通的游客，不是在名胜古迹照张相就心满意足的人，他着眼于探寻文明的变迁、政治结构的改变对人们带来的影响，以及不同地区和国家在走向现代民主和自由的过程中经历的痛苦和觉悟。在思辨的文笔下，我们看到的是一个知识分子探索中国未来发展之路的良知。

作者的足迹遍布印度、不丹、俄罗斯和开罗、海德堡、耶路撒冷等地。每到一个地方，许知远都努力拜访当地的文化名人，一起讨论政治、民主、文学等话题，并把这些话题和中国走向现代和未来之路进行对照和思考。尽管对于有些问题他自己也没有得出结论，但却能够给读者带来启迪和探索。书里，许知远对物质文明和精神文明之间的冲突和激荡，对价值体系的过去和现在，对知识分子在时代大潮面前的随波逐流和特立独行，进行了比较深刻的思考和挖掘。

就像作者说的一样，“世界看似进入一个复杂的高度文明，却又丢失了基本的常识”。反观现在的中国，在物质生活水平不断提高的同时，一些人的幸福感反而降低，有钱人没钱人都充满怨怼，商业上变本加厉尔虞我诈，特立独行、独立思考的知识分子太少。我们身处其中，切身之痛，痛彻心扉，而心里的家国情怀，一往情深，无处释放。每当深夜，“栏杆拍遍，无人会，登临意”。

如果中国现在大量的出国人群中多一些像许知远这样的“游荡者”，而不是到了一个地方就知道吃喝玩乐，然后照个相拍拍屁股就走人的旅游者，中国和世界文明发展的互相理解和借鉴就会离得近一点，中国走向现代民主和自由的努力也许就会更容易一些。经济发展虽然重要，但绝不是一个国家发展的全部内容。如果老百姓都成为物质生活的信仰者，对于一个国家的长久发展并不是一件好事。

读书有的时候是一件同时充满喜悦和痛苦的事情，喜悦是因为新的信息和知识，还有美好的文字，会让人产生心领神会的愉悦；痛苦是因为我们总会碰触上严肃的政治、文化和人生哲学问题，我们自以为看到的真理和答案以及现实的残酷常常发生剧烈冲突，而且这些冲突也许一生都看不到解决的希望。人最宝贵的就是拥有独立思考能力，这是人和其他动物的本质区别，毕竟人不是动物，只要给填饱肚子的食物就心满意足。但人一旦开启独立思考之门，脚步就会走在寻找真理的道路上，而这条道路总是充满荆棘的。所以最后只有少部分人不畏艰辛，坚持走在这样的道路上；更少的人，也许能够成为人类走向光明的希望之光。

希望中国多一些像许知远这样的独立行走者和独立思考者。当中国每一个人都有能力独立行走、独立思考的时候，中国的随波逐流者和“庸众”（许知远语）就会越来越少，中国就会步入一个有理性和懂常识的社会。真有这一天到来，乃中国人民之大幸。

卡洛斯的奋斗

早就听说巴西有个卡洛斯，他创办的韦泽英语培训学校遍布巴西的每一个角落。我听说后就一直想要见见他，因为有人告诉我，他就是巴西的俞敏洪，有着和我一样的创业经历和创业故事。但苦于巴西路途遥远，一直没有机会过去。后来听说他居然把学校办到了中国，我想这个家伙比我厉害，无论如何要见一下。

两个月前，听说卡洛斯来到中国，也希望见我，我喜出望外。在一个阳光明媚的早上，约他在新东方见面。见他前，我一直在想他会是一个什么样个性的人，像亚马孙河里的食人鱼一样凶猛？像森林中的巨蟒一样沉静？巴西这片神奇的土地，出过罗纳尔多这样的人，应该每一个人都带有点神奇的特点。结果我等来的是一个满脸带着自信笑容的人，一看就是个大度、潇洒、很容易变成朋友的人。一个多小时的见面，我们互相调侃，欢声笑语。结束时，我们已经约好，来年我带领新东方团队去巴西看奥运会[1]，他在巴西的家里请我们吃烧烤喝啤酒。

1 编注：2016 年 8 月，第 31 届夏季奥林匹克运动会于巴西里约热内卢举行。本文写于 2015 年，当时该届奥运会尚未开幕。

离开时他送了我一本他自己写的书，居然已经有中文译本在中国出版了，他让我读一读他的故事，如果读完了觉得不错就写个序推荐一下。书的英文版叫*Awaken the Millionaire Within*（《唤醒你的百万富翁梦想》）。从书中我知道，他和我一样出生在一个很普通的平民家庭，上学都没有足够的钱，在美国求学期间住在地下室里，也有很多的痛苦和迷茫。但我从书中读出来他有一颗不甘平庸的心，不愿意拿着工资唯唯诺诺过一辈子，而正是这样的一颗心不断指引他克服困难，走向成功！他在书中总结的七大黄金法则，正是他成功经验的总结。因为是自己的经验，所以每一条都切合实际、富有启示。他的总结是：一个人想要成功，必须拥有百万富翁的精神。这样精神不仅是对钱的渴望，更是对困难的鄙视和对生命梦想的追求。

我问他在目前已经功成名就的情况下还准备干什么，他说他已经把韦泽英语学校交给别人去打理，他的生命要继续前行。他已经在和罗纳尔多合作，一起推动足球学校的发展。他希望把巴西对足球的热爱推广到全世界，尤其是中国。他说巴西曾经和中国一样，足球很臭，巴西能够走出来，中国也一定能够走出来，他希望和我一起共同努力！

他好像又走到了我前面，我的生命中多了一个值得交往的朋友，一个值得学习的榜样。

论“人定胜天”碑的倒掉

2015年8月，台风“苏迪罗”侵袭台湾，强劲风雨为花莲带来许多灾情，临海的花东海岸公路62公里附近道路路基流失，一旁“人定胜天”石碑遭大浪损毁卷走。

我想说的不是这次台风，我衷心希望受台风影响的台湾人民平安吉祥。我只想说台湾在大海边竖一块“人定胜天”的石碑，是当年修路的炸岩工程纪念碑，表面上充满豪情，实际上恰恰反映了中国人一直以来希望战胜自然，却不愿意与自然和谐相处的奇怪心理。

毫无疑问，我们适当利用自然优势来为人类造福是社会进步的标志。比如每次我看到风能风车，尽管不觉得好看，但知道这是人类在不伤害自然的前提下利用自然来为人类造福，因此从心里接受。人与自然本应是互相顺应、和谐相处，人也在不造成破坏的前提下充分利用自然。我们也发现任何对大自然的破坏和强暴，大自然都会以加倍的报复来还给人类。人类的疾病、极端的天气难道不是人类自作自受的结果吗？大自然已经自我调整进化了几十亿年，每一条河流的弯道都有深刻的规律吧。

人类才存在了几百万年，真正的文明史才几千年，我们就自以为彻底了解自然，能够随便给山移位，给河改道。我们对大自然的科学研究应该还不及万一，就开始着急地应用成果，一座座水电站拦江而建，一批批基因食品进入市场，但是有哪个科学家敢说他们完全预料到这些事情可能给人类带来的灾难性后果？面对自然，人类难道不应该先屈尊一下，先卑微一点，先敬畏一些，然后再去探索自然，和自然共同发展吗？

也许这次把“人定胜天”石碑弄倒也是大自然的一次暗示吧。我们最智慧的行为，是在充分了解天地、充分了解周围人群的前提下与其和谐相处。这应该是人类生存的基本法则，也是人类幸福的基础。

骨折的那些日子

那一天，我记得很清楚，2014年12月13日。

那天本来打算带着儿子去崇礼的云顶滑雪场滑雪，但由于前一天晚上有些事情脱不开身，临时改成到北京附近的南山滑雪场滑雪。

那天的天气很好，阳光灿烂。直到中午，滑雪都很顺利。南山滑雪场就一条黑道，很陡，底部急转弯，我们在这条道上上下，因为道并不长，所以就是单调的重复。午饭过后，继续滑雪，3点钟左右，我在急转弯的地方摔了一跤。滑雪板是租的，很旧且缺乏维修，摔倒后翻滚了两圈，也没有从脚上脱落下来。我听到右脚踝骨头嘎嘎作响，就知道问题严重了，一股剧痛从脚踝传递上来，几乎让我疼晕过去。

在地上躺了一会儿，剧痛稍稍缓解了一点，感觉脚踝开始肿起来。我咬牙站起来，居然还能够站住。继续穿上滑雪板，单脚用力滑到更衣处，慢慢把滑雪鞋脱下来，发现右脚踝已经肿得像馒头一样。在儿子的搀扶下走回汽车，让司机开车到附近的空港医院拍了片，诊断结果是右脚踝骨折。我自己看片子看不出骨折，就用手机翻拍了片子发给北医三院骨科的一个朋友。朋友是著名的骨科医生，很快给我回复信息，说确实是骨折，但没有错位，不用手术，需要静养三个月。为了防止断骨移位，必须去医院做脚踝固定。晚上我到了北医三院，在肢正处做了脚套。原来这种情况要打石膏，现在先进了，只要用透气塑料套就行。

真正的考验在晚上睡觉时开始出现。人躺在床上，把脚搁在高垫上，只能一动不动。这对于我这种睡觉本来就不踏实、总是翻来覆去的人来说已经十分难受。但更要命的是安静下来之后，骨折处开始剧烈疼痛，那种疼痛带来的焦虑和不安，从脚部弥漫到全身。尽管买了各种止疼药，但基本不管用，总是睡半个小时又被疼醒，几乎一夜没有合眼。在随后的整整二十天里，每天晚上都是持续的疼痛，整夜整夜睡不着。这一经历给我带来的强烈感受就是，肉体的痛苦实际上比精神的痛苦更加强烈。

在确定自己骨折的一瞬间所带来的绝望之后，我曾寄希望于自己身体的恢复能力，觉得应该恢复很快。为了表现自己的信心，我还预订了3月份继续去滑雪的计划。很多人在滑雪摔伤后，就终生不再滑雪了。我本着从哪里摔倒，就从哪里爬起来的精神，下定决心要继续滑雪，并且一定要滑得更好。但随着时间的推移，我发现对自己的恢复能力过分乐观了。写这篇文章的今天，已经是2015年的4月5日，整整过去了一百一十天。尽管我现在已经脱离拐棍，但走路的时候脚依然隐隐作痛，不敢大跨步，更不敢跑。咨询了一下医生，对方说要想奔跑跳跃，至少还需要三个月的时间。在整个冬天里，我一直在拐棍和轮椅上生活，尽管再次滑雪成了泡影，但还是带着儿子去了两次滑雪场，一次到了吉林万科松花湖滑雪场，一次到了崇礼云顶滑雪场。儿子去滑雪，我只能在宾馆的窗户里，看着雪道上那些矫健的身影，空有一份羡慕和渴望。

本来应该躺着至少两个星期不动，这样可以避免受伤处充血，尽快恢复。但以我的个性，哪里躺得住，结果第二天就起来在书房工作，导致伤处肿胀充血，整只脚都变成了紫红色。随后的日子，原来安排的很多工作还需要继续进行，我第三天就回到了办公室，白天被各种事情所吸引，疼痛感还不那么强烈。但由于脚部一直低垂，处于充血状态，晚上滞胀和疼痛就会一起袭来。在骨折后的最初十天里，我居然召开了十次新东方工作会议，约见了二十几个内外部人士。不过这都不是临时决定，而是以前安排好的，觉得推迟或者取消会影响工作，所以下定决心排除万难，继续努力。

每年圣诞节，我都会安排家人团聚，旅游度假。因为女儿在美国读大学，冬天只有圣诞节放假，春节是没有假期的。今年原本安排的是到迪拜和塞舌尔去度假，机票宾馆早就订好了，如果不去的话，交的订金也拿不回来。另外，如果整个假期孩子们都在家里，看着我天天病恹恹的，拄着拐棍走来走去，该多么兴味索然。所以我下定决心上路，陪家人继续这趟旅行。26日晚上出发，飞往迪拜。由于从迪拜飞往塞舌尔的航班弄错，我们在迪拜先待了一天，第二天再飞到塞舌尔。在塞舌尔度了四天假后，又回到迪拜。从迪拜再到阿布扎比，到沙漠中玩了一天。一路我拄着拐棍，每天晚上依然脚痛难眠，但看到孩子们在游玩中开心的样子，我觉得一切都值得。

骨折之后，原来极容易做的事情变成了难题。上下楼梯本来是一件很普通的事情，现在拄着拐棍要费尽力气，有几次一不小心，差点从楼梯上滚下去，心惊胆战。在楼下倒一杯水，根本就拿不到楼上去。每天晚上睡觉前，我都会从书房拿一本书，在床上翻翻，但现在两手撑着拐棍，没有办法拿，只好用嘴巴叼着书带过去。原来每天都要做一些踢腿伸展运动，但现在只能放弃，看着不能动的右腿，肌肉开始松软萎缩，终于理解了一句真理一般的话："生命在于运动！"

骨折也带来了一些意想不到的收获。因为三个月连续撑着拐棍，两个胳膊的力量开始加大，手臂上的肌肉开始突显出来，上半身显得更加健美。还有一个好处就是，对于我不想参加的活动和应酬，可以理直气壮地拒绝了。在身体健康的时候，拒绝别人总会让我产生一种内疚感，现在有了骨折作为挡箭牌，拒绝就变成了顺理成章。最大的好处是，因为少了不少社会活动，时间就富余了一些，可以多读一些书，多思考一些问题，结果今年前三个月读了大概五十本书，同时新东方发展中的一些重要问题也因为思考而逐渐清晰起来。

我女儿去年因为骑马摔跤，也曾脚部骨折，而且还动了手术，让我心疼不已。她好了之后，坐过的轮椅我没有舍得扔掉，觉得这么好的东西，万一再要用呢（多么猪脑子的想法）。结果到年底我就骨折了，在同一个轮椅上度过了三个月时光。现在我已经脱离轮椅、脱离拐棍，可以自由行走了。墙角放着的轮椅和拐棍，我会赶紧送到医院去，看看有需要的人我就送给他，我可再也不想放在家里，等着下一次使用了。

在能够自由行走的今天，我突然有点怀念起坐在轮椅里的时光来。那是一段有人关爱、有人问候，可以任性、可以拒绝、可以爽约、可以自由读书、可以自由思考的时光。尽管这一时光是以身体的疼痛为代价的，也依然值得收藏在心。

计划的人生
不一定收获更多

曾经不断地下定决心，要让每一天的日子过得更好。

早上起来，都要筹划这一天到底怎样才能过得更好——如何安排各种工作，如何安排各种交往和应酬，如何挤出时间读想读的书，如何能够给家人更多的时间，如何能够尽量做重要的事情，而不是忙于只做紧急的事情。

但常常是人算不如天算，几乎每一天的计划总是会被各种意外干扰打断。年底的时候带儿子去滑雪，没有想到轻轻摔一跤就导致右脚踝骨折。伤筋动骨一百天，我三个月的计划几乎全部重写，在连续的脚痛中成了躺在床上哼哼的病猪。有时候本来计划某一周用饱满的精力全力以赴解决一些工作难题，结果被严重感冒偷袭，嗓子剧痛，食物难以下咽，流鼻涕每天用掉两盒餐巾纸，半夜被咳嗽骚扰得不得安宁。还有时候，做了一天很好的计划，但到下午已经筋疲力尽，没有了半点动力，要读的书都懒得看一眼，要回复邮件却看见电脑就想摔。或者本来计划某个晚上在家里静静坐一坐，到附近公园走一走，突然一个电话过来，几个朋友聚会要我过去一起热闹热闹，于是一个晚上的安宁又成泡影。还有那些你希冀尽快解决的麻烦、矛盾和纠缠，却完全不会按照你的愿望发展，它们好像自己有生命，在你努力剪除它们的同时，在别的地方又枝繁叶茂起来。

于是我几乎每天都在计划的美好和现实的残酷之间挣扎，坚持不懈地一天天计划着，然后看到精心的计划被打得粉碎，自己进入一种不可控的生存状态，带着某种幽默的荒谬在时空中游荡。坚决抵制计划的改变于我的个性几乎不可能发生，而有些发生的事情也抵制不了，比如脚摔断了，或者感冒了，或者在路上本来计划半个小时的行程因为堵车被拉长成两个小时。我只能在荒谬中寻找老天这样安排的合理因素，比如脚断了至少可以找理由减少一些社会活动，可以躺在床上多读几本书；还有一个意外的收获是撑了三个月的拐棍，突然发现自己胳膊上的肌肉居然有了形状。感冒好像十分可恶，因为头昏脑涨，思绪混乱，咳嗽夜不能寐。但我居然也从中发现了一个好处，在感冒的一星期内有连续几场大的应酬，我终于可以找理由不喝酒，冷眼旁观其他人拼酒拼到失态，也发现“众人皆醉我独醒”实在是一种很无聊的状态。不过，朋友们打电话过来让你参加聚会，在干扰你生活的同时至少给了你一个大大的安慰：有人想起你来其实是一种幸福。彻底被世人遗忘的状态我还没有经历过，但那样的日子也不一定能够过得海阔天高吧。

我计划失效的一个重要原因是，把每一天都排得太满。早就明白给生命留下一些空白的重要性，但现实中却努力让每一分钟都填满所谓的意义。于是就像一棵树没有了回旋的空间，被挤成一个单调瘦小的影子，却没有枝叶繁茂的丰盛。如果我最终把人生过成一种单调的影子，尽管有种种外界逼迫的理由，但最终的选择还是自己的意志。

也许计划还是要做的。但我们需要注意的是，尽量做正确的计划而不是做忙碌的计划，因为只有正确的计划才能让我们走在人生的正道上。国家如此，企业如此，个人也如此。在正确计划的前提下，把那些生命中发生的意外当作必不可少的惊喜和点缀吧，这可能也是做人的一种情怀。

让恐惧成为再次飞翔的翅膀

自从2014年12月滑雪摔断了右脚踝之后，我已经整整一年没上雪场了。我认识的几个人滑雪摔伤后，从此再也不上雪场，一辈子跟滑雪绝缘了。但我希望自己从哪里跌倒就从哪里站起来，所以下定决心这个冬季一定要继续滑雪，驱除自己因为摔伤对于滑雪产生的恐惧，重新让自己飞驰在雪道上。

滑雪是我打心底喜欢的一项运动，尽管水平很业余，但滑雪的诱惑对我来说是无限的。滑雪场地一般都风景奇美，在晴天的时候，当你坐缆车到达山顶，四周的雪峰山峦绵延不绝，一览无余，让人感到万里江山就在眼前，而洁白的雪道和山下的村庄在宁静的冬天常常有着别样魅力。但北京周围的滑雪场通常没有这样的景色，雪道也很短。滑雪场一般都在远离城市的山里，所以空气特别清新。在滑雪的时候大口呼吸冬天冷冽的空气，可以把肺里的污浊一排而空。滑雪是一项充满自由和速度的运动，尽管一开始练习的时候举步维艰，左摔右撞，但一旦学会，人在滑雪板上沿着雪道冲下山坡，就会有飞翔的感觉。用优雅的动作体会自由和速度，释放平时积累起来的各种压抑和束缚，是一种无可比拟的惬意享受。

但在滑雪中追求自由和速度，是需要付出代价的，首先就要不怕摔。从初上雪道到能在中高级雪道上随心所欲滑行，不摔成百上千跤是不行的。我开始的时候学习滑双板，后来又学习滑单板，等把两种板学到中级水平，无数次被摔得找不到北。到了中级水平后，长进就越来越慢，因为需要不断提高速度，而速度和危险是成正比的。这不，去年追求速度的结果，就是把右脚踝摔骨折了。

除了不怕摔，另外一个代价就是需要大把的时间。做什么事情都是熟能生巧，滑雪也不例外。尽管滑雪本身很刺激也有挑战，但如果没有时间训练，每次上雪道都磕磕绊绊，最后也就没有真正的乐趣了。我尽管喜欢滑雪，但由于没有太多时间，所以到今天还是半瓶子醋。眼看着周围几个朋友几乎每个冬天都泡在雪场，两年下来滑雪水平就超过了我，只有干着急。

儿子滑单板，最初也是我带着上山的，现在他的水平明显比我高出一截了。春节期间是我们父子俩难得可以一起享受假期的时间，我们就筹划着要找个地方好好滑雪。中国的滑雪场，要不就太小，要不就太冷，欧洲、加拿大的滑雪场又太远，最后决定一起去日本的北海道滑雪场。我还从来没去过北海道滑雪场，一直听朋友说挺好的，也一直想去看看，这次就下了决心要去。办了日本签证、订了飞机票和宾馆，大年三十就飞过去了。

在滑雪场总共待了五天，对我来说已经非常奢侈。但五天时间之于滑雪而言，基本只算是热身运动，还没有进入状态就结束了。在雪场碰到几个老外，有来自澳大利亚和美国的，一问，最短的来了两个星期，最长的已经两个月了，这样玩滑雪才真正过瘾。想想不少中国人的生活方式和生活态度真是有问题，一生许多时间都花在了工作赚钱、买房买车上，而且攀比心理严重，物质生活好了还想更好，基本上没有轻松的时候，不像这些老外懂得真正的享受。西方文化倡导努力享受，顺便工作，且享受不专注于物质财富，而是关注身心健康，精神充实。可喜的是现在中国的“80后”“90后”，不少人已经逐渐摆脱了积攒财富的生活习惯和盲目攀比的心理，努力追求自己的爱好和兴趣了。

再上滑雪场，内心还是有着某种阴影和恐惧的，看到稍微陡一点的雪道就会不自觉慢下来，甚至停下来。我边滑边鼓励自己，要克服恐惧，勇往直前，但一天下来，还是没有达到原来的水平，内心总是有什么东西阻止我发挥出最好水平。我终于发现，克服恐惧绝对不是一句口号能解决的，只有内心真正释然了，恐惧才会无处藏身。后面连续几天，我寻找不同的雪道滑雪，在令我感到害怕的雪道上，我就反复练习，直到能够自如为止。到了最后一天也就是第五天，我终于摆脱了摔跤造成的胆怯和恐惧，开始回到追求速度和自由的快乐状态。非常可惜这个时候假期结束了，只能收拾行李打道回府。

这一趟北海道滑雪之旅，收获了新雪国滑雪场的壮丽景色。但最重要的是，在一年多之后，我重回滑雪道，克服了摔伤的恐惧，再次在雪道上飞驰起来。我由此真正知道，当我们面临恐惧时，逃避只能让生命变得更加糟糕。我们唯一能做的，就是面对恐惧，采取行动，最后让恐惧成为自己再次腾飞的翅膀。

我的军人情结

小时候我最大的理想就是成为一名军人。村里如果有人去参军，全村人敲锣打鼓欢送，姑娘们也立刻对参军的小伙子百般示好。参军的人穿上一身崭新的军装，在村子里走来走去好神气。那时候和小朋友一起玩的游戏基本上都是解放军抓坏蛋的游戏，模仿当时看了千百遍的电影《地道战》《上甘岭》《平原游击队》《渡江侦察记》等。当然我自己是一定要演正面角色的，还要演主角，拿着我父亲做的木头手枪挥来挥去，和小朋友们一起在村庄的树林和竹林里穿行，村庄周围干涸的渠道也常常成为我们的战壕。有一次，两拨小朋友在两条渠道里互相扔土疙瘩，结果我被砸中了，脸上流下血来，当时就失去了英雄气概，一路哭着跑回家去了。

高考第一年和第二年最想报考的是军校，因为我们村上有一个比我大五岁的小伙子，作为工农兵学员去了洛阳外国语学院，这个学院就成了我心里最想去的地方。到我第三年高考的时候，同班的两个同学分别去了西安空军工程学院和洛阳外国语学院。我记得当时自己很羡慕，但我已经失去了去军校的资格，因为眼睛已经500度近视，最后只能进北大了。

第一次看到军车和炮车在家后面的马路上开了整整半天时，那种感觉是震撼的。前段时间有人在网上发了段中国导弹部队在高速路上的视频，也是同样的感觉。当时中国还有骑兵部队，刚好在我们小镇驻扎了一段时间，所以我就天天去看马，看战士骑在马上威武的样子，从此便爱上了马。在北京我从1995年开始骑马，一骑就是二十年，到现在还是我最爱的运动，以至于到草原上开了一个度假村。可惜现在骑兵部队好像已经没有了，时代的进步消灭了一个兵种。

长大后慢慢明白了，真正值得尊敬的是部队里的普通战士，抗洪的前线有他们，维持秩序有他们，反恐有他们，保卫边疆有他们。他们真的很辛苦，不愧为人民的子弟兵。但好战士如果没有好长官和好制度，只能是一盘散沙的兵，就算有再好的武器也没有用。

我们今天安宁的生活有人民军队的一份功劳，我们应该向他们表示真挚的感谢。希望我们的军队不仅仅武器先进，更要高瞻远瞩，拥有开万世太平的战略思维。

另外，我身边的司机、助理等都是从部队出来的，我很喜欢他们。

夏日停顿

追逐海浪

儿子四岁那年，我带他到海边玩。刚看到大海，他有点恐惧，海浪冲上沙滩的声音，他还是第一次听到。我脱了鞋走到海浪中，在海水中来回走动，告诉他海水并不可怕。他看到后胆子变大了一点，也脱了鞋走下来，但是海浪一涌上来，他就赶快往后退，好像是海浪在追逐他。但是过了一会儿，我发现他完全沉醉在和海浪的游戏中了。他不再害怕海浪，由海浪追逐他变成了他追逐海浪。每当他冲向海浪，海水把他的衣服弄湿时，他就发出清脆的笑声，小脚把海水踩得噼啪响。

整整一个小时，他就在和海浪你追我逐，没有一丝的厌倦，没有一刻的停顿，海浪也似乎和他玩得很高兴。而我却早已失去了追逐海浪的心情，坐在沙滩上等待着儿子结束和海浪的追逐，心里想着和大海毫不相干的事情。

当我们不能再为一个简单的嬉戏而快乐无穷时，我们不但失去了童心，也失去了生活。

篝火

在加拿大的时候，朋友带我出去露营。北美有修建得很好的露营地，英文叫Camping Ground，一般都是修在森林中或者湖边上。这次我们去的地方在温哥华后山一个非常美丽的地方，叫作爱丽丝湖。露营地是在森林中开出的一块小小的空地，比较规范，总共有150多个宿营点，有水有厕所，租用一块地方一夜20加元左右，不算贵。车可以停在宿营地里面，搭上帐篷，再用烤炉烤点肉，大家一起喝啤酒聊天，感觉非常惬意。四周都是森林，树木差不多有百米高，几乎把天空全部盖住了。

随着夜幕的降临，我们从巡视员那里买了些劈柴，点上了篝火。篝火开始燃烧的时候，夜色就像被血红的火焰撕开了一条口子，同时周围的空气里充满了松烟的香味，因为这里的劈柴都是松木劈出来的，所以燃烧后整个空气中都是松香的味道，闻起来让人心醉。同时，有点寒意的空气也被温暖起来，让人不再感觉到黑夜的存在。突然想到，其实火焰就是储存在木头里的太阳，树木一点点在光合作用下长大，就是把太阳的能量一点点储存在身体里。在黑夜里，当人们点燃松木的时候，就是又把太阳释放出来了。现在在眼前跳跃的火焰，就是太阳的一部分，而火焰所带来的温暖，也就是太阳的温暖储存在了松木之中。

和朋友一起静静地坐着，看火焰飞舞，看炭火暗红色的光芒，听着松木在火焰中裂开噼噼啪啪的声音，有一搭无一搭地东聊西扯，时间没有声息地从身边流走，忘掉了生活和工作中的所有烦恼，内心充满了平静安详。蓦然惊醒，已是午夜时分，篝火已经只剩下星星点点的闪亮，而天空已经被繁星布满，初七的半个月亮，已经落在了地平线之下。

在日本北海道滑雪场，重新走上滑雪道

飞机上的故事

2003年12月4日，我到多伦多新东方出差后，晚上7点钟坐飞机回温哥华。我坐的飞机的航空公司叫Jetsgo，是加拿大一家以卖便宜机票吸引顾客的公司。因为机票便宜，飞机上任何吃的喝的都要另外收钱。飞机起飞后，服务员开始卖饮料和食品。我在上飞机前没吃晚饭，所以很饿，于是向服务员要了一听可乐和一袋薯片，只要两元钱，但我身上只有一张一百元的钱币。当我把钱给服务员后，她告诉我没有零钱可以找，东西也不能免费给我，又把东西拿走了，说等飞机上的其他人都买了东西后就有零钱了。等全飞机的乘客都买完了东西后，服务员过来告诉我还是没有足够的零钱，我只能又饿又渴等三个多小时后到温哥华再说。我只好苦笑着表示理解。

过了十分钟后，服务员拿着我要的可乐和薯片来送给我，我感到很奇怪。服务员告诉我说，坐在我后面两排的一位先生帮我买了东西。我回头看到那位先生，他正在对我友好地微笑，白人，中等年龄，看到服务员和我几次来往，问明白了怎么回事后就慷慨解囊。我连忙站起来向他表示感谢。坐下来喝可乐、吃薯片时，我感到这是我吃到的最美味可口的饮料和食品。

送人玫瑰，手留馨香。在别人最需要的时候帮助人，最能让人留下永恒的记忆和感激。对别人的善良将会感动别人，并且会使别人以各种方式继续把善良广泛传播。经历了这件小事，我更加愿意以温暖和关怀的态度对待别人，把人性的善良传播出去。

一只苍蝇

晚上在书房看著名摄影家休·赛迪写的《总统肖像——椭圆形办公室的权力和人格》时，一只大苍蝇被灯光所诱惑，飞进了书房，围着我的台灯旋转，发出阵阵嗡嗡声。我被它穿来穿去的黑影和发出的声响所干扰，先是用书本试图把它赶走，但它绕了一圈又飞了回来。连续几次下来，我被弄得心烦意乱，于是下决心把它打死。从书桌边站起来，我手拿一本杂志，到处追赶这只苍蝇，书房门开着，但它就是不飞出去。我们互相在书房里绕起了圈子，双方都累得气喘吁吁。十几分钟以后，苍蝇终于飞不动了，停在了书桌的边上，我看准后猛拍下去，终于使它一命呜呼。我重新安静地坐下来，回到我书中的世界去了。

苍蝇有翅膀，所以要飞。苍蝇飞来飞去没错，错就错在苍蝇飞进了不该进的地方，并且干扰了别人的生活而不自知，这就非常危险了；干扰了别人的生活，受到了警告而不离开，就更加危险了。同样，一个人如果想要平安地生活，也不应该进入不该进的地方，不应该过问不该问的事情，不应该干扰别人的生活而不自知，否则，危险就离你很近了。反之，一个人如果有自知之明，能够照顾别人的感受，在别人需要的时候给予帮助，在别人不需要的时候为对方留出足够的空间，这样的人就是有着空灵之性的可爱的人了。

修剪一盆植物

妻子买了一盆冬青类的植物，放在家里的花架上，每天浇水，倒也长得欣欣向荣。一段时间之后，叶子长得太繁茂了，妻子就拿来一把大剪子来修剪，说是要修剪出更加美丽的形状来。我说你从来没有修剪过树，不知道从哪里下手，也不知道应该修剪成什么形状，还是手下留情吧。结果她不听，几剪子下去，一棵枝繁叶茂的小树就被剪得七零八落，很像是一个不会理发的人给人理的头发一样。妻子终于气馁地放下剪子，不敢再剪。

做什么事情都应该胸有成竹才行，如果心里没有树的形状，就不可能修剪出美丽的结果。

到家做饭的服务

早就听说在国外有一种服务，叫作Catering Service，就是家里请客，如果需要人做饭，这样的服务公司就会提供食材、厨师和服务员，一般服务很到位，又是在家里做饭，既有家庭气氛，又免去了下厨房之劳，费用也不见得比下饭店吃饭更贵，也是一种享受。也听说过美国有人靠做这样的服务变成百万富翁，甚至买了飞机。美国总统的白宫宴会，还有很多名人和富翁的聚会，常常都用这种Catering Service。现在这个世界，卖产品的时代已经过去了，已经变成了一个卖服务的时代，谁的服务好，谁就取胜。

有一个朋友在温哥华工作。因为我曾经帮过他一点小忙，所以他一直想请我吃饭。但我害怕饭店里的熙熙攘攘，而且带着孩子，更加食不能安。所以他就想出了请厨师上门服务的主意，到我家来做饭，请我们全家吃饭。我想这个主意不错，既可以体验一下什么叫Catering Service，又可以在家里吃饭，还不用自己掏钱，所以就痛快地答应了。

到了星期五傍晚，我的朋友带着厨师出现了。由于服务是按人头收费，人太少了他们不提供服务，所以我们又一起请了另外几个朋友来。服务公司的人原来是夫妻两人，都是小时候从香港来的移民，男的后来学做西餐，尤其拿手法国餐，女的就帮着打下手并兼任餐桌服务员，两人开了一家叫Danz Gourmet的家庭餐饮服务公司。他们预先把菜在自己家里加工好，到这里来再加工一下就可以上桌。所有锅碗瓢盆，以及饭桌上使用的刀叉餐盘，都由他们带来。各种餐盘都显得十分大方、干净。

今天他们提供的是法式西餐。先上的是开胃菜Scallop Cup，就是把鲜扇贝肉拌上素菜和调料，放在一个透明的玻璃杯里拿上来，真可谓色香味俱全。紧接着是西餐通用的面包和黄油，然后是用非常漂亮的大盘子盛的鸡肉芦笋蘑菇汤，淡绿色的汤尝起来有春天的香味。主菜是烤三文鱼，配上土豆泥饼、炒芦笋和其他素菜，颜色层层叠叠，十分赏心悦目。最后上的甜食是饼卷椰汁冰淇淋，吃着又香又凉快，满嘴是椰汁的余香。

那位年轻的妻子一直面带微笑，席间服务也很到位。朋友们谈笑风生，再也不用担心谁照顾谁的问题，主人客人都不需要起来下厨端菜，大家都很轻松。这是我在家里吃得最轻松的一次晚餐。

晚餐做完后，我邀请做饭的小夫妻一起入席吃饭，他们微笑着说他们不能和顾客一起吃饭，这是他们的职业规矩，而且他们也不饿，因为做厨师的人是最不想吃饭的，闻都闻饱了。晚饭后，小夫妻把厨房收拾得一尘不染，然后搬运做饭的东西离开。出于对他们的感激，我帮着他们把东西放上了车。看着他们互相依偎的背影，想着他们给我们提供的完美服务，我真的开始羡慕他们的工作了。

有时候我们的生活就像天空的云一样，我们在地上看天空的云，自由飘荡，千变万化，以蓝天为背景，说不尽的美丽。但如果我们走进云中，就会发现迷雾涌动，迷茫一片，甚至不辨东西。在现实中，我们有时候觉得自己的生活也是迷茫一片，是因为我们陷入生活之中不能自拔的原因；如果我们能偶尔退后一步，就像在地上看天空的云一样来看自己的生活，也许就会更加美丽一些。

快乐
是会传染的

朋友一家搬入新居，晚上邀请我过去吃饭。我心想着总得买点礼物带过去才好，到商店里挑选了半天没有选到合适的，就决定买一盆绿色的万年青送过去。

这几天因为工作中出现了太多烦心的事情，所以情绪不是很高，付钱的时候心不在焉，对前台结账的服务员也几乎是视而不见。

我以为服务员也会对我爱理不理，我等待的是一个冷冰冰的服务过程。没有想到结账的胖小伙子满脸的喜气，欢蹦乱跳的样子，一边结账一边问我买万年青是自己观赏还是送人，我说是朋友搬家送过去。小伙子就说这样一个花盆里只有一棵植物显得太单调了，包装一下会更好看，说完就忙着找包装的盒子，结果柜台里面还没有，就又跑到外面去找了一圈。后来他不仅找来了一个好看的白色小盒子，还用几张彩色的纸垫在盒子里，结果把花盆一放进去，绿色的万年青在白色的盒子、绿色和橘红色的彩纸的映衬下，显得特别好看。

小伙子的情绪、提供给我的真诚服务，以及在他的精心安排下变得非常美丽的万年青，让我的心情一下子好了起来。走出商店，我发现天空很蓝，太阳很美。我把快乐的情绪带到朋友那里，一起欢乐地喝酒聊天。

从朋友家出来，已经是月亮西斜。我想，不管遇到多少不顺心的事情，都要快乐地对待别人，因为快乐是会传染的，而这种传染会让生活更加美好。

在香山后山徒步，沿着山路前行，满眼是望不断的青山

积累好的势运

初夏的时候，有一次带着新东方一批人一起在香山后山中徒步穿越，在山间的道路上走着的时候，看到前面一个中年男人坐在路边上，光着膀子看报纸。我们走过他身边时，他抬头看了我一眼，跳起来大喊："俞老师，是你吗？"我说是啊，他就很高兴地对我说："我的孩子在新东方上学，现在在新东方的泡泡少儿。孩子学得很开心，谢谢啦！"我也非常开心地说："谢谢你对新东方的支持，今天在山里碰上你也是缘分，以后你孩子在新东方学习，我按照内部优惠给你八折啊。"然后我就把联系方式给他留下，开心地和同伴们继续往前走。

同行的人中有人问我："碰上的这个人你也不认识他，以后他孩子在新东方学习，你真的要给他八折优惠吗？"我说："是啊，这当然不是说着玩的。我有几个理由，第一，能够在这样的野山里碰上他，本身就是一种缘分，既然有缘分就应该珍惜；第二，给他八折优惠，他如果认可新东方，就会一直让孩子在新东方学习，这其实是对新东方最大的支持；第三，一个机构或者一个人未来的发展，并不一定是因为有着很好的战略或者是坚定的目标，而往往是依靠小事情的积累做好的。坏的小事情积累起来，就成了恶的势运；好的小事情积累起来，就成了好的势运。”

所谓的势运，就是一个机构或者个人发展的走向和运气。比如一个人老是小偷小摸，或者斤斤计较，表面上看好像对个人也没有带来太多的伤害，甚至好像还占了便宜，但实际上把一生的势运都给毁掉了，因此他永远成不了大事，而且生命可能会处处受阻。而一个愿意不断为别人付出、善待别人的人，表面上是吃亏了，但实际上积累很多的人脉，周围的人都对你很有好感，做事情的时候大家都愿意帮忙，最后就比较容易做成大事。今天我们碰上的这件事情，看上去是一件小事，但这样的小事做多了，就是在积累新东方好的势运。大家一起为新东方的学生和家长着想，最后新东方好的势运就会一直持续下去。

说完后，大家一起继续沿着山路前行，前面是满眼望不断的青山。

谁是我们的老板?

我们生命的方向到底掌握在谁的手里,我们每天到底在听谁的话?

有人告诉我,他在听父母的话,父母要求的不能不做。

有人告诉我,他在听老婆的话,老婆要求的不敢不做。

有人告诉我,他在听老板的话,老板要求的不得不做。

是的,我们在听很多人的话,我们活在家庭、社会、工作中,我们不能不关注周围人的意见和感受,这是非常正常的,很多时候也是必需的。但这些因素不管多么重要,最多也只能决定我们生活状态的十分之一。

很多人说不对,因为他们的每一个决定都是考虑了其他人的感受,或者不得不遵循其他人的意志。就算是这样,我们为什么要考虑其他人的感受?为什么要遵循其他人的意志?我们本可以不考虑或者不遵循。实际上考虑不考虑,最终决定权还是在我们自己手中。最终我们才是自己的老板,我们的命运是由我们自己来决定的。

我们身上有很多老板:我们的思维方式是我们的老板,我们的行为习惯是我们的老板,我们面对一件事情大方或者小气的态度是我们的老板,我们面对困难和挫折之后的心理反应也是我们的老板……我们身上的这些老板一直在决定着我们的命运。

我们一直被身上的某个老板统治着。有的时候是被一个坏老板统治着，但我们却没有想过要去摆脱这种统治，因为这种统治方式可能使我们产生某种快感，因此我们宁可被奴役也不愿意脱离苦海。比如一个被小气统治的人，宁可牺牲其他的一切美好也要小气，尽管小气牺牲了他的前途，但却让他有守财奴一样的快感；比如被贪婪所统治的人，明知贪得无厌最终会被惩罚，但贪婪的本性让他占到便宜了就产生快感，所以大难临头不肯收手……

我们需要做的，就是认真分辨一下我们身上哪些是好老板，哪些是坏老板。如果我们有能力清除身上的坏老板，让好老板（比如勤奋、专注、宁静）带着我们往前走，也许我们的命运就会往更好的方向转变。

我是一个
相信命运的人

我是一个相信命运的人，也是一个相信命运能够被改变的人。

命运首先要拆成两个字来讲，命和运是不同的概念。命是你一出生就部分被决定的东西，例如你没有办法选择出生在什么家庭，有的人出生在富贵家庭，有的人出生在贫困家庭，这就在很大程度上决定了你童年、少年、青年时代的成长环境和生长状态。除了家庭环境以外，父母基因的结合也已经很大程度上决定了你个人的特征，比如性格特征是外向的还是内向的，外部特征是漂亮的还是难看的。这些东西个人很难去进行本质的改变，尽管现在整容技术已经十分发达，丑的能够变成美的，但本质上基因并没有改变。

运是在生命发展过程中所碰到的机遇，这种机遇有偶然因素，但是更多的运是自己创造出来的。如果你买了一张两块钱的彩票，结果中了五百万，这是偶然因素，就算碰上了，也基本没有可能再碰上第二次。自己创造出来的运气则是可以持续出现的运气，比如你通过努力变成一个著名的画家，大家都在求你所作的画，你能够用画去换钱就变成一个可以持续的运。

我们身上的很多东西，包括先天和后天习得的东西，决定了我们做事的行为方式。这一行为方式会内化成一种无意识的习惯行为，构成我们命运的决定性因素。小时候我们常常听大人说，这个人是劳碌命，那个人是享受命，当时觉得不太能够理解，但现在逐渐明白了：不管人们所处的社会地位和财富地位在什么层次，即使在同一种环境中，人和人的反应和性情都是不一样的。看到同样的半瓶水，有的人说："唉，已经喝掉半瓶了。"有的人则说："哈哈，还有半瓶水呢。"这两种不同的反应和性情也构成了一个人的命运。有的人不管有多少钱还在辛苦劳作，有的人身无分文也照样乐观开朗。所以从整体来说，一个人的命运和有没有钱、有没有社会地位没有太多的关系，但却可以在不同的层次上展示自己的命运。比如我认为我就是很辛苦的命，原来在农村干农活辛苦，现在做成了一些事业，也有了财富和社会地位，但我每天的辛苦程度一点都没有减轻。但是现在这个层次上的辛苦，会让自己更有成就感，生命会更加充实，也能对别人提供更大的帮助。所以即使是同一种命运，我们也要争取在更高层次上的展示。

人一辈子最重要的还是要勤奋努力，因为勤奋努力是改变自己命运的最佳途径。我们知道，一个人原地踏步或者坐着不动是不太容易看到不同的风景，遇到不同的人和事情的。通过自己的努力，我们可以改变自己生存的环境，由此使我们的命运得到改变。我通过自己的努力，从农村走向了城市，从中学走向了大学，又通过自己的努力，从北大走向了新东方。所以一个人的努力是非常重要的，努力还可以使自己的运气变得更好，就像我刚才讲的那样，如果你掌握了一技之长，就掌握了运气的持续性。

所以，也许你命中注定了要辛苦或者要享受，但通过创造不同的环境，不断提高自己的生命层次，你辛苦或者享受的层次是不一样的。努力是我们让生命创造奇迹的最佳方案。

人的本性是什么?

人的本性是什么？这是一个复杂的问题，没有人能够用一句话回答出来。我们对人的本性赋予了太多的社会、政治和经济意义，所以把人的本性这个问题弄得似是而非。如果我们对这个问题抽丝剥茧，最后就会发现，人的本性应该就是作为人的存在最核心的东西。性本善还是性本恶，不能看客观的善恶本身，而是应该回答下面两个问题：一是为善与为恶，哪个更有利于自身的生存；二是做什么事情能够让生命最大限度地体验快乐和满足欲望。

人的本性之一是吃。因此如果一个人饿着肚子，就一定会想尽办法找吃的。本来食物是一种自然存在，看到了就可以拿来吃，原始社会大家一起狩猎就是向自然索要食物。但是现代社会，大部分食物都是有主人的，所以不能随便拿，只能通过劳动挣钱去交换，所以劳动就成了人类的基本活动，因为不劳动就没有饭吃。

人的本性之二是色也就是性。因此当一个人长大有了性的需求之后，他/她就会设法去追求异性，满足性的欲望（当然也有追求同性的）。本来只要看到异性就可以追，两个人互相喜欢就可以在一起，但实际上每个人都生活在社会群体中，所以在性上不能为所欲为，必须按照既定的社会规则来办事情，否则就会被施以惩罚。

人的本性之三是社会性。从世界上有人类开始，人就很难离开群体而生活，必须依靠群体的互相照应才能战胜恶劣的环境，以及其他群体的进攻。即使在保护个体的社会充分发展的今天，人依然脱离不了群体，不管是现实的还是虚拟的。人一旦脱离群体就会很孤单很无助，会产生内心深深的恐惧。所以人会自觉地牺牲一些个人的利益和欲望，来维护自己作为社会一分子的身份。不管个人有没有意识到这一点，社会性都是人的客观存在。

除以上三者外，人类另外一个基于本性无限扩张的东西就是贪婪。贪婪最初来自动物性的一面，就是动物对于食物的储存。但由于人的进化，人类不仅仅可以储存当年的食物，还可以储存几年的食物，而且发现可以用储存的食物去换取其他满足本性的东西。比如可以用食物去换女人（或者男人），也可以因为有食物可以让更多的人服从自己，从而在群体中地位更高。尝到了交换甜头的人类开始了对剩余物质的疯狂追求，最后形成了贪婪的特性。

也有人说思想是人的本性。确实，思考问题可能是人类特有的能力，也是这种能力使人类有了不断进化的可能。但人类最初的思考仅限于更好生存的范围内，只有到了一定的地步，比如有些人不需要再为生存担忧（有了足够的食物），纯粹的思考和哲学才会产生。同时，社会性也是思想家愿意思考的重要原因，所以没有哪位思想家不把自己的言论公布于世，即使老子这样的人，在出函谷关的时候，还留下了一本《道德经》。而在人类社会中，思想的重要性日益体现，有思想的人被人所尊敬，因此也部分满足了思想家食、色的本性需求。

关于人的本性是善还是恶的问题，是一个必须放在客观现实中来看的问题。以我的观察来看，单个的人往往善多于恶，因为一个人的时候作恶的能力相对较弱，而且容易危害自己的生存，而行善更加有利于自己的生存。我们也会碰上单个的恶人，单个的人作恶的主要原因是他自我感觉生存被威胁而产生的过激反应。我曾经看到过一条小狗，看见人就咬，后来发现不是因为这条狗胆子大，而是因为害怕，所以情不自禁想用攻击来吓退路人，减少对自己的威胁。

人在一起形成群体的时候更加容易作恶，因为群体作恶，在同一群体中被认同，所以个体不会觉得是恶。即使意识到了是恶也让自己继续做下去，因为别人都在做，如果你不做了就不利于自己在群体中的生存。“二战”期间，德国人杀害了那么多的犹太人，就是一种集体行为。如果把其中任何一个人拿出来，放在今天的环境中，他们绝对下不去手。由于人类的社会性，人很容易从众，所以我们防范群体邪恶，比防范个体邪恶更加重要。

由于人类社会演变得越来越复杂，一个人需要同时面对非常复杂的社会、政治和经济环境，人们为了更好地生存，就常常会用各种行为和言论来掩盖自己的本性，但实际上人类的本性是显而易见的，一旦遇到适合的环境就必然会爆发出来。有一个朋友养的一条狗，从来没有吃过骨头，从小到大一直吃的是狗粮。有一次我到朋友家去玩，给狗丢了一根骨头，刚开始狗并没有显得很兴奋，甚至有点无所谓，但在它啃骨头的过程中，狗喜欢骨头的本性被唤醒了，到后来就守住了骨头坚决不放，我想把骨头拿走的时候，狗就呜呜直叫，差点把我咬了一口。我对朋友说，狗的本性是喜欢骨头，即使一辈子碰不上骨头，骨头还是在狗的心里，这是改变不了的。

人类也是一样，本性是改变不了的。我们要做的一切，就是在满足自己本性的同时，照顾到整个社会群体的和谐生存，并且通过自己的节制，避免过分贪婪的行为发生。实际上，过分贪婪对于自身的生存就是不利的。好在上帝造人的时候，在设定本性的同时，也给人类内置了同情心、仁慈心和良知，所有这一切，都使人类在本性作恶的一面发挥过分的时候，又能够回到相对正确的轨道上来。

第四章

滋润

生命的小事

那些滋润我生命的小事儿

今年北京的雨较多，万物蓬勃生长。我们住的小区有一块很大的草坪，草坪上的草也疯长起来，一段时间没有人来割，草都长到了人的小腿肚子，其中野草生长得尤其茂盛。我在草坪散步，心里总会升起一个怪念头，这样大一块草坪，要是养上十只八只羊就好了。这样羊把草吃掉，就不用割草坪了，还能看到微缩版的“风吹草低见牛羊”。

前两天天气好得出奇，天高云淡。去草坪散步，发现有人拿着割草机在修剪草坪。草被割下来之后一堆堆放着，被太阳一晒，散出浓郁的芬芳。这种青草的芬芳可以用醉人来形容，闻过的人都知道。这勾起了我对童年的美好回忆。

小时候在农村，家家户户都会养几只羊。我们那里猪和羊吃的东西是不同的，猪通常吃地里种的菜，胡萝卜、野甜菜、红薯叶等，而羊就是吃田埂上或者土岗上的野草。因为南方田埂边上就是农作物，所以羊一般都圈养在家里，否则放出来就连农作物一起吃掉了。我们放学后，第一件事情就是拿上镰刀和草篮子去割草。我们很清楚哪些草羊爱吃，哪些草羊不爱吃。一般都会割上结结实实满满一篮子才回家，这样足够羊吃一到两天。到了夏天学校放暑假，我们除了干其他农活，还需要割更多的草，割完后就铺在打谷场上晒。草被太阳一晒，就会散发出持续醉人的芬芳，仿佛把太阳的味道也吸收进去了。我小时候一直相信太阳是有香味的，因为割下来的草被晒了会散出芬芳；被子放到太阳底下晒后，也有特别好闻的气味；在河里洗完的衣服，被太阳晒干后穿在身上，也有清爽舒服的味道。

夏天，我最喜欢去割草，既喜欢割草时青草的味道，又喜欢太阳把草晒干后的味道。当干草成堆后，我喜欢在草堆里躺着，白天晒太阳，晚上看天上的星星。有时候看星星看着看着就睡过去了，常常到露水初降，父母会来把我叫回家。随着夏天过去，看着一堆堆暗青色的干草储藏起来，特别有成就感。这些是家里养的羊一个冬天的粮食，必须要把羊养得肥肥的，这样过年的时候就可以卖掉换钱了。

因为从小一直养羊，我对羊还是很有感情的。小时候我能够把羊训练到只吃路边的草，边上的农作物碰都不会碰，所以我知道羊是很聪明的。后来到了北京，我总喜欢往草原跑，除了喜欢骑马，一个主要的原因就是在那儿能够看到羊群，“骏马好似彩云朵，牛羊好似珍珠撒”。到草原上，为了活跃团队气氛，通常会吃烤全羊。但每次杀羊的时候，我都会逃得远远的，见不得杀羊的场面。但烤全羊上桌后，我还是会吃得很香，整个一个虚伪和矛盾的人生。

我喜欢草的香味，喜欢在干草堆里看星星的感觉。在生命流逝的过程中，这些看似不经意的小事，回忆起来才是点点滴滴幸福的核心内容，成为滋润生命的力量。当有一天我终将逝去，如果能够躺在太阳下的干草堆里，闻着醉人的芳香而去，那应该是另外一种幸福。

像蝉一样，
至少让生命放声歌唱一回

今年北京的夏天，蝉好像特别多，只要天气好一点，就到处都是蝉鸣。我住的小区树木较多，而且多是蝉喜欢的榆树、杨树、桃树等，所以更是蝉声一片，几乎没日没夜。

我本人特别喜欢有蝉鸣的夏天，因为从小在农村，夏天就是在蝉鸣的包围中长大的。长大后，对于“蝉噪林逾静，鸟鸣山更幽”这样的情境更有体会。还记得小时候在树林里的竹榻上睡午觉，就是在鸟鸣和蝉噪的幽静中悠然入睡的。

今年北京的蝉运气不好，总是遇到雨。一次大雨后，我在外面散步，就看到好几只蝉被大雨打落在路上，我把它们捡起来后，它们还会发出吱吱的鸣叫。明明知道这些蝉的生命已经走到尽头，我还是把它们放回到树上去，希望它们在树上能够继续自己生命的歌唱。

蝉的生命其实很长，最长的能够到十几年，短的也有两三年。但蝉的一生绝大部分是在土里度过的，一旦从土里钻出来爬到树上，蜕变成蝉，鼓翅高飞，放声歌唱，其寿命一般就只剩下几十天，有的只有几天。好像它们在黑暗中待了那么长时间，就是为了出来放声歌唱，让生命舒展一下然后离去。

小区树上的蝉

诗人虞世南以蝉自喻高洁，曾写诗曰：“垂緌饮清露，流响出疏桐。居高声自远，非是藉秋风。”庄子在《逍遥游》里也说：“朝菌不知晦朔，蟪蛄不知春秋。”蟪蛄就是蝉，因为寿命短，不能理解鲲鹏之志。其实为什么一定要理解鲲鹏之志呢？生命各有自在，不需要比较。

中国人对蝉的理解，除了夏天的知了声声，就是用来入药，还有是用来吃。百度搜蝉，第二个词条就是油炸金蝉。我记得小时候大人带着我们去捕蝉，然后拿回来就放在火上烤着吃，蝉的背部有一块肉，烤好吃了挺香。小时候好像没有什么怜悯心，吃了就吃了，没有什么伤害生命的内疚。现在看到蝉，满满的怜悯和同情，别说吃了，看到它们掉在地上，心里都满是难过和不忍。

蝉鸣声声，让我觉得这个夏天并不孤单。它们在地下十年，只为在树上嘹亮歌唱一瞬间。短暂的生命被夏雨摧残，却依然用自在的生命，用最光明的方式完成自己生命的循环。

而我们大多数人，好像一辈子生活在阳光下，其实心里一直没有摆脱黑暗；我们一生唯唯诺诺，最后可能从来没有像蝉一样，至少能够在嘹亮的歌声中坦然离去。

即使我们生命中避免不了苟且，但宁可活得短一点，也应该让生命至少放声歌唱一回！范仲淹说：“宁鸣而死，不默而生！”是也！

那条小溪

搬到这个小区的时候是在一个冬天。那时候，小区里一如北京其他地方的冬天一样，除了肃杀的土灰色没有其他颜色，尤其近几年北京几乎不下雪，那种灰不溜秋的感觉加上天空的雾霾，让人心里憋闷。小区里种了不少树，光秃秃的枝丫在冬天的风中瑟瑟作响。晚上出去散步，有时候能够看到树枝上面的月亮，惨惨发着白光，更增加了彻骨寒意。

有一条人工建造的小溪弯弯曲曲穿过小区的中央，一到冬天就彻底干涸，丑陋的水泥底部裸露在外面，上面散落着枯枝败叶。走在溪边的路上，我很难想象这条小溪能够带来什么美好，总感觉它像整个小区身体上的一道疤痕，没有它，小区也许还更加整齐漂亮一点。

不知不觉春天到来了，小溪继续干涸，岸边的杏花、迎春花和玉兰花开始开放，树也开始抽出绿芽，更加显出小溪的难看，没有一点生命的气息。我到过不少装饰了溪流的小区，由于物业的吝啬，一年三百六十五天都不开闸放水，徒然留给业主一个溪流淙淙的遥远梦想。我原来住过的一个小区就是这样，与物业交涉的结果依然是滴水不放，直到夏天来了一场暴雨，浑水在溪沟里翻滚，景观小溪变成了排水沟。

我想这个小区不过也是如此，正在散步作如是想，突然听到了水声叮叮咚咚地响起——小区的溪流开闸放水了。我顺着声音走到溪头，看到一股清水从叠起的石缝中汩汩流出，在溪流底部弥漫开来，这种感觉是如此美妙，让我一下子沉浸在了小时候农村春天为农田开闸放水的回忆里。对于农村来说，那就是一个盛大的节日，水从渠道流出，弯弯曲曲一路向前，然后从一个一个小口流进农田，你几乎能够听到禾苗喝水的声音，听到禾苗拔节生长的欢呼。从上大学进城之后，我就再也没有了这种感觉，现在小溪开闸放水，这种感觉居然回来了。

第二天早上我再到溪边去散步，小溪里已经灌满了水，倒映出了天空的白云。溪边的桃红柳绿，昨天还显得枯燥单调，现在一下子变得生动起来，好像姑娘在对水梳妆。由于小溪错落有致，所以总能够听到水声潺潺，我从溪的这头走到溪的那头，发现水流到尽头后从地下管道被抽到源头，反复循环使用，美妙的水声由此日夜不息。

从此之后，我对这条小溪就有了依恋，每天回家不管多晚，都会在小溪边来回走几圈。有水就有了灵气，就有了生命，这是地球美丽的所在，也是生命诞生的秘密，这条人工小溪也证明了这一点。到了4月份，水里开始长出了水草，嫩绿的水草在水中随波舞蹈，我的心也随之悠然。春天花开的时候，溪水边上蜜蜂嗡嗡一片忙着采蜜。到了夏天，蜻蜓就在溪水上面上下飞舞，划出一道道美丽的弧线。鸟儿也在树枝上蹦跳着凑热闹，叽叽喳喳响成一片。更加热闹的是知了的叫声，此起彼伏，忽高忽低，形成了生命的大合唱。青蛙的叫声也从水边响起，尤其到了晚上，一声接一声的蛙鸣让我感到彻底回归自然，回到了绿满江南的家乡泽国。有“好事者”在水中种上了莲花和睡莲，同时在水里放进了很多红色的大小鱼类。初夏的时候莲花高举绿绿的叶子，盛夏的时候莲花高高长出水面，睡莲安静地躺在水面，鱼儿们自得地在水草莲花间来回游动，整个小溪成了一幅动人的水彩画。

人，行走在这种环境中，总是悠然静心的。不管是白天还是晚上，总有一些人在溪边散步，脚步不再匆匆，日常的烦躁好像一下子消失得无影无踪。常常有老人带着孩子在溪边喂鱼，鱼儿自在地游来游去，一旦食物下去鱼儿就争先恐后激烈争抢，然后瞬间又恢复到之前的平静状态。人好像还不如鱼聪明，我们总是把自己陷入各种争夺竞争中，白天黑夜几乎不停，而鱼儿却能够在争抢完食物之后，瞬间恢复那种与世无争的状态。

突然有一天，晚上的蛙鸣声消失了，这让我夜不能寐。我已经习惯了在此起彼伏的蛙鸣声中入睡。我到溪边踱步，反复思考不得其要领，刚好有个管理员走过来，我问他为什么突然蛙鸣声就没有了，他说青蛙全部被抓走了。我问为什么，他说有业主投诉，晚上被青蛙声吵得睡不着觉，都快神经衰弱了，强烈要求物业把青蛙抓走。在万般无奈之下，物业动用了一批员工，把青蛙都抓走了。我听完一声叹息，知道很多人已经离开大自然很远了，远到已经容不下晚上的声声蛙鸣了。

秋天来了，水里的鱼儿比春天的时候大了许多，姿态也更加悠闲。水边的石头在水的沁润下长出了青苔，让小溪变得更具风韵和气质。岸两边的树染上五彩斑斓的颜色，海棠树小小的果实掉进水里，使鱼儿多了几分嬉戏的乐趣。随着深秋的来临，树叶掉落在水面上，一片片随波逐流，组成各种变幻莫测的图案。秋天在这里没有凋零和肃杀，只有静谧与和谐，大自然的循环往复在这里是如此深刻，也如此简单，简单到人们不需要有多余的思绪和忧伤。

但是忧伤还是来了。有一天管理人员把小溪中的水放掉了，水放了两天，我的心也纠结了两天。水中的鱼一条一条被管理员捞起来拿走，不知道这些鱼被拿到了哪里，是拿到鱼市卖掉了，还是养到其他地方去了？我开始为鱼儿的命运纠结起来，但最终也没有敢问它们的去向。冬天来临，小溪又恢复了一无所有的丑陋，裸露干涸的河床躺在那里，如失去了孩子的绝望女人。

但整整一个冬天，我都在小溪边上散步，我想陪着小溪，一起等待春天的来临。在我的生命中，再也没有比这更加肯定的期待。严冬肃杀，狂风飞舞，都没能阻挡我每天到小溪边上走一趟的念想。这个冬天似乎很漫长，但最终还是过去了。岸边的杏花、玉兰花和迎春花终于开放。在一个晚上散步的时候，我再次听到了叮咚的水声，一汪清水在小溪中漫延流淌。带着一种抑制不住的快乐，我知道新一轮的生命之舞即将开始，我的心也充满了欢欣。

四季轮回的时光之歌

早上起来往窗外一看，就看到了纷纷扬扬的大雪，屋顶和树枝都已经覆上了一层厚厚的白雪。北京的第一场雪，在静悄悄的黎明来到，宣告了冬天的来临。

时光在不知不觉之间就流走了。还记得春天迎春花开的时候，天气一点点变暖，紧接着玉兰花、丁香花一起开放，天地之间突然就温暖热闹了起来。树从光秃秃的枝丫，一点点发芽，最后披上满身蓬勃的绿色，宣示着春天结束，夏天降临。夏天是生命繁盛的季节，蜂飞蝶舞，蝉鸣声声。蝉声未落，蟋蟀唧唧，秋天已经来到门槛。于是树叶转红变黄，蓝天白云下，秋天一片斑斓的色彩。这预示着丰收的季节，也开启了万物的凋零；片片落叶，让人感叹伤情。叶未落尽，白雪已经飘然而至，冬天在不知不觉之中来到人间。

时间似在不在，一年的时间过去，恍若只过了一天。花开在梦里，醒来已是一片萧瑟。但在萧瑟中，大地已经开始孕育下一个春天。“年年岁岁花相似，岁岁年年人不同”，在各种匆忙中，好像时间并没有流动，突然发现只有精心打坐，时间的嘀嗒声才最为清晰。

一年过去，多了一些阅历，多了一些忧伤，多了一些时光的感叹。

秋天落在草坪上的红叶

揽镜自照，觉得自己的长相并没有什么变化，好像时光之刀忘了雕刻自己。直到偶然翻出自己十年前的照片，才发现自己不知不觉已经老去很多很多，也许有一天再看，会发现自己老得不堪回首。

生命总要前行，天地不仁，以万物为刍狗。在人世间，和天地季节相应，有振奋、有热闹、有蓬勃、有忧伤、有凋零、有奋起；人生的主色调也许就是一场时光之歌，在春夏秋冬之间反复吟唱，直到生命的最后一天，让一场雪覆盖自己的一切，给天地人间留下一片洁白。

一场让我潸然泪下的电影

今天北京整天下雨，淅淅沥沥，已经有了秋雨的味道。雨把每一片树叶都打湿了，聒噪的蝉声突然没了，只有雨从树叶上滴答掉在地上的声音。

中午吃完饭，心情有点烦闷，就一个人去了电影院，专门奔着陆川的《我们诞生在中国》去的。通过媒体报道和陆川自述，知道这是陆川和迪士尼公司合作拍的一部有关大自然的电影，专门讲述中国的珍稀动物。我历来喜欢看有关动物的片子，从中央电视台的《动物世界》，到《国家地理》和发现频道的几乎所有动物纪录片，我都看过。《我们诞生在中国》上映后，我就一直想找时间去看，今天终于抽出了这段时间。也许是因为下午1点半，整个电影厅相当于我一人包场，从头到尾都没有来第二个人。这是我平生第一次在电影厅一个人看了一场电影。

陆川为了拍这部电影坚持了三年，从几百小时的素材中剪辑出一个多小时的电影。因为背后是迪士尼支持，制片和拍摄团队都是顶级的，拍出来的自然景色、画面感和动物的动作表情堪称世界一流。电影拍摄了五种中国的珍稀动物，丹顶鹤、藏羚羊、大熊猫、雪豹和金丝猴，以生命的轮回（生命的循环往复、生生不息）和母爱为主题，讲述了这些动物的生命历程。

周迅的解说和旁白很流畅也很动情，但有点像对儿童讲解的口气，所以少了一些绵长和厚重。不过整体来说，电影主题传达得比较清晰。据说陆川一直不知道电影该如何剪辑，找不到重心，甚至到了失眠的程度。但当他看到儿子出生的一瞬间，终于找到了电影的主题，那就是母爱、家庭及其背后的含义。雪豹达娃的故事是他从已经被废弃的素材里抢救出来的，最后成了片子里最动人、最深刻的核心故事。正如陆川所言："一个一个镜头看下去，心脏跳得越来越快。"

丹顶鹤和藏羚羊迁徙的镜头除了画面美并没有什么奇特，暗含了丹顶鹤在中国传统文化中代表灵魂升天的含义（每一只丹顶鹤起飞的时候，都有一个灵魂被带上天堂）。成群藏羚羊迁徙则代表了生生不息。大熊猫母女的亲情刻画突出，把小熊猫成长过程中的憨厚、卖萌，逐渐走向独立剪辑得栩栩如生。但我看着觉得平淡如水，直到后来读到陆川这句话："野生大熊猫几乎终生都是独居，想到几年后她要送别自己的孩子，我突然间明白了丫丫对于女儿的宠溺是近乎绝望的，她想用每一秒钟的时间陪伴在孩子身旁。"这句话让我心灵特别震撼了一下，要是放到电影解说词中就太好了。金丝猴淘淘的成长故事也剪辑得非常成功，尤其是老鹰快要把他妹妹叼走的一瞬间，他猛扑过去护住妹妹的镜头，让人瞬间血液汹涌、泪流满面。

但整部电影最触动内心的还是雪豹达娃一家。第一个对达娃的特写镜头，那种忧伤而坚韧的眼神一下子就抓住了我的心。雪豹处于食物链高端，在一般人的想象中想吃什么就吃什么（很像许多人想象中大老板的生活一样）。但现实情况是，达娃生了两只小豹之后，不仅要为自己捕食，还要为孩子捕食；不仅要面对天气的突然变化，还要面对其他雪豹来和她争抢地盘的压力。在一次雪地追捕羚羊的过程中，她的脚被尖石划伤，失去部分捕食能力，只能带着小豹苟延残喘。到冬天快结束的时候，达娃为了给孩子捕食，在绝望中袭击了一头小牦牛，老牦牛反复用犄角顶她，她还是不肯松口，因此而受到了致命伤，镜头最后落在已经被冰雪部分覆盖的达娃的尸体上。我从达娃的脚被尖石划伤留下一路血迹时就开始流泪，看到达娃在冰雪中死去，基本上控制不住大哭起来，一直到电影结束眼泪都没有收住。常识告诉我，当达娃死去后，两只小豹子在野外绝无活下去的可能。我很想问问陆川，这两只小豹子后来到底怎样了。

谢谢陆川和迪士尼，你们让中国和世界的观众们看到了中国大地上珍贵的动物，看到了它们的生存和情感，看到了大自然在严酷的同时如何为各种生物提供生生不息的资源。人类只是万千物种中的一个群体，但不知道上帝为什么要让人类这么聪明和狡诈，以至于剥夺了大部分物种的生存空间和生存权利。说到底，对于任何物种来说，人类才是最危险和最卑鄙的敌人。

盛开的格桑花，好像下定决心要给人间带来一片绚丽

那一片灿烂的格桑花

本来整个公园是一片大草坪，绿茵茵的特别好看，但偏偏有人在大草坪的中央留出了一块百平方米左右的泥地，怎么看怎么像一块烂疮疤。春天来临的时候，草坪上的草开始茁壮生长，而那块土黄色的泥地上，除了长出一些杂草和几株蒲公英外，依然裸露着自己难看的身躯。

大概到4月份时，泥地上长出了样子有点像胡萝卜的植物，但我知道那不是胡萝卜。在农村待过十八年，农作物我还是可以认得清楚的。这一植物就这样不断生长，密密麻麻，高度很快就超过了人的膝盖，接着就看到长高的茎枝上出现了花蕾。又过了几天，有些茎枝上就开出了花朵，各种颜色，深红色、粉红色、白色、粉白相间，先是一朵一朵地开，最后开成了灿烂的一片。我把花朵照下来，用百度搜索了一下，才知道这种花叫格桑花。

因为喜欢高原歌曲，所以知道在藏族歌曲中常常会出现对格桑花的赞美。格桑在藏语中是幸福的意思，所以格桑花也叫幸福花。再查百度解释，又说西藏人所说的格桑花并不指某种特定的花，只要是美丽的花，有时都会被叫作格桑花。现在常常被认定为格桑花的这种花实际上也叫波斯菊，只是人们现在习惯叫它格桑花了。

刚开始，我以为这种花和别的花一样，花开了，花谢了，最后剩下满地的落英和孤独的花茎。但从春天开始，经过夏天，又到了秋天，这一片鲜花却一直开着，在风中开，在雨中开，在蓝天下更是绚烂地开，在阴天里也娇艳地开。昨天整整一夜的暴风骤雨，我想那片花一定会被这样恶劣的天气摧毁了吧。早上起来再去看，那数不清的花朵却在雨后蓝天的映衬下，迎着阳光欣欣向荣。自从它们春天从泥地里钻出来之后，就好像下定决心要给人间一片绚丽的色彩，来点缀和装饰人们日复一日枯燥无聊的生活。

从刚开始的不在意，到每天不去看一眼这片花，心里就会觉得缺少点什么，我逐渐养成了每天早上去公园跑步的习惯，跑完后就在这片花边上站一会儿，或者观察一下前几天看到的花还在不在。我发现这种花的花瓣几乎是不谢的，它们慢慢长，迎风展示自己的灿烂和娇艳，然后非常有风度地慢慢老去，但在它们老去之前，其他花茎上的花蕾又开出了鲜艳的花朵。这种开花的节奏几乎可以用前赴后继来形容，前面开出的花还没有老，后面的花又一批一批准备开放了。这片花的存在让人没有办法把落花和忧伤、哀愁等词联想在一起。就算林黛玉看到这样的情景，也不容易感叹“花开易见落难寻，阶前愁煞葬花人”了。

不管百度词条怎么解释，我明白为什么人们要把这种花叫作格桑花了。格桑花，幸福的花，开不败的花，积极阳光的花，历经风雨依然灿烂的花，季节更替此心不改的花。这就是格桑花。

也要感谢那位我完全不知道名字的公园管理者，那位别出心裁留下这片黄色土地并播撒上种子的园丁。那一片在冬天裸露的难看黄土，原来是为了给人们带来春夏秋整整三个季节的灿烂和美丽。

海边看日落

活出别样的
辉煌与灿烂

今天晚上在海边看落日，绚丽无比，气势恢宏。那是太阳在经历了早晨的蓬勃、正午的热烈、下午的灼热后，在傍晚喷发出的全部生命，证明自己即使在最后一刻，还能够有别样的辉煌和灿烂。

无数人在看落日，举起相机留下灿烂的一瞬间。对于人来说，落日的辉煌成了永恒的记忆；对于太阳来说，那一抹余晖是这一天留在人间的最后依恋。

太阳从亮丽刺眼的灼热，变成金黄色，变成血红色，变成暗红色，最后坠入大海之中。太亮丽的时候我不能直视，最后目送着暗红色的太阳一点点沉入大海，从整个圆，到半圆，到一线光芒，到最后淹没的一瞬间，天空布满血色霞光，似乎想告诉人们：它升起过，热烈过，绚烂过，最后的瞬间，为人类引出满天繁星的宇宙。

在海边看落日，我忧伤、沉默、痛苦、茫然。落日把我带进无边无际的亘古苍茫，让我失落在宇宙边际的小小星球。但我最后还是振奋起来，明白太阳的一天，明亮天空，照耀大地，养育万物，普照人间……沉入地平线的那一刻，已经是一种圆满。

明天太阳还会照样升起，千秋万代，依然会明亮天空，照耀大地，养育万物，普照人间……这样循环往复，自律、自由、自在、无居功、不自傲、不悲不喜。

人生也当如此，即使生如昙花，转瞬即逝，也应有一种气度，用自己的能量普照人间，无居功、不自傲、热烈过、绚烂过，最后留一抹晚霞，引出满天繁星。

春天、星光和狗：在温哥华的日子

每次到温哥华的日子，实际上就是家庭团聚的日子。如果我不到温哥华，就是妻子带着两个孩子生活，家里总是缺少点什么。儿子今年都11岁了，一个人在楼上睡觉还是害怕，可能就是我不在家的缘故。回到家了，即使什么都不做，但这个家就完整了。因为离多聚少，我总是不在家里，孩子们的个性也受到一定的影响，事业与家两全，何其难也。这个5月，我休了十天的假期，去温哥华和家人团聚一段时间。

Mugler

妻子一直怕狗。尽管女儿四五岁的时候就想要养一条狗，我也做过两次努力，一次是抓了一条德国黑贝幼犬回来，另一次是抓了一条白色的美国爱斯基摩犬，每条狗都花了我一千加元。但每次都是我一离开，妻子就把狗送给了别人。孩子们的生活有点孤单寂寞，女儿的个性也偏内向，如果有条狗伴随，孩子们也许能够多一些欢乐。

直到如今女儿已经17岁了，还是一心一意要养一条狗，说是狗狗拉屎撒尿都由她来收拾，妻子也就不再反对。在2月份的时候，我们一起开车去一家养狗的人家，买了一条小狗，是一条灰白毛的巴哥犬，就是那种鼻子缩进去、眼睛鼓出来的丑丑的狗。不知道为什么女儿喜欢这样的狗，也许正是丑丑笨笨的样子让她喜欢吧。买回来的时候狗狗还很小，几乎只能捧在手里，肉鼓鼓的样子，走路滚来滚去，孩子们马上就喜欢得不得了。

给狗狗起名字的时候，女儿说叫它Mugler。我不知道女儿为什么想到这个名字，据女儿说这是一个时装设计师的名字，我也没有去查证。大家就一直Mugler、Mugler地叫着，过了几天，狗狗也就知道Mugler是它的名字，一叫Mugler就摇晃着尾巴过来了。女儿如此喜欢这条狗，每天放学回来就抱着狗狗，晚上睡觉也是抱着它在床上一起睡，到现在已经四个月了，依然如此。女儿平时挺爱干净的，但现在狗狗弄得一床狗毛，她也不以为意。从小到大，女儿几乎就没有收拾过东西，但狗狗拉屎撒尿，她还真是自己收拾，也不怕脏了。狗狗也懂得回报，尽管平时见所有人都很开心的样子，但只要女儿在家里，它就只黏着女儿，女儿走到哪里它就跟到哪里，别样的亲热和依恋。

狗狗在长大的过程中，要打防疫针，还要吃药。有一次医生给配了一些药，说要给小狗打虫什么的，回到家里大家就给狗喂药，捏鼻子掰嘴巴，狗狗说什么也不肯吃下去。后来我灵机一动，拿了一小片肉，把药包在肉里面，小狗把肉抢过去一下就吃下去了。这就是“糖衣炮弹”的灵活应用了。有了这次的经验，以后每次狗狗吃药都在药外面包一层肉，毫不费力就解决问题了。我老是不在家，这次回家隔了接近两个月，到家一看，狗狗长大了不少，已经不太认识我了。为了博得狗狗的青睐，我每天吃饭就喂它一些东西，骨头啊什么的。结果没两天狗狗就跟着我东颠西跑，吃饭的时候两条前腿搭在我的腿上，呜呜地要东西吃。如果我坐在沙发上看书，它就会趴在脚边上乖乖地躺着，或者自己绕着沙发转圈玩。

有了狗狗之后，大家每天都要遛狗，这样全家就养成了晚饭之后出去散步的习惯。离家三个街区有一个公共大草坪，至少有三个足球场那么大，每天大家就走到那里，然后把狗狗放开。女儿在前面跑，小狗就在后面追，儿子有的时候在边上打篮球，有的时候也一起追赶小狗，我和妻子就绕着草坪散步。这样大家不知不觉就把晚饭后的积食消化了。难怪老人们要养狗，除了陪伴自己度过寂寞的岁月，狗狗还能够陪着老人一起散步，保持身体健康。在路上，总能够见到颤颤巍巍的老人牵着一条狗散步，步履蹒跚。在老人的生命里，狗已经不仅仅是生命的陪伴，也是活下去的寄托了吧。尤其现在的老人，孩子们都离家在外，唯一每天都能陪着自己的反而是一条无欲无求的狗了。

有条小狗，家里多了一些热闹，孩子多了一些开心和欢笑。最让人高兴的是，现在妻子也能接受狗了，原来见到狗就吓得跳起来，现在有的时候，也能抱着狗狗表示亲热了。

星光满天

由于时差的原因，中国的工作时间已经是温哥华的晚上，所以我在温哥华的时候，每天夜里要到3点才睡觉，这个时候是中国时间下午6点，刚好是大家下班的时候。我工作的习惯一般是写邮件，紧急的事情就发短信，实在不行了才打电话。晚上夜深人静没有干扰，工作效率就会提高很多。如果没有手头工作要做，就努力清理自己的思路，为未来的工作做一些安排和布局，也常常想想自己生活中的纷乱、迷茫和无奈，希望能够从忙乱中清理出一些头绪来。

到了晚上，妻子和孩子睡着后，我最喜欢在伏案之余到院子里去散步。散步的时候我会把家里的灯全部关上，这样院子里就会一片漆黑。眼睛在电脑的刺激中还没有适应过来，跨出门什么也看不见。我就摸索着在院子里散步，空气中充满了草和树的味道，还有暗香流动，那一定是周围各种鲜花散发出来的味道。院子里种了不少花，有玉兰花、茶花、月季等，还有花朵特别大像琼花一样的花。院子外的路边上都是樱花，盛开的季节已经过去，花瓣落了满地，但花香犹存。

眼睛逐渐适应黑暗后，慢慢就能够看到一些东西，草和树在微风中轻轻摇曳，白天碧绿的树在夜色中变成墨绿近黑。在院子里，我做得最多的事情就是仰头看天空的星星。刚开始看的时候，星星没有几颗，但当眼睛习惯了黑暗之后，星星就一颗一颗跳出来了。夜晚的天空像被水洗过一样干净明澈，星星就像是镶嵌在黑色天鹅绒上的宝石，闪烁着迷人的光芒。我没有学过星座，所以几乎完全不知道哪些星星叫什么名字，唯一能够说出来的是北斗七星以及七星指着的北极星，还有三颗星星连成一排的，应该是猎户座吧？但天空的星星并不需要知道名称才能被欣赏。抬眼看着闪烁的星星，心里就充满了对于宇宙的敬畏之情。

可惜的是，温哥华的夜空依然被城市的灯光渲染，星星也只是星星点点。想到小时候没有灯光也没有月亮的夜晚，真是繁星满天，银河横贯，流星飞舞。老人们指着天空讲述牛郎织女的古老故事，同时告诉我们不要数天上的星星，因为数不清，头上会生癞痢。现在知道数星星不会得瘌痢，但在城市的上空，星星总是稀稀拉拉，似乎能够被数清楚了。现在城市的孩子已经完全不知道还有繁星满天的景象了，城市人为的灯光表面上在黑夜给了人们光明，实际上掩盖了大自然最美丽的夜空。有一年我带着一群城市的孩子们到草原上去，晚上住在帐篷里，看到密密麻麻的星星孩子们大喊大叫起来，然后又寂然无声地看着天空发呆，睡觉时终于有学生轻轻地说："我一直以为夜空里什么也没有，没有想到是这样的美丽。"有一年高考出了作文题，"仰望星空"，有个学生认真地在作文题下面写了几个字："老师，请问星空在哪里？城市的上空没有星星。"

人类在物质生活不断丰富的同时，心灵和精神生活日趋贫乏，得到越多人越不满足、内心越苍白，成为一种常态。这种常态基本消灭了人们获得幸福与和谐的能力。其实，如果能让一个城市停电两个晚上，让城市的人们不得不放弃眼睛紧盯着的电视、电脑和其他电子产品，让他们抬头看一眼没有被灯光污染的天空，他们就会发现，天空中隐藏着那么多幸福的秘密。

阳光灿烂的日子

这一次在温哥华的十天，居然一天都没有下雨，除了一两天有薄云之外，几乎每天都是万里无云、阳光灿烂。这在温哥华简直太难得了，因为温哥华平均每年下雨的日子有一两百天。

5月的季节，温哥华依然是春天，阳光和煦温暖，沐浴其中是温馨柔美的感觉。每天早上睁眼，看到阳光在窗户外面闪烁，心里就会格外开朗明净。午饭过后，我就会拿一个垫子，铺在后院的草坪上，然后躺在垫子上晒太阳，看天上难得一两片白云飘过，或者闭上眼睛享受阳光的拥抱，让七彩的阳光在眼前舞蹈，仿佛将它的美丽融入了瞳孔。有时，我晒着太阳就睡着了，微风轻拂着身躯，把人带入浅浅的梦境。在阳光下做梦，生活多了一点慵懒闲情，也让心境生出许多美好。有时，我俯身躺在垫子上，或盘腿坐在垫子上，拿起一本书，有一搭没一搭地翻上两页，在皮肤吸收阳光养分的时候，头脑也吸收一点知识和智慧。

温哥华的5月，太阳落山就已经很晚了，到晚上8点多钟，落日的余晖才最终淡去。即使到晚上7点多钟吃完晚饭，也依然能够从容地在夕阳中散步。晚上的阳光充满了金黄的色彩，照在树上，树也呈现出一片金色的灿烂。到离家不远的大草坪去散步，视野一下子就开阔起来，能够看到北温那边连绵的山脉。山上依然留着冬天的残雪，高一点的山头依然被白雪覆盖，在夕阳的照耀下，山头都变成了金色，闪着迷人的光芒。最远处是美国境内的贝克雪山，常年积雪，笼罩在云雾之中，一旦露出真容，让人无比心醉。有一年上去看过，发现冰川触手可及，美丽非凡，真是人间仙境。我会在大草坪上，看着夕阳一点点消失在暮霭中，然后才会依依不舍地走回家里。

5月10日星期五，儿子学校放假。依然是阳光灿烂。中午的时候我就开车带着儿子去格兰维尔岛玩。格兰维尔岛严格来说不是一个岛，它坐落在温哥华的福溪中，一边和陆地相连。福溪是一个没有通道的海湾，一头连着英吉利湾，两岸都是高档的住宅楼。湾里面停满了各种游艇船只，到晚上的时候，两岸灯光闪烁，倒映水中，波光粼粼，有着梦幻一般的美丽。很多人都会特意到岸边来散步，流连忘返。

到了岛上，发现今天来的人很多，几乎连停车位都找不到。下车后牵着儿子的手，一路沿着停靠着游艇的岸边散步，看帆樯在阳光中林立，海鸥在上空盘旋，远处海水闪着蓝色的光芒。和儿子走过岸边的礼品店、修船厂、船具出租店，来到了坐落在码头边上一家叫“桥餐厅”的饭馆，很多人都坐在岸边的平台上吃饭。本来我也想在这里买点东西和儿子一起吃，但怕等待的时间太长，就去了对面的自由市场。这里的自由市场和中国的大同小异，卖菜的、卖肉的、卖点心的、卖小吃的都有。我和儿子买了一个德国香肠热狗、一片奶酪比萨饼，还有一瓶七喜和一瓶可乐，然后拿着东西，再回到海边，坐在木头椅子上一边吃，一边看远处游艇帆船来往，海鸥上下飞舞。

不远处有流浪歌手，支起了音箱，在唱着自编的歌曲，先是男的唱，然后又换成了女的唱，歌声悠扬，但听不出来歌词。我们被阳光和歌声所包围，阳光歌声撞到我们的身上，又荡漾开去，我们的心也跟着一起荡漾。歌毕，我让儿子去给歌手一些小费，儿子还有些羞涩，我就牵着儿子的手一起到歌手面前，表示感谢，然后把小费放在前面一个小红帽里，再牵着儿子的手离开。

在回去的路上，儿子看到另外一个流浪歌手正在支摊子，就说要过去给小费。我说他还没有开始唱，你现在就去给小费是对他的一种侮辱。他问为什么，我说他唱歌了你给他小费，是对他歌声的赞赏；如果他不唱你就给，就是把他当作叫花子看，那不就是对他的侮辱吗？儿子似乎明白了，说那我们就等他唱完再给他钱吧。我们就在一旁等着，等歌手唱完了一首歌，我们上去给完小费，然后欢快离开。

在温哥华，阳光灿烂的日子，也给了我很多阳光灿烂的心情。

朋友来访

朋友王明夫来访，给我带来了《经济观察报》上的一篇文章，题目是“不堪重负的CEO们”。他说是特意给我带来的，因为我的生活很像是文章中描述的情形，要我多加注意。文章写的是麦当劳总裁詹姆斯·康特卢因心脏病突发去世，爱立信中国区总裁杨迈也因为劳累过度心脏不能承受而去世。这两个人都为公司创造了良好的业绩，但却以自己的生命为代价，给世人留下了很多感慨和遗憾。文章说：“在竞争日益激烈的商业社会，被视为明星的CEO承受着常人难以想象的压力，对于他们中的许多人而言，平衡工作和生活，似乎只是梦想。”高级经理人承认有较大压力的占到了50%以上，承认心理衰竭的有27%以上。他们常常要在飞机上睡觉，在办公室吃饭，而且由于通信的便利，连各种微小的事情都要亲自处理。文章还说道，19世纪的商人们过着平静的生活，有充裕的时间来思考很多与商业无关的问题，现在的商业领袖们却难以有时间静下来思考真正重要的事情。

我和明夫看完文章互相感叹了一番。明夫经营着中国很有名的企业管理咨询公司和君公司。我们两人都感到，公司越做越大，但人却越来越累，越来越心力交瘁。我们一致认为，在中国做事情，90%的精力不是放在处理经营事务上，而是在处理人与人的关系上，而且通常是处理内部人士的利益和权力冲突上。除非你把处理这些冲突当作乐趣，否则你一定会心力交瘁。我们两人都有人文情怀、爱思考形而上问题，常常在一起探讨人生的终极意义，所以思考人类如何获得和谐的生活才是我们的兴趣所在。但令人发笑的是，我们两人都陷入了人事纠纷，而且没法自拔，总觉得自己在做的事情充满社会使命感和责任感，即使天天有冲突也得进行下去。这也许是一种自大的表现或逃避失败的借口而已，最终的结果反而是累得精疲力竭，把健康的身体给断送掉了。我们两人的另外一个共同特点就是，都瘦得皮包骨头。

从去年开始，我就感到浑身不舒服，不是腰疼，就是背疼，或者是头疼。身体的不舒服导致思维速度下降，做事情的热情和处理问题的能力也随之下降，这样下去一定是恶性循环。我现在已经逐渐学会把一些事情让给别人做，但新东方处于转型期，许多事情依然要亲力亲为。

这次来温哥华，算是一次对身体的休整。温哥华的蓝天白云或蒙蒙细雨，家庭生活的温馨和孩子们的可爱，都成了我治疗身体的良药。尽管每天还要通过邮件处理几十件事情，但毕竟在空间上远离了新东方的中心地带，使我感到轻松许多，也有了一些时间来想过去没有时间想的问题。回到国内后，我一定要学会每一两个星期远离办公室几天，安静地生活，安静地想重要的问题，当然不仅仅是新东方的问题，还有很多人生中的重要问题。

做一株狂风中坚挺的树

早上起来散步，发现小区里有些树被刮断或者连根拔起了。昨天晚上风雨交加，有过一阵很猛烈的大风。在风平浪静阳光灿烂的时候，似乎每棵树都长得很好，一般的风风雨雨也都能承受，然而一旦经历猛烈的风雨，是否依然能够挺立不倒，完全要看这些树是否具备两大素质了：第一是树的根基是否深，如果树根能够紧抓土地，深入地下，一般就不会被风吹倒；第二要看树干树枝是否结实，如果树干树枝内部是空的，或者已经腐朽，那么风吹必断。

人也是这样的，在一般生活状态下，似乎每个人都能够把生活过好。人与人之间的区别恰恰在于经历风雨挫折的时候，有的人受到打击很快就倒下了，有的人不但坚强地活着，而且能够战胜困难，迎接新的机会。不容易被打败的人也有两大特点：第一，对于生活和生命的至深理解和热爱，就像树根一样紧抓土地，随时准备迎接风雨；第二，精神强大，就像树干很结实一样，不会轻易被摧毁掉。

希望自己是一棵经历狂风暴雨也不会随便倒下的树！坚持再坚持！

蜗牛

今年夏天，雨水特别多。每次下雨后，小区里就会出现很多蜗牛。它们从树丛下、草地中爬出来，然后慢慢爬到行人散步的小路上来。不知道是什么原因，一下雨它们就爬到路上了，根本不知道有什么样的命运在等待着它们。

雨后人们开始散步，在小路上来回走，大部分的人不会在乎脚下可能会踩到蜗牛，一脚下去常常“咔嚓”一声，一只蜗牛就被踩碎了。最后，小路上的蜗牛可以用尸横遍野来形容，惨不忍睹。

没有任何蜗牛会意识到危险，后来的蜗牛也不吸取前面蜗牛的教训，一旦下雨，新的蜗牛又源源不断地爬到路上来，于是同样的一幕又上演了，再次尸横遍野。

也许是因为下雨后蜗牛很快乐，所以忘乎所以了？也许是因为第一只蜗牛走错了道，其他的蜗牛就盲目跟着了？不管什么原因，结果就是蜗牛前赴后继爬到路上，然后没有例外地送死。

和蜗牛相比，也许我们人并不聪明多少，对于潜在的危险也没有什么意识。股市兴旺大家一拥而上，最后几乎全军覆没，和蜗牛爬到路上没有两样。

可能人比蜗牛还笨一些。蜗牛雨后出来可能是自然习性，我相信如果它们意识到路上的危险，就一定不会上路了，而我们看那些贪官，还有不法骗子，明明已经意识到了那样做很危险，但依然“挺身而出”“勇往直前”，一个个赴死而去。不知道蜗牛上路有没有侥幸心理，但我相信，人笨就笨在有侥幸心理，总觉得轮不到自己。

每次下雨后，我都不敢出去散步，一散步就只能拼命低着头，免得踩着蜗牛。尤其到了下雨的晚上，更加不敢出去走，因为每次听到脚底下“咔嚓”一声，心里就会哆嗦一下。我知道就算我一步不走也挽救不了蜗牛的整体命运，因为早上起来一看，依然是尸横遍野。

今天早上，我认真地把一些蜗牛从路上扔回到草地里，希望这些蜗牛能够告诉其他蜗牛不要再上路，尽管我知道，这是妄想。

花为谁开

也许建造这个小区的人是一个爱花的人，给小区种上了各色花树，于是春天里的小区开满了花。

我在匆忙中走过了春天，没日没夜工作着，几乎没有时间悠闲地在小区独步，用自在的心情看小径两边花开花落。但各种花香弥漫在空气中，呼吸之间已经有了花的芬芳。玉兰花淡淡的清雅刚刚过去，丁香花幽幽的馨香又沁人心脾，紧接着海棠花旁若无人地怒放着自己的生命，扑面而来。当生命如此浓郁时，你没有办法忽略它们的存在。

我每天早上7点就要出门上班，每天晚上10点左右才能回家。但每天早上起来，我都会在小区的路上、小溪边走上十分钟。如果没有雾霾，这一刻刚好是太阳升起的时刻，初升的太阳光带点金黄色，洒在各色鲜艳的花和嫩绿的树叶上，给人一种朝气蓬勃的感觉。尤其是有蓝天作背景时，生命似乎就产生了一种元气，让人一天的心情都变得舒畅。每天晚上回到家，不管多晚，我都会在夜色中再散步十分钟。那个时候，花的颜色已经朦胧，但在夜的空气里，花香更加清晰。你已经不需要关注花的鲜艳，影影绰绰的花的姿态和释放的香味，让你感受到更深刻的迷人气质的存在。

花，自在开放，自在飘零，自在化为泥土

花，不会因为我的匆忙而匆忙，不会因为我的疏忽而失落，不会因为我的欢喜而搔首，也不会因为我的注视而弄姿。花自在开放！对于它们来说，生命没有时间，只有季节。如果生命只有季节，那该有多完整，我们人类把时间分成了天、小时和分钟，我们把自己活生生的生命切成了碎片。而花，在花开花落间，自在地迎接自己的季节来临，该开花时开花，该凋谢时凋谢，不喜不悲。它们顺应着自然，给人间一片春色，离开时又留下满枝绿叶。人类因花悲喜，只是因为人类情感的脆弱和无常，所有才有了林黛玉的葬花，才有了杜甫的“感时花溅泪”。但是，花只是自在开放，自在飘零，自在化为泥土。一切为季节而生，当下一个春天来临，它们依然灿烂。

王阳明说过：“尔未看此花时，此花与尔心同归于寂。尔来看此花时，则此花颜色一时明白起来。便知此花，不在尔的心外。”尽管我早起晚归间，努力关注花的开放，并为花的凋零感叹，但花只是开着，借人间一分春色，给人间几多悲喜。

沙尘暴后，必有澄明

昨天沙尘暴突袭北京。北京的上空飞沙走石，塑料袋和黄沙一起漫天飞舞。所有的建筑物在黄沙漫漫中似乎变成了一个个怪物，大有伸出手来把渺小的人类从大街上掳掠而去的气势。

一瞬间，微信、微博上出现大量的沙尘暴图片，而好玩的是，无论是在北京经历沙尘暴的人，还是在外地旁观北京被沙尘暴洗劫的人，都有着一丝压制不住的兴奋。平常的日子过得太乏味了，雾霾给人带来的除了压抑还是压抑，而突如其来的沙尘暴似千军万马奔腾而来，让人不产生兴奋感和异样感都不行。

沙尘暴应该从古代就有。在各种古文小说中都会读到如下情节：两军对阵，突然间天边涌起滚滚黄沙，飞沙走石扑面而来，混沌之中伸手不见五指，迎面不见敌人，等到沙去石落，已有一方败落而去。有一年我在延安大学做演讲，下午演讲的场地是露天的，学生人数过万。开讲的时候还蓝天碧空，不到一刻钟就看到西北角天空一片黄沙滚滚而来，疾风劲吹，瞬间整个现场被沙尘淹没，几乎不见对面人影。和古代战场不同的是，我坚持讲完了一个半小时，学生也在沙尘暴的肆虐中听完了我的演讲，没有损兵折将，而是完美收场，缴获的战利品是一身沙土，满脖子满脸都是。那场讲座之后，我彻底相信了古人对沙尘暴和战争中所遭遇的场景的描述。

尽管造成沙尘暴的部分原因是环境遭到破坏，但凭我有限的知识，我知道其实沙尘暴也是一种自然现象，大气环流是沙尘暴的成因之一。当然，人类对于环境的破坏增加了沙尘暴的出现几率，因为只有沙土表层缺乏植被覆盖的情况下，大风才能刮起漫天黄沙。

平心而论，现在北京的沙尘暴已经少了很多很多，不像三十年前那么严重了，这应该是我们几十年保护植被、植树造林的结果。我上大学的时候，北京好像三天两头都有沙尘暴。当时没有那么多塑料袋翩翩起舞，基本都是大风起兮沙飞扬的壮观场面。我记得只要沙尘暴一来，校园里的每个女生都会在头上套上一条纱巾，把头部紧紧包裹起来，每当这个时候，已经没有办法分辨哪个女生更加美丽了。看着女生在风沙中慌忙逃窜，男生的内心总会有一种傲然风中的自豪和得意。

昨天沙尘暴肆虐的时候，我刚好和一群创业者在一起喝酒聊天。我对他们说，沙尘暴的气势跟创业者的特质有一些吻合，体现的是一种颠覆和破坏；但在这种颠覆和破坏之后，必有澄明的天空和阳光出现，因为沙尘暴在带来黄沙漫漫的同时，也会一扫压抑人们心肺的雾霾鬼魅。创业者应该有沙尘暴的气势，但更应该期待沙尘暴后澄明的天空。

半夜的时候，我在大风中出去散步。风声掠过树梢，但天空已经出现闪烁的星星。我知道沙尘已经过去，明天迎来的，一定是一个碧蓝澄明的日子。

这棵老桃树

这棵桃树，看上去树龄至少有二三十年了。这个小区也就十几年的岁月，桃树是被移栽过来的，移栽后照样蓬勃兴旺地活着。十几年过去，深深扎根于新的土地，融入新的环境，似乎从一开始就生长在这里。

这是一棵野桃树，没有人修剪，也不可能结出甜蜜的桃子，自从移栽过来后就没有人再管它。它自娱自乐地存在着，每到早春三月，它几乎和杏花同时开放，满满一树粉红色的花朵，引来一大堆蜜蜂围着它嗡嗡飞舞，淡淡的桃花香味也四溢在空气中。路人走过，总会停下来看一看闻一闻。桃花落尽时，慢慢就长出了绿叶，也慢慢结出青色的很小的果子。果子挂在树上，即使到盛夏的时候还是小小的，不仔细看都发现不了，最后自动脱落，都掉在地上。这样的小果子人不吃，鸟也不吃，自由自在地生长，自由自在地化作泥土。

到了夏天，桃树浓密的树冠投下一片荫凉。常常有人坐到桃树下面，看太阳西斜、时光流逝，听风声细语、鸟鸣悠长。不同的人或者相同的人来了又去，去了又来。桃树自己享受着岁月流逝，不问来者，不惜离别。桃树伸出一根横枝，刚好一人多高，凡经过的人都会伸手拉住

小区里的老桃树，就这样伫立在这里，享受着岁月流逝

树枝，做做伸展运动，或者引体向上，桃树轻轻摇摆几下，人离去又归复平静。一年年过去，横枝也不见矮下来，反而变得更加粗壮了。

桃树也有真正的朋友，不是来来往往的人，也不是飞来舞去的鸟，而是夏天下雨后沿着树干往上爬的蜗牛，它们爬上去后就再也不下来，最高的能够爬到两三米高。雨停了太阳出来，这些蜗牛还在树上待着。就这样随着岁月的流逝，桃树上有很多蜗牛的壳，像一个个生命的托付，永远和桃树相伴了。

这棵老桃树，就这样伫立着，该开花时开花，该结果时结果，该投绿荫时投下绿荫。到了深秋，树叶一片片飘落，留下刚劲的树枝伸展向四面八方。等到大雪飘落时，雪压枝丫，又是一道寂静无声却富含生命的风景。

直到第二年的早春，老桃树会再次开满一树粉红色的花朵，开始时光中的再一次四季轮回。

生命和季节相应，云飞花开

不知不觉，树梢发出了绿芽，柳树已经由鹅黄转成翠绿，小区里的杏花、玉兰花已经开成一片，春天真的来了。同样在不知不觉中，我在每天沿着枯燥的街道，看着灰色的建筑，在雾霾中从住宿地到办公室两点一线来回折腾的厌烦中，突然一抬头，发现春天款款来到了眼前。在早上透明的阳光里，春天像一个曾经羞涩的少女，一夜之间大方优雅地展现在了你的眼前。

突然发现，不是大自然抛弃了人类，是人类抛弃了大自然。大自然一直就在，在春天的花丛中，在夏天的绿叶间，在秋天的果实下，在冬天的飘雪里。只是我们太忙了，忙得一年抬不了几次头，忙得脖歪腰断，忙得不再思考一生的终点在什么地方，最后只剩下在生命的路上走啊走，但是走到哪里，生命的目的地在哪里，却一片迷茫。

人类在追求生存和财富的道路上迷失了，我也跟着一起迷失。为了向世人展示自己的能耐，我用尽了一切耐心、坚定、努力、不屈，希望展示一个完善的自己，却不知不觉在以自己生命的消耗、道路的迷失、心灵的尘封为代价，走在一条忘却春天的道路上。

找回自己，过自己想要的日子。身体不应该这么忙乱，心灵不应该这么繁杂。从工作和对世俗的追求中，释放一些空间，让生命能够容纳一些抬头看云、低头看书的日子，容纳一些无所事事、与花共舞的日子，容纳一些听风看雨、悠然独处的日子。也许一生并不像我们想的那么长久，每一个日子，都值得认真面对，抒写情怀。

如果生命方向不对，再努力也是枉然；如果生命只是疲倦，结局再好也是浪费。也许生命需要努力，但在努力中，我们必得让生命和季节相应，云飞花开！

第五章

教养

比富有更重要

让孩子于课堂外
自由行走

如果我现在有额外的时间和精力选择一门素质教育课，我可能会选钢琴。我一直很遗憾没有掌握一项艺术技能，很想弹钢琴给家人听。我也很想学围棋，在一棵松树下与好友对弈一局，是多么惬意的事情。或者学学书法，似乎也是件不错的事。

艺术、体育、科学、人文……这些素质教育重要吗?

我想，回答这个问题要从我自身说起。中国恢复高考的第一个年头，我是考生中的一员，很多人因为这场考试改变了命运。自此，考试成了一道门槛，中国的学生把大把精力花在如何提高学科分数上。长此以往，形成了中国特有的应试教育环境。

在这种环境下，我们发现中国学生出现了几个比较明显的问题：第一，学生的独立思考、独立判断、独立探索能力在下降；第二，在主张填鸭式、难题式教育等应试教育环境下生存的学生们幸福感降低，艺术的学习也是在家长的指挥下为“考级”“加分”而学，其实质是为考而学；第三，从长远角度看，未来的世界型人才需要思路开阔、兴趣广泛，而这些仅从应试教育入手很难做到。

很多伟大的科学家、思想家，他们的兴趣都非常广泛：爱因斯坦有很高的音乐造诣，小提琴伴随他的一生；爱迪生一生有两千多项发明，不仅在电力学方面成就卓越，在矿业、化学、建筑业上也有着巨大贡献。现在国内的学科教育就是把语数外等科目的分数考高，这远远达不到未来世界对人才的需求。

我从小在农村长大，虽然没有受过正统的素质教育，但是成长环境让我对动植物、对农作物、对大自然有着无比的兴趣。青年时我热衷旅游和有益的社会活动，如果没有当年“于课堂之外自由行走”的体验，现在的我可能做不了新东方的工作。

新东方的使命是“为提升学生终身竞争力，塑造学生公民素质，赋予学生全球眼光而努力”，素质教育必然是新东方教育体系的重要部分。

我如何对待子女的素质教育？

在对待子女的教育问题上，我主张“不强求、不干涉”的态度。我比较看重孩子们自己的意愿，孩子们想去学什么，作为家长，去支持就好。但是“不强求、不干涉”不代表不重视孩子的素质教育，我会以自己的亲身经历和社会经验，让他们自己去感悟素质教育在他们成长、生活中的意义，以及素质教育带给他们的快乐。

我的女儿十分喜欢弹钢琴，初学时对钢琴如痴如醉，但传统的考级过程很痛苦，加上她没有想从事音乐工作的意愿，因此她选择了仅把钢琴作为爱好，从而有其他精力专注于她真正想做的事情。作为家长，我支持孩子的合理选择，学会取舍更能证明她有独立思考、判断的能力。

而对于儿子的素质教育，我更多关注的是体能锻炼。我会带他爬山、鼓励他旅行，我认为这些会培养他的主动性和独立性，会锻炼他的毅力和耐力，会提升他的勇气和胆识，会拓展他的见识和视野。除此，儿子还在学习萨克斯，他自己不反感对音乐的学习，我自己也认为音乐会让一个人的性格变得随和，有助于气质的提升，在青少年时代有益于孩子的成长。

不要把兴趣变成目标，也没有天生的天才

当初，新东方要做素质教育，我给出的口号是“多彩人生，快乐成长”，就是希望孩子在素质教育的学习过程中收获不一样的成长体验。当时有人和我辩论：“无论什么学习，学习本身就是件很苦的事情。”真的是这样吗？

有的家长为孩子报素质课程，一下就报五六种，而且是不同门类，孩子还不清楚自己学的到底是什么，就疲于应付各种“传授”；而更多家长，将“考级”“比赛拿奖”“考试加分”这些灌输给孩子。孩子是在一种“考试”的心态下学习素质课程，这会大大降低孩子的兴趣。把兴趣变成目标，会让学习变得很痛苦。所以我建议家长在对待孩子的素质教育问题上，不要把兴趣学习转化成目标学习。

中国家长有一个心照不宣的想法，就是“我的孩子一定要拿第一，因为他是个天才”。孩子在这样的环境下，学习压力会变得很大。很多家长对孩子期望很高，在一段学习后发现孩子表现一般，强迫孩子学习后反而让他们产生厌恶心理甚至放弃学习。所以，家长不要把孩子当作天才，教会他们做善良的人反而更为重要。

于课堂之外自由行走

为了让孩子健康成长，应当把他的学科教育、素质教育、兴趣教育融合到一起，让孩子在课堂之上独立思考，于课堂之外自由行走。新东方在过去的二十多年里，一直在做考试教育，从国内考试到国外考试，其实这不是完整的教育，甚至不能称为“教育”。新东方的成功也是中国教育的无奈。

社会发展至今，我们要做素质教育已经到了必要时期，这既是时代的需求，也是对孩子的关怀。而且，新东方做素质教育不能从“开发者”的角度来做，而是要和全中国最好的素质教育机构合作，强强联合。我也希望用新东方的价值观和理念来影响合作机构，达到共同发展的目的，让中国的教育环境更显生机，让孩子们在学习中收获成长与快乐。希望新东方可以通过她的影响力，为中国培养具有世界眼光、全面成长的健全人才。

探访伊顿公学：
这里有真正的贵族精神

这次英国之行，连去带回，四天不到的时间。去英国的主要目的，是在新东方北京国际学校校长王鹏的安排下，和伊顿公学谈合作。

伊顿针对中学生开设了很好的领导力课程，我们希望能够引入新东方的培训体系。同时，也希望伊顿能够与新东方的国际游学项目合作，让中国学生有机会接触到伊顿这样优秀学校的教学体系，开阔眼界，更好地成长。

当然，伊顿公学的名声和它培养出十几个首相的成就也吸引我去一窥究竟。我想看看一所几乎左右了英国历史走向的学校，是依靠什么成功运营的。打败了拿破仑的威灵顿公爵就曾经说过："滑铁卢的结果，是在伊顿的操场上就被决定了的。"威灵顿也是伊顿的毕业生。

出发

我旅行几乎从来不托运行李。轻装上阵，快速行动，一直是我旅行的原则。背上双肩包，拖着小行李箱，办完登机牌，过完海关和安检，准时登上英国航空公司波音777飞机。

由于新东方国际夏令营和英航的良好关系，我的座位从商务舱被免费升为头等舱。宽大的座椅、舒适的餐桌、明亮的灯光，没有任何干扰的十一个小时机上时光，这一切让我心里充溢着某种难得的宁静。

关上手机，在座椅前面的口袋里放上电脑、Kindle，还有在机场买的两本纸质书，喝着服务员送过来的香槟，安静地等待飞机起飞。

12点半，飞机开始滑向跑道。今天的北京是难得的好天气。机翼在阳光下闪闪发光，机翼下面远山如黛。飞机优雅地拐了一个大弯，迎着太阳的方向飞去。

过海关

过海关时，排队的人真多，分成了欧盟成员国队和非欧盟成员国队。在柜台填好入境卡后，我开始排队。队伍前面至少有两百人，处理入关的官员只有两个，而且不急不慢，结果排了一个半小时才轮到我。

边上就是快速通道，我以为是为特殊人物准备的，后来才知道头等舱的旅客也可以走快速通道，幸亏一边等一边读书，也没有浪费什么时间。

入关没有遇到什么麻烦，问我来干什么，我说去和伊顿公学谈合作；又问来几天，我说三天；又问我干什么的，我说老师；然后让我大拇指摁摁手印，进关了。

这时候，边上另一个海关官员走过来，问我能不能帮助他做个翻译。原来一对中国老夫妇过海关的时候，不会讲英文，被挡住了，女的还坐在轮椅里。

于是我在边上当起了翻译：

“你们是从哪里来的？”

“中国成都。（我加了一句，这是中国最美丽的城市之一）”

“你们来英国干什么？”

“跟着旅游团来旅游。”

“那旅游团的其他成员呢？”

“他们都已经出关了，导游也在外面。”

我和海关官员说，他们都是好人，年纪大了来旅行不容易，理由也很正当，你不会不让他们入关吧。官员看着我笑笑说，不会不会，中国人来旅游我们还是欢迎的，谢谢你的帮助，你放心走吧。

我出来后心里还一路感慨，两位老人不懂英语，只会讲四川话，一个还坐在轮椅里，跑到这么遥远的英国来旅行，中国人民真的开始活得潇洒起来了。

艺术区的晚餐

剑桥大学出版社和新东方战略合作已经有十年以上的时间了。2006年，我就来拜访过剑桥大学出版社。当时新东方刚刚上市，在国际上也没什么名声，我们希望和他们进行内容、教材和出版上的合作，邀请他们到北京来看看新东方。

当时负责剑桥远东业务的好像叫克里斯特，交流了半天后他变得特别热情，带我参观了出版社的各个部门。后来剑桥出版的雅思类图书就让新东方在中国做了独家代理，同时允许印上新东方自己的标识。接着我们又引入了剑桥的英语标准化考试培训体系，以及线上培训课程，合作越来越紧密，而两家的合作一直处于互惠互利的共赢状态。

现在剑桥出版社社长叫彼得·菲利普斯，是一个文质彬彬的绅士，

Shoreditch（肖尔迪奇）街景，路边的墙上经常有各种涂鸦

我和他曾经在中国见过。听说我到伦敦，他一定要安排我们共进晚餐，而且几乎把他的整个团队都带了过来，管出版的、管英语教学的、管销售的都过来了。

我出机场已经5点多，伦敦的堵车几乎甚于北京，进了城一步一挪。到达吃饭地点，已经过了6点半，还好没有迟到太多。

餐厅叫“里温顿”（Rivington），就在里温顿大街上。所在地区叫肖尔迪奇，曾经是一个到处是厂房的破败区。后来厂房被来自世界各地的艺术家当作工作室租了下来，再后来很多做数码动画和游戏的创业公司也搬了过来，带动了这一地区的发展，现在这里已经变成伦敦很著名的一个区域。我们饭后走在大街上，发现墙上、门上有各种涂鸦和艺术作品，确实很有艺术区的特点。这里很像北京的798，我严重怀疑是798给了英国人灵感，当然也有可能是这里给了798灵感。

晚餐在热烈友好的气氛中进行，大家互相敬酒，聊着未来进一步合作的可能性。吃正规的西餐，最痛苦的就是需要一道菜一道菜地等待，其间各种没话找话。我在飞机上没有睡觉，此时正是中国的早上5点钟，困意袭来，几乎不能自已。9点多，大家终于吃完了最后一道甜点，互相道别。

走出饭店，伦敦晚上清凉湿润的天气让我顿时又神清气爽起来。

伊顿公学的魅力

说起伊顿公学，很多中国人都知道。中国也有不少“伊顿”，什么伊顿幼儿园、伊顿学校、伊顿培训，当然全部是冒牌的，和伊顿公学没有任何关系。

公学，英文为Public School，很多人以为就是公立学校，其实公学并不是公立学校，而是当初由国王或者贵族捐助建立，为圈内的孩子提供教育机会的学校，现在在英国大概有十几所。这样的学校都是学费十分昂贵的贵族学校，和普通老百姓几乎无缘。

伊顿公学成立于1440年，是由当时的国王亨利六世捐建的学校。学校位于伦敦西部，离伦敦中心大概40公里，隔泰晤士河和温莎城堡相望。温莎城堡自古就是国王的度假城堡，所以伊顿建在边上理所当然。

建校的原因是当时有些贵族家道中落，没有钱让孩子接受教育，亨利六世起了恻隐之心，建了伊顿公学。第一届学生就17人，都是落魄贵族的子弟。从这17人开始，伊顿在岁月中不断沉淀和发展，成了英国贵族孩子们接受教育的首选学校。学生毕业后，有三分之一的学生进入牛津和剑桥继续学习，还有大量的学生进入其他世界名校。伊顿公学出过接近20位首相，著名毕业生还有雪莱和凯恩斯等。

我和团队带着某种探究和朝拜的心理来到伊顿，探究伊顿现在的办学理念，朝拜它几百年不间断的教育传统。伊顿高度重视我们这次的拜访，教务长兼伊顿在线CEO珀西·哈里森全程陪同，同时参加的还有伊顿现代领导力项目的负责人凯瑟琳·惠特克、伊顿中国代表处主任高波等其他成员。

我们的拜访从参观校园开始。古老的伊顿小镇，四处散落着不同时期的建筑，风格迥异，大部分建筑表面看来已经十分古老。我们走进伊顿初建时的第一栋建筑，楼下是一个小礼堂一样的教室，楼上是学生宿舍，自从1440年开始就伫立在这里。教室里厚重的木板桌椅和

伊顿公学第一间教室

方木柱子上，都刻满了各个时期学生的姓名，已经演变成最珍贵的历史记忆和文化遗迹。

在楼房一头是当时的校长办公室，墙上有一幅已经斑驳的壁画，画的就是当初17个学生和老师一起上课的情景。伊顿公学由于国王更替，几经生死，坚持了几百年，终成气候。想想新东方最初第一个班学生13人，现在也有了点气象，可惜功底不深，学识肤浅，不知道几百年后是否也会成为中国教育的一面旗帜。

最让我震撼的还是在连接老教学楼和学校教堂的连廊上，镶嵌的几百个在“二战”前线英勇牺牲的伊顿校友。我充满敬意地用手去触摸铜牌上的一个个名字，知道每一个名字的背后都曾经是一个鲜活的生命，为了保家卫国义无反顾走上前线。这些牺牲的校友，大部分都是贵族家庭出身，这也让我深刻理解了什么是真正的贵族精神。有的人认为，贵族就是有钱、豪车大房、出入五星级宾馆等，却很少把对国家和民族的担当作为自己的使命。这种贵族概念，我们只能用“土豪”二字来形容。对真正的贵族精神或者贵族气质而言，最重要的不是有钱和有社会地位，而是深明大义、道德高尚、义无反顾、为国为民。

在“二战”期间，英国的贵族们基本上都把自己的子弟送到了最前线，很多人战死疆场，为家族的荣誉增光添彩。有了这样的贵族、这样的气质，我们不难理解为什么直到今天，英国依然在世界上占有如此重要的位置。当然英国做事情并不总是高贵的，鸦片战争中，英国就曾无耻地掠夺了中国的很多财富。今天的大英博物馆里还存放着从中国抢回来的各种珍贵文物。

参观校园结束，我们和伊顿的团队一起坐下来谈合作的可能性。

大家讨论热烈，最后大概确定在伊顿的中学生现代领导力课程、伊顿中国学生游学营、伊顿在线教育、伊顿老师培训等方面，可以和新东方持续合作。这样的合作既可以让伊顿的教育资源输出到中国，也可以让中国的学生更大范围接触到伊顿的教育内涵，提升中国学生的国际化水平。

座谈结束后，我们在校园的内部餐厅吃了一顿非常周到可口的午餐。餐厅环境古老优美，建筑已经有几百年历史，窗户外面就是十分宽敞的大草坪和秋天的一树树斑斓。

饭后，我们整理衣装，由珀西带着去见伊顿的教务长（相当于学校理事长，是比校长还要重要的职位，校长由他任命）勋爵瓦尔德格雷夫。他已经是一个70岁的老人，但看上去也就50多岁的样子，充满活力，也很健谈。我们一起聊了伊顿的教育理念。由于我事先看过他的采访视频，也读过他的介绍，所以和他对话相对轻松。

他说伊顿就像是蛇的反面，蛇要不时换上新皮，而伊顿表面都是古老的东西，一成不变，但内部要不断创新，和现代世界融合。今天的伊顿已经开始接纳大概25%的穷人孩子入学，由校方负责资助。伊顿也接纳来自不同文化和国家的人，有亚洲、非洲、阿拉伯等国家和地区的学生。

我也向勋爵简单介绍了新东方的发展和现状，提出了可以和伊顿合作的一些方向，他表示认可和支持。

勋爵最有意思的事情之一是1975年他28岁的时候，曾经随团访问中国，受到了毛泽东主席的接见。他把毛泽东和他握手的照片一直放在办公室，照片中他的发型是一个巨大的蘑菇形状，很是有趣。他兴致勃勃地把照片拿给我们看，看得出来，这成了他最骄傲的一件事情。

见面结束已经快下午3点，我们离开伊顿，因为温莎城堡就在边上，就又去了温莎城堡。可惜城堡已经关门，我们没有能够进去，就在城堡外面的小镇上悠闲散步了半个多小时。温莎小镇干净、温馨、友好，徜徉其间，能够感受到浓浓的英格兰文化氛围。各种商店已经开始销售圣诞节礼物和用品。黄昏来临，柔和的街灯亮起，照出一片安宁。

塔桥酒店

此次行程的住宿被安排在塔桥酒店，酒店就在伦敦塔桥旁边。塔桥是泰晤士河上的伦敦第一桥，修建于1886年，1894年完成，现在已经成为伦敦最有象征性的建筑和景点。

该桥之所以叫塔桥，是因为就在伦敦塔旁边。只要到伦敦旅游的人，伦敦塔一定会去。这里最早起源于罗马时代的要塞，后来经过英国历任国王的扩建改造，在历史上起过不同的作用，城堡、王宫、兵工厂、监狱等。最有名的故事是1536年，亨利八世的王后安妮在这里被处死，后来又在这里处死过其他一些王族成员，从此就有了这座塔里阴魂不散的传说。所以即使在阳光下，伦敦塔也给人阴森森的感觉。

我几年前到伦敦旅游，参观过塔桥和伦敦塔。这次来不是为了旅游和重温历史，尽管住在旁边，也只是在早上散步时瞥上两眼而已。

伦敦的晚上已经很阴冷，到了房间发现暖气不工作，摆弄了半天也不行。夜深了，也懒得叫服务员来修理，睡在被窝里仍旧冷得不行，抬眼发现柜子上放了一个吹风机。我灵机一动，插上电源打开吹风机，

牛津大学校园一景

热风就源源不断出来了。英国宾馆的房间都很小，只用了十分钟，房间里就温暖如春。我关上吹风机，心满意足地进入了梦乡。在这里的两个晚上，因为倒时差，我半夜爬起来工作，就靠这个不起眼的吹风机，给我带来了温暖。看来，只要打开脑洞，很多东西都不止一种用途。

喂天鹅

在温莎小镇，我们走到了泰晤士河边。泰晤士河十分宽阔，而且水流随着大海的潮汐高低起伏，大型船只可以直达伦敦中心。当时造塔桥，主要功能之一就是在大型船只通过的时候，桥面可以打开。

温莎小镇的泰晤士河，已经远离了潮汐的影响，水面平静如镜，两岸树木茂密，秋色迷人。英国人说，由于今年秋天雨天和晴天来回交替，所以树叶尤其多彩多姿，我们一路走过，确实感到秋色无限。

温莎小镇的泰晤士河里游着很多天鹅。除了天鹅，还有大雁、野鸭、海鸥等，看来是长年驻扎在这里的。游人一到河边，天鹅就成群游过来，海鸥在天空飞舞。一看就是被游人喂习惯了，知道哪里有人哪里就有吃的。

这里的鸟类根本不怕人，倒是人被它们追得团团乱转。在中国不太容易有这样的场景，中国的鸟类警惕性都特别高，因为时时都有可能被人抓起来吃了。上个礼拜，我还看到一个报道，在内蒙古天鹅迁徙必经的一个湖上，上百只天鹅被毒死，到现在凶手也没有抓到。

同行的团队成员到店里买了一些专门喂鸟的食品。当我们把食物撒在水里时，各种鸟类蜂拥而至，海鸥为了抢食开始互撕，大雁和野鸭干脆直接上岸到我们手里争食。天鹅在水里也越聚越多，它们本来在很远的地方，也都游了过来。

但天鹅不像其他鸟类那样一边唧呱乱叫一边抢食。天鹅排在一起，安静地看着你，你把食物撒下去后，它们就伸出长长的脖子，优雅地啄食。如果食物被别的天鹅吃掉了，就抬起头再不急不慢地看着你。上百只天鹅在一起，竟没有看到任何两只天鹅为了争食互相撕咬的情况，这真让我对天鹅平添了一分敬意。

天鹅在啄食过程中，保持着一分面对施舍者的自尊和一分对同伴的尊重，人类面对它们应该自愧不如吧。其实做人也不难，保留一分得体的自尊，保留一分互相之间的尊重，很多事情就变得美好和高雅起来。

浮光掠影逛牛津

因为时差，我在早上3点多就起床了。这一天是新东方二十三周年纪念日，所以我认真地给全体员工写了一封信，通过邮件系统发给了大家。写完抬头，天空已经泛出鱼肚白。入住宾馆前，他们说在房间能够看到泰晤士河和塔桥，结果拉开窗帘，除了一片建筑工地什么也没有看到。

收拾一下后去餐厅吃了早饭，出门在泰晤士河边上走了走。前两天都是阴沉天气，今天的天空居然一碧如洗，只有几朵白云和飞机留下的美丽白线，干干净净的感觉。泰晤士河的东边，朝霞已经满天；西边，还悬挂着一个大大的月亮。早上的泰晤士河，没有什么船航行，河水平静地拍打着两岸。

这次来英国，除了拜访伊顿公学是既定事务，其他就是自由安排了。乘飞机回北京前，上午有半天的空余时间，因此决定到牛津去看一看。

几年前我去过剑桥大学，还在康河上划过船，在剑桥小街上的一个法国餐厅里喝醉过酒，但牛津一直没有去过，作为心中的圣地之一，我一直希望去朝拜一下。伊顿的朋友听说我这个愿望后，专门安排了一辆大奔驰来接送，还在那边安排了一个导游，着实让我感动了一番。

8点，我收拾好行李从宾馆出发。由于堵车，走出伦敦就用了一个多小时，上了快速路，就进入了风景如画的英格兰乡村。村庄、田地、草坪、树林交替变换，在蓝天和阳光下，秋天的颜色释放出无穷魅力，色彩斑斓令人陶醉。10点钟到达牛津，导游已经在指定地点等待。

导游是位中年妇女，看上去很有学识。由于我们的时间只有两小时，所以让她挑重要的地方带我们参观。我们一路走过去，参观了贝利奥尔学院和三一学院，认真到内部去走了走，看了学生食堂、小教堂、活动区等等，然后去参观学校的核心图书馆，拥有1200万册藏书的博德利图书馆。在馆内我们看到一些珍藏品的展出，包括查尔斯一世国王借书被拒绝的字条（该图书馆从来不允许把书借出馆外，国王也不例外），还有英国《大宪章》最原始的抄件之一。

从图书馆出来又到了牛津举行毕业典礼的古老礼堂，可惜当天不开放，没有看到内部。又到大学的教堂去看了看（每个学院都有小教堂，大学还有一个公用的大教堂），沿着礼品街走了走，买了一副牛津大学风景扑克牌留作纪念。

“牛津”原意是牛的渡口，据说这个地方泰晤士河比较浅，牛群常在这里涉水而过。11世纪就有学者定居在这个地方讲课，但尚不能称之为大学。当时英国的贵族都到法国巴黎大学就读。1167年，英国国王和法国国王发生争吵，在法国的英国学生被赶回了英国，回来后就聚集到了牛津这个地方，逐渐形成了大学。其实当时这里主要是做经院哲学研究，并不是现在大学的模样。

1209年，发生了一件很有意思的事情，学生和当地居民发生了严重冲突，先是一个学生被打死，然后两个居民又被学生打死，事件升级到你死我活的程度，学校人员被迫离开牛津。其中一部分就跑到了现在剑桥的地方，这就是剑桥大学的起源。

后来居民发现学生离开后，东西卖不出去，生活水平下降了，就又去请学生们回来。牛津大学从此和当地居民水乳交融，一直发展到今天。

牛津应该是全世界学院制度的起源地。牛津的学院基本上是由国王或者贵族捐建的，是指各年级学生在一起居住的地方，有老师管理，但学生其实来自各个年级各个专业，学院与学院之间主要在活动上展开合作和竞争，不是专业上的区分。牛津现有38个学院，大部分都是从本科生到博士生混在一起。学校从本科到博士生两万五千人左右，其中中国学生约一千人，成为除美国之外的第二大国际留学生群体。

尽管有太阳，但初冬的风已经很冷，我们在外面走了两个小时，有点浑身发凉的感觉。临离开时，我们找了一家咖啡店，给导游买了一杯热咖啡，我自己买了一杯热巧克力，坐下聊了十分钟。

导游名叫维多利亚·本塔塔，居然也是牛津毕业的，到外面去闯荡了几十年，终于心有不舍，又回到牛津，当了一名专职导游。我给了她20英镑小费，结果她在包里摸索了半天，拿出一本*City Walks Oxford*（《漫步牛津》）的书送给我，一看作者，竟是她本人。在这片学术圣地，真有藏龙卧虎的感觉了。

到牛津大学这样的地方来，不能只来观光旅游，那样会显得自己特别没有文化。这样的地方值得你待上几年，甚至是一辈子，才能把自己浸染成一个至少表面上超凡脱俗的人。

想受人尊重，教养比富有更重要

在圣彼得堡的时候，朋友请我看芭蕾舞剧《天鹅湖》，由圣彼得堡柴可夫斯基芭蕾舞剧团演出，国立音乐爱乐交响乐团演奏，演出地点在著名的亚历山大剧院。金碧辉煌的演出大厅里有巨大的舞台，六层包厢。剧院自建立之初到现在，已经一百八十年过去了，到现在依然功能齐全，几乎每天都有演出。完美的演出团队、完美的地方，演出可以说是完美无瑕，我也体会了一把精神上的愉悦和享受。

但我写这篇文字不是来赞美演出的，而是想谈一下和国人一起看演出的经历。在演出之前，服务人员反复用多种语言，包括中文，强调演出期间不能照相，不管是相机或手机都不行，希望大家能够欣赏演出。整个剧场一半都是中国人，演出之前在剧院里大呼小叫，我的心就提到了嗓子眼上。作为一名中国人，我比较担心国人的不当行为会令人难堪。结果演出一开始，几十双手就举起手机照相，好像完全没有听到前面的通知，一看全是国人的手臂，西方人一个都没有，我脸当时就红了。服务员不断穿梭制止，最后能够明显看出来他的脸上出现愠怒的表情。整场演出，不时有人偷偷举起手机照相，嘁里咔嚓，动作迅速，像贼一样。

在演出期间不交头接耳说话，应该是基本常识。这么好的经典芭蕾舞剧，凡是来的人都应该是为了欣赏而来。来看热闹也没事，但看热闹也有看热闹的规矩，至少别打扰其他人欣赏。但坐在我后面的六个人，大大小小好像是一家子，看样子是地方土豪人物。他们除了照相，就是讲话，地方口音浓重。这家人一边看一边议论，两个小孩也兴奋参与，叽里呱啦，其中一个壮汉还往地上吐痰。我真是受不了了，心里的别扭实在压抑不住，当时想回头说说他们，朋友一把拉住我，说要是在剧场里吵起架来，丢的都是中国人的脸，何况你们要是真的争执起来，说不定就成国际新闻了，算了算了。可我还是没有忍住，回头盯着他们狠狠看了一眼，他们好像完全没有在意，继续各种叽里呱啦。

一段舞蹈或一个乐章结束后，大家都会鼓掌，表示感谢和鼓励。西方人已经很习惯这样的行为。但不少中国观众没有这个习惯，当每次掌声响起的时候，不少中国观众无动于衷。一方面我们可以宽容地说我们没有养成这个习惯；另一方面也可以说我们不懂礼貌，因为即使没有看懂，或者欣赏不了柴可夫斯基如此经典的乐曲，但既然来了，你跟着鼓鼓掌应该是件不费力气的事情。我大概明白了为什么西方人一边欢迎中国人去旅游消费，一方面却又讨厌中国人的原因。如果用一句话来概括，就是中国游客缺乏教养。

教养是什么？教养就是当你走到一群人中间，或者到别人家里做客时，你的行为恰当得体，让人感到礼貌和愉悦。我们到别的国家旅游，相当于我们是别人家的客人，入乡随俗，一定是按照当地的礼仪规矩行事，这样既给了我们自己面子，也留下了好口碑。可惜我们好像并没有在意这些，还有不少人以特立独行来为自己找借口。拜托，粗鲁失礼和特立独行是完全不同的概念好不好？

中国不是一个封闭社会，也不是一个自娱自乐的国家。在国内，一些坏习惯也许还能互相容忍，因为对这些坏习惯我们已经习以为常。比如人们在任何场合都大声说话，光着膀子在大马路上吃夜宵，小孩子（甚至成人）随地大小便，乘车不排队，吃饭铺张浪费，各种炫富消费等。对于这些行为我们在国内好像见怪不怪了，但这些习惯在国际社会引起了一轮又一轮反中国人的浪潮。小习惯带来了大后果：在德国因为浪费被起诉，在法国因为炫富被抢劫，在美国因为小孩随地撒尿被指责，在泰国因为在古迹上刻画被拘捕……

这些问题的产生，一方面是习惯没有改过来，久在茅厕不知其臭，另一方面是我们的教育不到位。直到国际社会对一些中国人的种种不当行为进行宣传和处罚，我们才发现问题很严重。我们的孩子也因为没有受过这方面的教育，承受着无知所带来的苦果。

2016年，美国加州开庭的一宗中国留学生凌虐案震惊了美国，更震惊了中国，刷新了国人对美国法律的认知。两名年仅18岁的中国留学生涉嫌非法绑架两名中国同学，面临包括折磨、殴打、绑架在内的6项指控，最后要被判终身监禁。这两名中国留学生可能认为欺负一下自己的同学，最多被老师训一顿，没有想到后果这么严重，现在也一定追悔莫及。孩子有这样的胆量和残酷，是谁给他们的？是教育给的，是家庭给的，是人情战胜法律所带来的结果。

有一部分中国人一直视法律为儿戏，认为再严重的事情只要通过找人就能够摆平。这种意识从孩子的父母到了美国第一件事情就是去贿赂法官就可以看出来。再从深层次说，我们的教育从小就要求孩子服从，不要求分辨是非，要求守纪律，不要求互相尊重。孩子长大后要不就失去思考能力，一味服从，要不就失去理性判断，暴戾反叛，就是没有学会做一个讲道理、有常识、懂规矩的人。因为我们没有在被尊重的氛围中长大，所以我们从来没有学会尊重别人。大家已经习惯了有权有势比规矩重要，横蛮霸道比讲理管用。这种感觉逐渐变成了一种无意识的思维模式和行为方式，体现在日常行为中，就有了圣彼得堡剧院里大声喧哗、违规照相、随地吐痰等令人难堪的事情。

这些行为，我们不能用一句“素质低”就解释完毕。我们应该检点自己的社会习惯、教育体系、价值取向，寻找产生这样问题的症结所在，然后对症下药解决问题。这就像一个人得了皮肤病，也许问题并不出在皮肤上，可能是出在内分泌上。我们把内分泌失调这个问题解决了，皮肤上的病自然就没有了。

我们来谈谈情商的问题

今天星期天，阳光灿烂，北京的春天说来就来了，白天的室外温度已经接近20℃。小区里的花说开就开了，杏花迎风怒放，玉兰花婀娜多姿，黄色的迎春花闪烁着星星点点的欢乐。在鲜花盛开的树下走过，能听到蜜蜂的嗡嗡声，看到它们忙碌地在花间飞舞。今年冬天，北京曾经有过零下15℃的天气，当时这些蜜蜂藏在哪里了呢？怎么没有被冻死呢？春天一来，它们就欢乐地飞舞在空中，为人间带来春的热闹。

今天翻阅了昨天耶鲁大学校长彼得·萨洛维送的《情商》一书。该书的英文版是*The Emotionally Intelligent Manager*（《情商管理者》），从英文可以看出来，这本书不是纯粹谈情商的，而是谈管理者如何成为高情商管理人士的。实际上这不是一本新书，20世纪80年代后期就在美国出版了，在中国2006年就有了翻译本，这次是修订之后的重译本。因为彼得·萨洛维当了耶鲁大学校长，他的书自然就多了一分吸引眼球的光环。本书利用这一机会在中国再版，也是一次扩大耶鲁大学影响力的机会。

发布会在北京耶鲁中心举行。近几年美国名牌大学为了吸引中国优质学生资源，纷纷在中国建立中心，而且都在五星级的办公大楼里面，我个人去过的就有哈佛中心、耶鲁中心、沃顿中心、斯坦福中心等，只能说这些美国牛校太有钱了，捐款者也络绎不绝。中国大学，包括北大清华，在经济实力方面只能望洋兴叹。哈佛大学的基金是400亿美元，北大的基金还没有超过20亿人民币。

这本书的两个作者，大卫·卡鲁索和彼得·萨洛维，都是情商理论的先驱，好像情商（Emotional Intelligence）这个概念也是他们俩最先提出来的。今天，情商在各个领域已经变成一个热门话题，作为和智商相对应的概念被人们广泛谈及。我在Kindle上输入“情商”两字，跳出来的图书就有200多种，比如《为什么情商比智商更重要》《哈佛情商课》《别让孩子输在情商》等。可是在中国的现实情况是，尽管我们已经知道情商的重要性，但年青一代和老一代人相比，虽然智商进步了，情商却反而是退步的。

《情商》这本书尽管是写给管理者看的，但其中一些观点也值得所有希望培养情商的人借鉴。书中认为，高情商的获得需要以下几种能力：察言观色感知甚至预料别人情绪的能力；随时感知自己情绪，并且加以控制和利用的能力；把情绪和理性思考结合起来，达到最佳解决问题方案的能力；通过记录情绪的变化，理解情绪带来的成败得失，并不断取得进步的能力。以上几点是书中重点，该书站在学术研究角度，语言比较严谨，读起来趣味性并不强，但表达的观点是切合实际和有效的。

通俗来说，情商就是能够随时理解别人情绪和感受（也就是说有同情心和同理心），同时能够随时了解自己（如苏格拉底所说，“认识你自己，是世界上最难的事情”)，对自己的情绪做正向引导，用正能量去影响别人，最后达到和别人融洽相处的一种能力。分析我自己，我一直认为自己的情商比智商要高一点点。我从小各门课学习成绩都不算太好，尤其是数理化一塌糊涂，数学几乎没有考及格过，表明我的智商一般。最后我能够上北大，靠的是坚忍不拔一次次不放弃的努力，而不放弃努力已经不在智商范围内，是情商的一部分了。我比较敏感，能够体会到别人的情绪和心情，比较擅长控制自己的情绪，即使不开心也愿意配合别人做该做的事情，同时对于让我难堪的事情也能够恰当处理好。我常常和学生说，其实情商最大的能力就是赢得别人信任，又不被别人欺骗，同时也是大家在一起共创事业的能力。在这点上，我可以给自己打个及格的分数。

“80后”及以后的几代人，因为多为独生子女，从小在宠爱甚至溺爱中长大，不需要察言观色，也不需要控制情绪，更不需要学会吃亏分享，都像小皇帝和小公主一样长大。这些孩子长大后个人主义色彩明显，自主能力强，做事果断甚至不计后果，大部分人智商很高，但情商方面确实有待进一步提高。他们的长处是做事情没有后顾之忧，说干就干，但短处是和人合作困难，不能委曲求全，忍辱负重更谈不上，合伙散伙几乎成了常态，团队精神成了稀缺资源。

看到在网上流传一张情商和智商的坐标图，有些人情商和智商都很高，有些人智商和情商都很低，还有些人智商高、情商低，或者情商高、智商低。但还有一种人没有说到，就是我们大多数人，大概都是情商正常、智商也正常的人吧，一笑。

“过度修剪”的教育导致“残废”人生

树本来应该在天地之间自由自在成长，长出自己的形状，长成自己的个性。对于树来说，无所谓有用或没用，吸纳天地精华，生长在天地间，体现自己的精气神，就是它们的唯一目的。

在欧洲和美国的园林里，常常能够看到被修剪得奇形怪状的树，人们一路走过都啧啧称奇，觉得修剪的功夫十分了得，树的形状优美高雅。但那只是扭曲了树的个性来满足人类的怪癖而已，对于树来说纯粹是一种残害。人们对于树的过分修剪，在我看来就像中国旧时代要女人缠小脚一样，是十足的病态。

在中国，为了城市绿化和形象工程，常常把已经长得很成熟的树移来移去。由于长人的树移植不容易，所以通常就把大部分树枝砍掉，或者干脆把树干的上半部也给截掉。每次看到这样的树，我的心就一阵阵发紧，就像看到了被砍掉四肢和脑袋的人，鲜血淋淋的感觉。树一定也很痛吧？树枝就像树的手，是为了伸向天空迎接太阳的，被砍了就成了残废。树干是树长成参天大树的唯一期待，被截了就一辈子没有了希望，活着的精气神就再也没有了。就算活着，也是一棵没有灵魂的树，苟且偷生而已。树一定也知道这样活着是一种屈辱，所以被这样移植的树很多都死了，一定死得很委屈、很窝囊。

有时候我们教育孩子成长很像移植树木。树木从小适当地被扶持和修剪，让它们长得更加挺拔一点，这无可厚非。但我们教育孩子的做法，就像把孩子们的树枝给全部砍掉，甚至把孩子们的树干也给截掉一半，然后再按照我们所谓的教育标准来培养他们。这样做，即使孩子活下来，也没有了可以自由伸展到天空和大地的树枝，也没有了长成参天大树的精神。现在的小学、中学、大学校园里，有很多这样的学生，缺少少年的天真和青春的朝气，就像一棵棵没有精气神的树。

就像人们用病态的眼光欣赏被修剪得奇形怪状、身残体歪的树一样，我们也用病态的眼光欣赏着被我们修剪得已经“变态”的孩子们，他们一个个奥数做得飞快，高考分数绝顶，但实实在在被我们整成了没有野蛮生长能力、没有自由伸展能力、没有在天地之间枝繁叶茂能力的生命。附清代龚自珍所作的《病梅馆记》一文：

江宁之龙蟠，苏州之邓尉，杭州之西溪，皆产梅。或曰：“梅以曲为美，直则无姿；以欹为美，正则无景；以疏为美，密则无态。”固也。此文人画士，心知其意，未可明诏大号以绳天下之梅也；又不可以使天下之民斫直，删密，锄正，以夭梅病梅为业以求钱也。梅之欹之疏之曲，又非蠢蠢求钱之民能以其智力为也。有以文人画士孤癖之隐明告鬻梅者，斫其正，养其旁条，删其密，夭其稚枝，锄其直，遏其生气，以求重价，而江浙之梅皆病。文人画士之祸之烈至此哉！

予购三百盆，皆病者，无一完者。既泣之三日，乃誓疗之：纵之顺之，毁其盆，悉埋于地，解其棕缚；以五年为期，必复之全之。予本非文人画士，甘受诟厉，辟病梅之馆以贮之。

呜呼！安得使予多暇日，又多闲田，以广贮江宁、杭州、苏州之病梅，穷予生之光阴以疗梅也哉！

让孩子回归
快乐真实的天性

去年的春天，和江阴一个朋友小聚。他退休后参加了上海交大的EMBA班，希望我给他们班上的同学做一次演讲。本来这样的邀请我一般都会拒绝，但老乡情谊难却，就答应了。结果在这个油菜花开的清明时节，我回到了老家（这个班在江阴海澜集团学习）。早上坐了两小时高铁，下午给大家讲了两小时，结束后到江阴城里，请中学老师和同学一起吃晚饭，相聚甚欢，喝了不少酒。

只要回到江阴，我都会请当年的老师和同学聚聚。这些同学其实不能算是我正经的中学同学，而是我第三年高考时补习班的同学。补习班学习只有十个月，但我们却结下了深厚友谊。当时我们班的学生学习特别拼命，我是班长，尤其拼命，最后这个班几乎“满堂红”都考上了大学，一批农村孩子去了北大、复旦、南大、北师大、外交学院等。现在在新东方工作的就有三人：新东方总裁周成刚、行政总裁李国富，还有我。

当时带领这个班学习的老师叫曹忠良，现在70多岁，已经白发苍苍了。他是我们的恩师，是我们当时的英语老师，上课幽默生动，个性乐观开朗，做事不拘一格。今天老人家和师母一起过来，依然面色红润、笑声爽朗，一喝就是半斤白酒。想当初他在教学之余，为了减轻我们的学习压力，半夜带我们翻墙出去吃夜宵，自己掏钱请我们看电影，还带着我们男女同学去长江游泳，种种出格行为。教导主任批评我们，他就帮我们顶着。因为食堂饭菜太差，我带着全班同学绝食，他也不去打饭，说要站在学生一边。就这样，他不仅是我们最喜欢的老师，也成了我们的朋友。三十多年的时光过去，我们事业的成就超过了他，财富超过了他，甚至英语水平也超过了他；他的学生中有银行行长、外交官、公司老总、政府领导，他依然是两袖清风，一介老书生模样。但只要我们聚到一起，我们总会敬他一杯，不管我们身份如何变化，我们对他的敬意历经三十多年而愈浓。我也算是老师，一直以他为榜样，总觉得老师要是能够当到他那份儿上，夫复何求。

今天在来去的路上，继续阅读《美国学生世界历史》，越读越觉得是一本好书，本来是写给美国中小学生的一本书，我们阅读也能够深受教益。那么复杂的世界历史，在作者笔下化成了简单易懂的儿童语言，生动有趣地把世界历史从远古时代一点点剥落开来，充满历史常识和智慧。我今天读到罗马帝国的兴衰，几乎到了爱不释手的地步。我对历史还算了解，阅读起来却依然趣味盎然，相信其他人阅读也会喜欢。我知道Kindle上有一系列的美国学生读物，干脆上网把《美国学生世界地理》《美国学生科学读本》《美国学生艺术史》《美国学生文学读本》《美国学生人类史》，一口气下载了下来。这些中英文对照的读本，比成人读本更加生动有趣，同时也包含许多真知灼见在里面。

说到这里，我们需要反思一下我们的中小学教育了。只要稍稍比较一下，就会发现我们的教材枯燥无味，很难引起学生的兴趣。刚好我的孩子在国外学习过，他把教材拿回家后（并不是每门课都有教材），我阅读起来也常常会爱不释手。我上中学时从来没有喜欢过物理化学，但读美国中学的物理化学教材，真的充满趣味性。中国学生所碰到的问题还不仅仅是教材枯燥，更要命的是，大部分老师讲课更加枯燥，照本宣科，死气沉沉。那种生动活泼、启发心智的老师真的少之又少。大家回忆一下，从小学到大学，这样的老师你们碰上几个？

孩子们快乐真实的天性不应该被泯灭，一个民族只有面对真实、尊重人性，才会高贵和强大。尤其在现在如此通透的信息时代，我们更应该教会我们的孩子面对真实、正视历史，教会他们做一个好公民应该具备什么样的素质。

当然，我不是说国外的一切都是真实的，都是好的。他们也有自己的立场，也有基于自己利益的褊狭宣传，但至少我们要让孩子学会思考，让孩子学会寻找不同的答案，通过开启心智走向人格独立，走向理性判断，让孩子明白作为一个国家公民，他们应该承担的责任和义务。伟大的民族不会培养愚昧的百姓，伟大的国家不需要奴性的臣民。

慕课，
一场人人受益的教育革命

人类历史上经历过两次知识大普及的革命：第一次是印刷术的发明，第二次是电视的普及。印刷术的发明让知识不再被少数一两个人垄断，逐渐普及到更多的人中；电视的普及则让知识的载体从单纯的文字变为文字与画面相结合。如今移动互联网时代引发的慕课（一种在线课程）革命与个人电脑引发的教育变革一脉相承，也将对人类知识的普及产生革命性的影响。

谁也不能忽视慕课革命带来的改变，但大可不必过于惊慌。慕课革命不是洪水猛兽，因此不存在革命的受害者一说。我甚至认为，慕课革命下，所有的人都是受益者。慕课革命是移动互联网革命的一部分，这次革命不仅让教育以慕课的方式得以呈现，而且产生了更多的教育呈现形式。这次革命带给整个世界的好处远大于坏处。

有些人说，慕课时代，多数学校都会关门。这种说法我不太赞同。如果说慕课对传统学校等教育机构有冲击的话，受冲击较大的是占据教育制高点、带有资源垄断性质的教育公司、大学、中小学等。慕课会让它们失去垄断地位，但不会引起它们大面积关门。

之所以下这种判断，是因为人与人之间面对面的交流依然是教育的重要环节。学生与老师之间及学生之间的讨论、老师对学生的引导等，依然是教育的重要组成部分。慕课形式下，最有可能出现的情形是，当地老师不再主导上课，而是让学生共享全世界最优质的课程资源，但学生要在当地老师的指导下进行讨论和互动。在这里，现场老师不是不重要，而是变得更重要了。

慕课会不会对学校带来革命性的影响？狭义地说，确实会对部分学校带来革命性的影响。如果教育部规定，学生在慕课上完成一定学分的课并且考核合格的话就可以拿到毕业证，那么中国很多二三本院校可能会出现招生困难。一些学校甚至有可能会逐步倒闭或被关掉。这也是个循序渐进的过程，需要相关部门的配合来实施，因此也是个长久的过程，不可能瞬间出现革命性的改变。

而且，虽然教育资源是可以分享的，但学校本身应该是个性化的。哈佛有哈佛的个性，北大有北大的个性。个性不同的学校，培养出的人才不同，所培养人才的思维方式也不一样。如果慕课只让全世界所谓的最好的十几个教授来授课的话，也是一种悲哀。这甚至会导致在这个领域内，除了那十几个教授外，别人的思想都无法得到传播。教育是一种事业，任何机构都有存在的可贵之处。

谈慕课必然会谈新东方。坦率地说，现在很多非刚需性的语言培训已经被线上培训取代了，而且这比慕课还早。新东方很早就实现了通过网络点对点教学生，也很早就通过个人电脑、手机等传送讲义、录音、视频等。当然，语言培训的面授方面还是会受到冲击的，新的参与模式逐渐取代在教室固定上课的传统模式。但是，教学点和教师的价值依然存在。

其实慕课对新东方的冲击不是很大。之所以这样说，是因为现在3~18岁的孩子还不太接受纯粹的网上学习，孩子的家长也不太接受。由于自觉性不够，孩子在看视频学习时精力不能集中，缺乏与老师面对面交流的感觉。我问过中学生，他们觉得在家里通过网络学习非常孤单，集中不了注意力。

18岁以上的人群，我称之为高度自觉人群，包括考四、六级，考研，出国考试的这些学生，大部分会转到线上去，当然部分还会在线下，但未来一定会以线上为主。理由是，这些学生的时间本身就非常紧张，而且他们的学习自觉性很高，在线上学习课程应该没有问题。我们就是要把这些课程最优质的资源放到线上去，而且线上基本是免费的。不过，我们线下会组织这些学生的学习俱乐部，这是我们面对自觉性人群要做的事情。

这样一来，新东方庞大的教师队伍就变成了学生的咨询导师，他们可以把课放到网上，同时进行线上直播。其实，一个老师不可能满足所有学生的需求，很多学生都希望得到老师大课以后的一对一辅导，这些老师将从教几百名学生转为对学生个别辅导。教大课的老师依然还会存在，教大课属于优质教育资源集中化。

教育首先是教育资源的问题，而不是技术问题。新东方在过去二十多年积累了大量的教育资源、教学资源、两三千万的学生数据、大量的师资队伍。这些在慕课时代，也就是互联网教育时代是不可少的资源。因为技术能搭一个架子，但架子上放什么东西，是需要你来做的。不管架子多么漂亮，上面没有东西也是不行的。新东方的后发优势在于其二十多年的积累，对教育的深刻理解，并且能把对教育的深刻理解运用到移动互联网中去的能力。

汤敏写过一本《慕课革命》，书里主要讲的是，让中国人民最需要的课程在慕课系统中实现。它与美国的慕课模式不太一样。现在美国的慕课模式对应的是精英教育，全是哈佛、耶鲁、普林斯顿的教授在上面授课。这些课的目标用户是美国甚至全世界想要听这些课的人们。美国人做这个的前提是，教育已经基本均衡发展了，在整个教育体系已经相对完整的基础上，让各个板块分享更加精英化的课程。

当然，中国北大、清华优秀教授的课也可以通过慕课向全中国的大学甚至中学去扩散。不过，就像汤敏在书中所说的一样，中国目前最需要解决的问题是大众化教育问题，如中小学教育的不均衡问题，还有就是中国职业人士的培训，尤其是基本的职业技术的培训等。中国的职业技术学校在全国有很多，水平千差万别，有的职业学校教出来的学生职业水平很高，有的学校教出来的学生却素质堪忧。从这个意义上来说，我觉得中国的慕课应该先从这样的基础教育入手，来解决中国教育的不公平问题，以及从职业教育入手，解决青年学子们从学校走出来找不到工作的问题。我是比较同意汤敏所说的，要在这两个方面下功夫。

如何从这两个方面下功夫，汤敏老师点到为止，没有急于去深化。毕竟这是一个非常新也非常大的社会命题，很多问题还有大量讨论的空间，如政府该如何应对这两个问题，民间力量该如何调动，当地学校该用什么样的组织架构等。我觉得可以用一两个地区来试验，国家提供支持，摸索出经验后向全国推广。现实中汤敏老师已经做了双师教学的实验，目前真正大规模的慕课实验还没有出现过。这些问题需要长时间的讨论。

尽管国人对慕课尚存疑问，但毫无疑问的一点是，慕课有利于教育公平。任何国家都会关注教育公平的问题。多年来，中国政府十分重视教育信息化，在很多偏远地区铺网线等，做了很多实际工作。做这些工作背后的逻辑，就是想把优质的教育资源传输到偏远落后地区。政府为做这件事花了很多钱，做了很多努力。在慕课时代，随着4G网络全面覆盖的移动互联网普及，很多偏远地区将以非常便捷的形式获取一流的教育资源，这将大大促进教育的公平。

我们需要什么样的大学？

我很喜欢读吴军的书，还买了他的《浪潮之巅》和《文明之光》送给新东方的管理者们，与他们一起分享阅读的快乐。吴军的书，文字简练优美，语言平实亲切，视角独特深刻，令人不忍释卷。今天这本《大学之路》亦是如此，但读来也有与以前的作品不一样的感受——在这本书中，字里行间，我清晰地感觉到了一位有着强烈责任感的知识分子对中国教育，尤其是大学教育问题的深刻忧虑，而这也正是促使吴军写这本书的主要原因。

吴军早年求学中国最高学府清华大学，后在美国一流名校约翰·霍普金斯大学深造。从他进入大学的第一天算起，到他通过博士论文答辩离开学校，前后居然长达十八年（1984—2002年）。从2005年开始，吴军一直参加约翰·霍普金斯大学的管理工作，先后担任了该校计算机系顾问委员会的顾问和工学院董事会董事。为了能胜任学校的管理工作，他一直在研究世界著名大学的教育经验，并和霍普金斯大学的校长、院长、系主任和教授们定期不定期地探讨办学思路。他抓住工作中及应邀在美国各大学做报告的一切机会，与各大学的毕业生、教授和在校生们交流，了解这些学校的一手资料，得到很多大学不对外公布的信息，尤其是招生和提升教授的“潜规则”。

最近几年，为了帮助自己的孩子找到一所喜欢的大学，吴军开始系统地研究美国的大学，并从女儿进入高中开始，带着她走访了英国和美国的很多名牌大学。吴军观察一所大学，常常喜欢进入它们的楼里看看学生和教授们在做什么，怎么做，注意观察那些看似不起眼的细节，这样就增加了对大学的感性认识。除此之外，要想真正揭开一所大学的神秘面纱，吴军认为还需要从多个渠道、多个角度来了解它。他的信息渠道包括这样几个，第一类是在这所大学当过教授、做过访问学者或者从那里毕业后在其他大学当教授的人；第二类是这所大学的毕业生和在校学生，包括吴军在谷歌的很多同事；第三类是学生家长。

中美两所顶级高校的学习经历，十年的美国名校管理经验，多年的系统研究与实地走访，以及建立在这些第一手资料上的独立思考与独到感悟，终于成就了今天我们手中的这本《大学之路》。在这本书中，吴军与女儿梦华如同博学而耐心的向导，带着读者边走边聊，通过一些美国大学的实例，介绍它们的教育理念和办学特色，以及与中国大学的不同。父女俩将他们所了解的十几所美国一流名校的特点和差异、招生的细节与择校建议，以及自己的看法和感悟，娓娓道来，让读者有身临其境之感。当然书中少不了各大学校的逸闻趣事和历史掌故，相信大家读来会和我一样大呼过瘾。

我一直有一个理想，希望在有生之年能办一所中国最好的私立大学。在努力了十多年之后，因为种种政策原因，始终没有办法实现从无到有地去创建一所私立大学的愿望。2013年，机缘巧合，在我做新东方进入第二十个年头的时候，接手了耿丹学院。所以我对于我们到底需要什么样的大学，应该给年轻人什么样的大学教育，一直在关注，一直在思考。

在吴军看来，一所好的大学应该具备四个角色。第一，它是培养人才的地方，将那些有潜力、有志向的年轻人培养成对未来社会有所贡献的人；第二，它是一个研究的中心，引领世界科技的发展，并且会对一个国家、一个地区产生积极正面的影响；第三，它是一个新思想、新文化的发源地，推动社会的进步；第四，它是年轻人的家，是他们度过人生最好时光的地方。

我非常认可这四个评判好大学的标准。可我们遗憾地发现，中国的大学能够符合这些标准的可以说是凤毛麟角。问题出在什么地方？答案有很多，但我认为最主要的原因是中国教育的“大道”迷失了。

易中天在一次讲座中说：“我的口号就是今天的主题，不是‘望子成龙’，而是‘望子成人’。什么人呢？真正的人，就是八个字，第一真实，第二善良，第三健康，第四快乐。”我觉得易中天说对了一半，另外一半是：如果一个国家不把人格平等、思想自由、精神独立作为教育的前提，我们也会教育出真实、善良、健康、快乐的奴才。

大家应该知道美国南北战争，也都知道在美国实行奴隶制的时候，很多黑奴其实是非常真实、善良、健康、快乐地生活着。南北战争爆发后，很多黑奴其实并不愿意被解放，因为他们觉得他们的主人对他们很好，在主人身边很有安全感，主人给他们吃，给他们穿，给他们女人，生出下一代奴隶，但他们并没有意识到，什么叫真正的自由，什么叫真正的人格。如果我们不把教育的本质说清楚的话，我们教育出来的人也许会成为真实、善良、健康、快乐的奴才，还不是奴隶。因为奴隶是被迫的，奴才是自愿的。

可以说，我们教育的目标，就是培养和造就拥有自由精神和独立思考能力的，有能力、有责任、有担当的人才。大学应该如何去培养年轻人的自由精神和独立思考的能力？从本书中，我们会读到很多值得思考的例子。

耶鲁大学是美国大学中最崇尚自由的学校。越战期间，很多年轻人因为反战而逃兵役，美国政府要求各大学不准收这些学生。但耶鲁大学坚决抵制美国政府的要求，在招生时并不在乎申请人是否逃过兵役。它给予学生们选择的自由，并且保护那些反战的学生。耶鲁大学很清楚大学培养的是未来的领袖，因此希望自己的学生能够按照自己的想法去把握未来，引领未来，而不希望用老人的观点禁锢年轻人的思想。因此，即使学校不同意年轻人的做法，它也要给他们自由并且保护自己的学生。在这一点上，耶鲁的教育者和中国一些老一辈的教育家蔡元培、胡适和梅贻琦等人的做法十分相似。

由于联合国总部在纽约，因此每年有很多国家元首和政府首脑到哥伦比亚大学演讲，其中包括颇有争议的伊朗总统内贾德。伊朗被很多美国人看成是“敌人”，但是，2012年哥伦比亚大学不惜得罪纽约市长和美国政府，坚持给予所谓的敌人言论自由，邀请内贾德在学校进行了演讲。这一做法在学校里受到了很大的赞誉，并且被看成是自由派的胜利。大学为什么邀请这样一个有争议的人来“惹麻烦”呢？这不是为了标新立异，吸引眼球，而是大学认为为了培养今天的学生成为明日世界的领袖，它有责任让年轻人更全面地了解世界，倾听不同的声音。在历史上，哥伦比亚大学出了4位美国总统和30多位世界各国的元首或者政府首脑。

当然，要想培养年轻人的自由精神和独立思考能力，首先国家和大学应该有这样的理念——大学的教育者们本身就应该具备自由和独立的精神。实际上，我们今天所说的University（大学）一词起源于拉丁语，意思是一种包括老师和学生的团体，它受到契约的保护，这个团体是独立于所在地治辖权的。我们今天所说的学术自由亦来源于此。

1158年，神圣罗马帝国的皇帝腓特烈一世签署了被称为“学术特权”的法律文件，后来教皇亚历山大三世予以认可。在这个文件中，最重要的有这样四项内容：

一、大学人员有类似于神职人员才有的自由和豁免权。

二、大学人员有为了学习自由旅行和迁徙的权利。

三、大学人员有免于因学术观点和政见不同而受报复的权利。

四、大学人员有要求由学校和教会而不是地方法庭进行裁决的权利。

第二项权利是今天很多国家学生签证的历史的由来。第三项是今天学术自由的重要保障，没有这一条，大学就无法做研究。如今，当一所大学想努力成为世界一流大学时，是否有充分的管理自由和学术自由至关重要。

美国的教育界在1900年开始强调教育的学术独立和办校自由，并形成了教授治校的机制，对这种独立和自由予以保障。吴军老师认为，教授治校，行政成本比较低，学校管理民主、公正、透明。更重要的是，教授们具有尊严和权威，不会成为政府官员们的附庸，不会跟着政府官员的指挥棒乱转，这样才能保证学术自由。这一点我非常认同。

在美国，一流大学大多数是私立大学。它们从招生、教学，到科研和教授队伍建设等，在诸多方面皆不受政府影响，而是按照自己的办校理念行事。私立大学的独立性使得它的管理和政府部门的管理几乎毫无共性，这与中国的大学完全不同。在私立大学里，各级管理部门和董事会分工明确，各司其职。系一级的管理基本贯彻教授治校的原则；校、院两级的管理，则多少有点像私营公司，实行校长、院长负责制，并实行董事会监督的管理机制。可以说，在管理的有效性和灵活性上，美国一流私立大学是当今世界上所有大学里做得最好的。

实际上，中国大学教育的很多问题，寻根究底都出在教育严重行政化这个症结上。坦率地说，唯上不唯下的教育行政化体系如果不有所改变的话，大学应有的特质是很难发展出来的。因为大学需要独立的创新，需要独立的学术研究氛围，需要互相探讨，甚至是不留面子的争论。所有这一切，当面对一个可以罢免你的官员或校长时，你是很难做出来的。所以我认为这是中国教育目前遇到的一个比较大的问题，很难解决。但是无论如何，这是一个我们必须面对的问题，因为这件事不仅仅关乎到中国教育的现实，也关乎到了中国教育的未来。

说了这么多问题，那我们的教育“大道”究竟应该怎么走?

我个人认为，我们的教育“大道”应该以良知、理性、仁爱为经，以知识、科技、创新为纬，造就新一代人格平等、思想自由、精神独立的国民。

除了获取知识和能力，大学教育的另一个重要目的就是获得良知，培养理性，提高教养。从中世纪开始，直到今天，西方的知识分子一直是社会变革过程中一支最重要的力量。社会责任感让社会精英和知识分子不断地为建造一个公平、文明和进步的社会而奋斗。获得良知，并且在关键时刻表达出自己的观点，是大学教育的精髓所在。在我的设想中，耿丹学院培养的人应是有精神气质，对人平等相待，对社会、国家、人类都有担当，内心对自由、民主、平等绝对尊重，不论是学自然科学的，还是学商科、文艺的，都需要具备这样的人文素质。

因为我们光有知识、科技、创新是远远不够的。我们过去天天在喊科技创新，却忽略了对学生良知、理性与仁爱的教育，以至于有一天我们突然发现，身边的很多人已经变得如此自私，如此不关心别人的生命。北大教授钱理群曾经发文感慨："我们的一些大学，正在培养一些精致的利己主义者，他们高智商，世俗，老到，善于表演，懂得配合，更善于利用体制达到自己的目的。"

因此，我一向认为，一个只懂得向学生灌输课程的大学充其量算得上三流，而那些能够点燃青年学生内心火焰的大学才真正称得上一流。我们所需要的大学不仅能够提供给学生各种知识，培养全面的能力，更重要的是能够培养他们自由的精神和独立思考的能力，能够鼓励他们不盲从权威，对任何事情都能够理性地做出自己的判断。

我们很多家长一味地想要孩子们考高分、上名校、出国留学，却很少关注孩子其他方面的教育。长此以往，我真不敢想象这些孩子最后到底会成为怎么样的一代，即使他们最终从名牌大学毕业，也很难有多么大的成就，也许就会成为钱理群先生所说的"精致的利己主义者"。

吴军显然也注意到了这些问题。他在本书中指出，现在哈佛和耶鲁都不强调考试成绩的重要性，因为他们认为培养孩子的各种优秀品质，比如拼搏精神、团队精神、领导能力、社交能力、表达能力、全球视野和社会责任感比成绩更加重要。比如，在过去的三个世纪里，耶鲁所培养的就是有社会责任感、有所担当的人，是具有刚毅而勇敢的耶鲁精神的未来领袖。吴军认为，如果中国的留学生在哈佛和耶鲁没有学到这些内容，就失去了在这些名校读书的意义。

对于美国这些名校，如果不理解它们的精神，不仅被录取难，即使进了大学，也未必能学到它们的精髓。吴军研究发现，从20世纪90年代起直到今天，亚裔学生占了哈佛本科生人数的15%～22%，但是这些年来从哈佛走出去的、最后有影响力的校友中，亚裔的比例远远达不到这个15%。这说明光有一个哈佛的金字招牌是远远不够的，成功是长期努力的结果。很多成功人士因为各种原因就读的大学不是很好，但是他们经过长期的努力，远远地超越了那些所谓名校的毕业生。为了进哈佛而进哈佛和因为对知识的渴望进哈佛是两回事，前者的人生高峰在离开哈佛的一瞬间就结束了，而后者的人生在离开哈佛时才刚刚开始。

在本书中，吴军多次强调通识教育的重要性，这也是我一直在呼吁的。美国不少综合性的私立大学本科生不分专业，在这些学校里没有工学院的学生或历史系的学生一说，所有的本科毕业生拿的都是同样的学位。学生之间的差异只是体现在他们最后关注的领域上。本科生们在三年级时开始确定自己专注的领域，当然还可以随时改变自己的选择。这在中国的大学里是难以想象的。实践证明，没有好的通识教育，一个人的事业发展就不会有后劲。那些以通识教育见长的美国名校，其毕业生往往能够取得更高的收入和更好的发展。

我一直非常推崇梅贻琦的说法，“所谓大学者，非谓有大楼之谓也，有大师之谓也”，因为一所好的学校，首先就要有著名的老师。我接手耿丹后，首要的任务就是要让耿丹学院的老师变成一流的老师，一开始全校只要能有十个八个带头人就够了。让最好的老师给其他老师上课，先让老师的眼界得到开阔，老师眼界开阔后自然就能让学生的眼界更开阔。而研究了众多美国一流名校的吴军则反复强调，大学不仅要有“大师”，还要有“大楼”（好的硬件条件），否则大师的教育理念就无法落地生根。因为只有硬件有了保障，才能给学生请到最好的教师，提供足够的课程、图书和研究室，开展最新的学习和研究。

读者在读本书的时候会发现，吴军只介绍了英美的一流私立大学，这是因为这些学校最能代表英美高等教育的精髓和特色。经常有家长和学员会问我选择学校的标准是什么，我的答案和吴军的高度一致——应该选择去那些经得住时间检验的著名学校，不是因为那儿有名气，而是因为那里聚集了很多优秀的老师和学生。英国教育家、牛津主教约翰·纽曼在一次讲演中讲道：“如果让我必须在那种由老师管着、选够学分就能毕业的大学和那种没有教授、考试，让年轻人在一起共同生活、互相学习三年的大学中选择一种，我将毫不犹豫地选择后者……为什么呢？我是这样想的：当许多聪明、求知欲强、富有同情心而又目光敏锐的年轻人聚到一起，即使没有人教，他们也能互相学习。他们互相交流，了解到新的思想和看法，看到新鲜事物并且掌握独到的行为判断力。”纽曼的这段话很好地说明了上大学的真正意义所在。

为什么我们不仅要上大学，还要努力上名校不可？原因很简单，要与优秀的人同行。当然，如果没有机会上名校也没关系，因为吴军老师说了，教育是一辈子的事情，我们不必担心输在起跑线上，因为世界上大部分人跑到一半就不会再跑了，只要你在自我教育的道路上坚持足够久，就一定能够成为那个笑到最后的人。

第六章

我们所生活的时代

为人性最深处的追求而战

五一假期，我阅读了马克·李维的作品《生命里最美好的春天》。这本书的本名应该是“自由的孩子”（法文版为*Les enfants de la liberté*）。严格来说这不是小说，而是一部描写“二战”时期法国抵抗运动地下工作的纪实作品，讲述了一群来自异国他乡的年轻人，为了打败德国侵略者和法国傀儡政府，为了争取自由而进行的不屈不挠的斗争，他们大部分人都牺牲了自己年轻的生命。但正是像他们这样千千万万的人，以不同的方式向着同一个目标，“为自由而战”，使得人们最终取得了“二战”的胜利，把人们从德国、日本等法西斯统治下解放出来，造就了人类和平、安宁和自由的今天。

《生命里最美好的春天》通过一个名叫雷蒙的法国犹太孩子的视角，以第一人称的方式讲述了他参与法国抵抗运动的过程。作为犹太人，雷蒙如果不参加这样的抵抗运动，不逃离被德国人送到集中营的命运，最后也是死路一条。雷蒙带着弟弟参加了抵抗运动，践行着“不自由，毋宁死”的原则——“弟弟和我永远定格成了两个为自由而战的孩子”。

雷蒙改名让诺，和弟弟一起加入了一个叫作“第三十五纵队”的抵抗组织。这一抵抗组织的主要任务是破坏德国人的各种设备、暗杀德国军官和法国帮凶。这个组织中的人平均年龄不到20岁，但却做出了很多勇敢的事情。书中也描写了两种法国人，一种是屈服于德国人并成为其帮凶的人，一种是具备良知的普通老百姓，一直暗中帮助这些抵抗人员。人性在这里分道扬镳，我们从恶的环境中看到了善，而正是因为人们对善良和自由的追求，才使得人类在黑暗中看到了希望，并且让身处其中的人依靠信念坚持下去。让诺的战友萨缪埃尔在牺牲前的一段话道出了这一信念的终极意义，他让让诺告诉后代："我们曾经为了他们的幸福浴血奋战。你要教他们懂得，我们不惜牺牲一切所换来的，是这个世界上最为重要的东西，那就是自由。自由包含着对人类的爱，那些想要禁锢住它的人永远不会得逞。胜利终会属于尊重自由、放飞自由的人。"

马克·李维1961年10月16日出生在法国上塞纳省，他的父亲就是书中雷蒙的原型。成为作家之前，他曾经办过公司，成立过建筑事务所，取得了一般意义上的成功。他37岁完成了处女作《假如这是真的》，本来是写给儿子以后看的，没想到这本书一炮走红，不但成为法国当年年度销售冠军，更被译为数十种语言在世界范围内销售。他的另外一部作品现在正在中国热销，就是《偷影子的人》，讲述了一个温柔感人的故事。故事主人公是一个瘦弱的小男孩，因为拥有一种特殊能力而强大——他能偷别人的影子，从而看见他人的心事，听见人们藏在心中不愿意说出口的秘密。他开始成为需要帮助者的心灵伙伴，为每个偷来的影子找到点亮生命的小小光芒，是一个温柔感人的故事。到今天为止，马克·李维已经出版了二十几部作品，大部分可读性很强。他的成功再次证明了，一个人只有找到自己真正的长处，成功才有可能。37岁开始写作，比苏老泉27岁开始读书还要晚十年，也是一个励志故事了。

前几天我静坐思考的时候，觉得我们这一代人还是十分幸运的。我出生于20世纪60年代，三年困难时期刚刚过去，因此没有特别挨饿；对越自卫反击战的时候，我还没有满18岁，不在部队，所以也没有面临战争的恐惧。长大时刚好遇到邓小平领导下的中国改革开放，我进入北大，而中国的经济也在这个时候开始腾飞，大部分中国人民终于过上了食饱衣暖的生活。随着科技进步，我们进入了全球信息交流畅通时代。同时，我们的个人能力也在一定程度上得到了更大发挥，人身自由得到了更好的保障。小时候我们离开村庄寸步难行，但今天许多国人可以自由去到全球任何想去的地方旅行。

到今天为止，我们非常幸运没有遇上全球性的大规模战争，没有遇上不可控制的瘟疫，没有遇上大规模的旱涝灾害或饥荒。几十年生活在这样的一个时代，我们何其幸运。可以说，人类从整体上是有巨大进步的，尽管地区间冲突依然不断，恐怖主义还在作祟，有些地方依然被自然灾害和饥荒所侵袭，有些国家还处于极权主义统治下，但从整体上看，全力以赴保障人类和平、安宁、和谐、互通，保障人的权利、自由、平等、尊严，已经成为人类的共识。正是在这一共识下，人类才有了今天能够和平共处的局面。

当今中国与20世纪50、60年代相比，已经取得了巨大进步，不管是整个国家的富裕程度，还是人民的人身自由和思想自由，都已不可同日而语。但面向未来，我们确实还可以做得更好：人身自由和思想自由可以得到更多保障，社会财富可以分配得更加均衡，法治、民主还可以取得更大的进步，个人权利和财富还可以得到更好的保护，权贵和利益集团侵占社会资源的行为可以得到进一步遏制，人民可以更加平等地享受国民待遇（机会均等的教育和福利等）。总之，我们确实还可以做得更好。让我们已有的权利和繁荣继续下去，并得到长久保障，需要我们每一个人持续不断地共同努力。

制度与共识

《中国有多特殊》一书是刘擎前些年杂文和论文的结集。整本书并不是专注于某个主题的讨论，而是涉及政治哲学多方面的思考：共性与特殊性、国际视野和中国国情、言论自由问题、西方模式、美国政治的继续革命、群体性疯狂事件背后的原因探讨、价值认同的困境等等。尽管主题是多方面的，但背后的逻辑思路是一致的。这个一致来自刘擎自身的立场，那就是从中国未来发展的角度看，我们若完全采取西化的做法和过分强调中国的特殊性，在政治上都不太可能行得通。中国走向未来的过程，在有些方面需要洗心革面，在有些方面需要选择性继承。我们既需要理性对待世界优秀的政治遗产，同时也要考虑到中国的现实情况，而不是过分强调特殊性。对于我们来说，困难之处是哪些东西我们必然要继承，哪些是我们要做特殊考虑的。

中国多一些像刘擎这样的知识分子，毫无疑问是件好事。因为正是像刘擎这样学者的理性思考，才能够拓展国民的思维宽度，促进大家的理性思考，在不同的观点中寻找可能的共识。以下摘自百度百科："刘擎，1963年出生，1978年就读上海东华大学化学工程系，1985年获工学硕士学位，留校任教。1991赴美国攻读政治学，先后获得硕士（马凯大学）与博士（明尼苏达大学）学位。”我不知道是什么契机促使刘擎从工科转向对政治学的研究，是不是和鲁迅一样，觉得靠科学本身不能改造中国，需要用思想来改造？因为是工科出身，刘擎论述的分寸把握得很好，有理科男的冷峻和逻辑，就像刘瑜所评价的那样，“审慎但不失犀利，清晰却有深度”。

中国面向未来的发展问题，其实还远没有到谈论各种政治哲学的不同之处和思想界不同观点的时候。我们需要面对的最迫切问题是，共识问题还没有解决。我们需要组成政府的主要力量之间的共识、政府和社会组织之间的共识、政府和老百姓之间的共识、知识分子在基本原则上的共识。所有这些共识问题不解决，我们谈论任何东西都是无本之木、无源之水。共识并不是要大家达到完全一致。完全一致的思想意识和价值体系一定会导致社会僵化和思想禁锢。我们可以用最基本的社会构成——家庭来作比喻。夫妻之间能够生活在一起，在基本的思想意识和生活习惯上必须要有共识：比如夫妻之间互相忠诚、生活态度积极向上、通过商量来解决家庭问题、经济收入合理分配等。在这些事情上达成共识，在其他方面夫妻各有自由，有不同的爱好也都可以接受，否则家庭的未来一定会岌岌可危。

对于一个国家来说，核心价值观的提出是一件非常重要的事情。因此社会主义核心价值观的提出一定是件特别好的事情，因为这是走向共识的必经之路。

任何共识都不是一句口号，需要用一整套社会制度和体系来确保共识能够达成。我可以用一个新东方的实例来说明共识和制度不一致带来的严重后果。在过去十年中，我一直在强调新东方必须一切以教学质量、教学产品和教学服务为核心，所有的管理者在述职时也反复强调这样做的重要性，好像已经达成了共识，但新东方的考核体系却只考核管理者每年带来的收入和利润，基本没有其他指标。所带来的严重后果是，个别管理者为了完成收入和利润，采取了一些损害教学质量和服务的行为。两年前，我们把考核指标中的收入和利润去除，全部指标都指向了教学质量、教学产品和教学服务，新东方很快回到了品质取胜的轨道上来。我想用这个事例来表明，我们社会主义核心价值观中的民主、法治、自由、平等、公正等，不是喊着口号就能够实现的，而是需要一整套的制度做保障才能够实现，这需要社会各个阶层的共同努力！

如何看待
我们所生活的时代?

《我们生活的时代》是美国历史学家入江昭的著作。图书封面上写的是“(日)入江昭 著”，应该是个错误，因为入江昭尽管出生在日本，但在美国上大学，定居在美国，是美国当代比较出色的历史学家，曾担任哈佛大学历史系主任、美国历史协会主席。入江昭现年已经83岁，这本《我们生活的时代》是他2014年80岁时的作品。他最大的成就是从新的角度研究美国外交史，并提出了从全球角度而不仅仅是国家角度研究历史的观点，对于历史研究有开创性意义。

这本《我们生活的时代》是入江昭对自己全球史观的论述。全书分别论述了历史学家近几十年来对于历史看法的改变，国家如何从过去比较强势的大政府变成小政府，非国家组织如何在世界历史的发展中起到重要作用，传统的国际关系即那种狭隘的国家与国家之间的关系是如何不断被挑战以至于荡然无存。人类一直在寻找可以摆脱偏执的宗教和主义的普适性平等价值观和人权，未来全球性趋势下传统意义上国家的消失将是不可逆转的趋势。一位80多岁的老人有如此清晰的观点和展望未来的思路，十分难得。全书最大的遗憾是没有分析互联网，尤其是移动互联网的兴起，以及由此推动起来的各种社交网络对改变世界的国家观念所起到的巨大推动作用。但对于一个80多岁的老人来说，我们做这样的要求毫无疑问有点过分。

一个国家的发展从来都不是孤立的。即使是古代，人类的影响也是跨越国界的。中国从秦朝开始的各种强权中央政府，与中国北方、西方的少数民族强悍有重大关系。由于必须时刻面对内陆边境的强敌，所以整个中国的历史一直是面对内陆而不是面对海洋的历史，甚至直接放弃海洋（明朝开始海禁）。当最后真正的敌人来自海洋的时候，中国自然措手不及，被打得落花流水。但也正是西方国家从海洋的入侵，撬开了中国走向现代的大门。另外，整个中国的历史很难说是纯粹中华汉民族的历史，五代十国和南北朝大部分是少数民族建立的王朝，而唐朝的李姓家族，据说血缘和鲜卑、拓跋紧密相连，更不用说元朝、清朝就是少数民族统治中华大地的历史。

从文化上来说，中华文明的影响力可以说是大大超越国界的。这也符合了入江昭所主张的文化、宗教、思想穿越国界同时改变世界的理论。中国的文化被佛教的流入所改变，同时中国的三教（儒、释、道）融合形成强大的文化习惯和势力，又极大地影响了日本、朝鲜以及诸多东南亚国家。当时中国文化对周边的影响相当于今天美国文化对世界的影响。当今美国对世界所产生的影响力，不仅仅是政治和经济上的，更多的是文化渗透上的，不知不觉让世界上形成了以美国价值观为主的所谓西方主流价值观。所以一个国家最大的影响力不是武器强大，而是文化强大。

中国的历史学家不断在写自己的历史，可惜有的还是用闭关锁国的思维，自吹自擂老祖宗的辉煌，电视上也不断在播各种夜郎自大的历史剧。然而，很少看到中国的历史学家能够站在世界和全球的角度分析一下中国的历史，以及中国未来何去何从。当一个号称伟大的文明经过了五千年，还在讨论和怀疑做人的基本价值到底是什么，一个人的基本权利到底是什么，一个国家怎样才能够给人民更多的幸福和安全感时，我们对于这个民族和国家的盲目自豪感可以收敛一下了。

灾难频发，政府与民间都应反思

看到新闻报道，2015年天津港爆炸案中的消防员蔡家远牺牲后，母亲刘云爱痛不欲生，思子心切，后来决定通过试管婴儿技术怀孕再生一个孩子。2016年8月1日，通过剖宫产，男孩顺利出生。这是一件喜事，在现代医学的帮助下，人类即使到了比较大的年龄，依然可以对孕育后代有所期待。新生儿的出生至少部分意义上减轻了刘云爱夫妇失去儿子蔡家远的悲痛。

在感谢现代医学的同时，至少有两件事值得我们反思。

第一是计划生育。中国几十年的计划生育取得控制人口成效的同时，也导致了中国独生子女问题严重，导致中国人口老龄化问题加剧，也导致了很多家庭意外失去孩子后的巨大悲痛以及失独老人的艰难处境。家里多一个孩子，悲痛就相对比较容易转移。我上面有个哥哥，四岁时因肺炎去世。那个时候我两岁，我父母就把寄托放在我身上，全心全意抚养了我。而且，现在发现人口稍多一些可能并不是问题（现代农业使粮食足够，前两天还看到东北地区粮食过剩的报道），中国几十年经济的发展，一直依靠人口红利。现在国家总算开放二胎政策了，希望不久以后可以开放到三胎。

第二是中国的灾难控制。自然灾难不在我们讨论的范围内，像汶川地震、特大洪水等。但有些灾难在中国频频发生，这是需要政府和民间反思的。即使像地震、洪水这样的自然灾害，背后也夹杂着人为因素。地震时大量的校舍倒掉是豆腐渣工程的结果，而大洪水也和中国人蔑视自然有关。森林破坏、植被减少、大河截流、湖泊填埋，都是造成大洪水的罪魁祸首。像天津爆炸案这种灾难，大大小小不断出现，背后总是充满了腐败、失职等。对于这些现象，我们需要对政府和民间的管理和运营机制做深刻检讨。机制不改变，人为灾难依然会排着队找上门来。

感谢人道主义和现代医学给刘云爱一家带来了新的生命，更希望以后像天津爆炸案这样的灾难在中国越来越少。让中国每一个人生活得踏实、安心、安全，是政府的重要职责，也是中国每一个渴望有所作为的企业家的良心所在。

创新
未必破旧

和北京一样，意大利第二大城市米兰也是呈环线状向外放射。在米兰，你也会看到和北京相似的“二环”和“三环”。米兰的二环原来并不是马路，而是一条环城运河。米兰的三环也不是道路，而是城墙。后来米兰人口增加，马车、汽车交通开始发展，运河和城墙成了大家走来走去的障碍，所以在1929年左右，就把运河填平，城墙拆掉，改成了道路。今天的米兰人提起这件事情，依然充满了遗憾，说要是运河和城墙还在，米兰会是一个更有魅力的城市。

众所周知，北京二环路是原来北京的城墙。北京城墙有七百多年历史。从1952年开始，雄壮的北京城墙开始被拆除。当时著名建筑专家梁思成曾提出一个方案，建议在北京城西再建一座新城，长安街就像是一根扁担，挑起北京新旧二城，新城是现代中国的政治心脏，旧城则是古代中国的城市博物馆。可惜这一方案没有被采纳，今天回想起来，是中国文化和历史不可估量的损失。

在意大利的热那亚，我曾去参观那里的哥伦布故居。这一故居仅有40平方米左右，在马路拐角，周围修建的都是比较高的楼房，唯独这个故居在郁郁葱葱的橄榄树和青藤的包围下，被保护得严严实实。

每次到欧洲，我都会被当地人对历史古迹的保护所感动。欧洲的历史古迹尽管也经常被战火破坏，但人为摧毁相对较少。中世纪基督教对于古希腊罗马文化的破坏，算是最大的人为破坏。纵观历史，我们也可以得出结论，宗教和意识形态的极端思维所造成的不宽容和狭隘，是文化破坏的最主要原因。创新并不代表着一定要破旧，今天的欧洲处处古迹，和现代世界和谐共处，人们进能享受现代科技，退能畅游历史长廊。

在中国，我们真正的古迹已经少之又少，老城不断被摧毁，名人故居也不断被拆除，现在真正原汁原味的名人故居已经很少，大都是后来仿制的。除了故宫（皇帝住的地方）还被保护之外，好像其他都不值得保护似的。还记得4月份去荆州，顺道参观张居正故居，结果发现所谓的故居完全是一个伪劣的复制品，既不在原址，其复制的建筑质量之低劣也令人大跌眼镜。原址号称毁于战乱，实际情况不得而知。

今天的中国，经济上已经繁荣，但文化上却不尽如人意，其中最重要的一个原因，就是对历史和传统文化的不够尊重。创新未必破旧，时至今日，只有政府和百姓都加入到保护文物的队伍中来，才能为我们的子孙后代留下更多珍贵的历史和文化遗产。

意大利热亚那的哥伦布故居，被郁郁葱葱的橄榄树和青藤所包围

可怕的“正确臆想症”

这个世界上有一种病，我把它叫作“正确臆想症”，其症状就是觉得自己所做的一切都是正确的、无可挑剔的，别人身上却有着各种毛病和问题。这种病的危害在于，得了这种病的人不是以自我欣赏为界限，而是总希望改造别人，纠正别人。

个人得这种病危害还不算太大，最可怕的是组织和制度也得这种病。例如基督教早期的时候，对于异教徒大肆迫害，导致了一千多年的中世纪黑暗。希特勒也是典型的“正确臆想症”患者，不仅认为自己执行的政策和理念正确，而且认为全世界只有纯种的日耳曼民族才是唯一应该生存的民族。

更加可怕的是让一个国家的人都患上“正确臆想症”。希特勒时代的德国，几乎每个人都患上了这种病，于是杀害600万犹太人变成了荣耀；“二战”时的日本，许多国民特别是军人都患上了这种病，觉得天皇至高无上，光荣正确，于是杀害上千万中国人民成了他们的丰功伟绩。

这一病症在今天的中国也在发作，我们发现太多的人自以为正确：不排队正确，乱扔东西正确，骂人正确，要无赖正确，无理取闹正确，我们的大马路上充满了“正确臆想症”的人群，他们觉得自己坚持的一切都是对的，真理握在自己手里。他们常常对其他人进行道德审判，并认为反对他们的人、提出不同意见的人都是垃圾和次品，都应该打倒在地再踩上一脚。

正是这样的“正确臆想症”患者，阻碍了一个社会的包容性，禁止了不同观点的表达和平等对话，也消灭了人与人之间的多样性和差异性，激发出了人类霸道而恶劣的天性。除非你也是“正确臆想症”患者，否则当你持有不同思想，并且生活在一群“正确臆想症”患者中间时，那将是一件十分可怕的事情。如果你发现身边有这样的“正确臆想症”患者，想要改变他们是完全不可能的事情，那么你唯一能做的就是远离这样的人。

透视极端行为背后的社会问题

今天阅读了《我父亲是恐怖分子》一书。该书由中信出版社出版，作者是扎克·易卜拉欣和杰夫·盖尔斯，其中扎克是一个恐怖分子的儿子。

在扎克七岁的时候，他的父亲诺赛尔开枪射死了犹太防卫联盟的创始人卡赫纳。在监狱内，他父亲又参与策划了世贸中心的爆炸案（不是2001年9月11日飞机撞向世贸大楼那次，是此前1993年的世贸中心地下爆炸案）。由于父亲变成了人所共知的恐怖分子，扎克从童年开始，就过着常人难以承受的艰难生活。

整本书按照时间顺序，描写了作者作为一个恐怖主义者儿子的成长历程。扎克的父亲从埃及移居到美国，生活总是不太如意，在失意中受到穆斯林极端分子的影响，逐步转变为恐怖分子。扎克的母亲本来是一位白人天主教徒，但由于爱上了他父亲而转变为一个穆斯林。他父亲成为恐怖分子的过程，他母亲并没有参与。在他父亲枪杀卡赫纳后，扎克母子俩的生活陷入恐惧之中，为了躲避各种伤害，他们不得不四处搬家、隐姓埋名。

因为是恐怖分子的儿子，扎克从小就遭受各种歧视，在这样的环境中长大的孩子一般都会性格畸形、思想极端。但出人意料的是，他长大后居然成了一个反恐怖主义者，成为宣传和平和非暴力的人士。通过全书的脉络，我们可以看出扎克母亲在扎克的性格养成中起到了比较大的作用。尽管他母亲一直不相信自己丈夫是恐怖分子，但最终事实证明这一点时，她毅然和丈夫离婚，这对扎克的影响是比较大的。另外，扎克长大进入社会后，发现人们并不像极端分子宣扬的那样邪恶，大部分情况下都友好善良，而不是充满敌意，真正的仇恨制造者恰恰是极端恐怖分子，用杀戮使得整个社会充满动荡、恐惧、狭隘和仇恨。他说："引起杀意的仇恨，并非人与生俱来的本能，而是一场精心编织的谎言。这谎言被反复传诵，受众往往是既无权无势，又无法从另一角度审视世界的人。"

恐怖主义是人类的敌人，也是文明的敌人，但消除恐怖主义却不是一件容易的事情。人类的贫困、不平等、信息不对称、极端思想都是恐怖主义的温床。人类走向狭隘和报复比走向谅解和宽容要更加容易。比如我们看到一个小偷被暴打一顿，我们一般都不会产生太多怜悯，不会去想背后更深刻的问题，比如他为什么会偷，是否是贫困或无家可归带来的后果。反过来，小偷被打了一顿后，可能觉得这个社会不公，于是拿起刀子在马路上杀人。你能说这样的杀人完全是小偷的错吗？一个产生小偷的社会难道就没有责任吗？我又想起前不久发生的一件事情，一个女学生因为在商店拿了点糖果而被店老板羞辱，最后跳楼身亡，这到底是女学生的错，还是店老板的错？当一个社会出现极端行为时，我们要给予谴责和制止，但更需要去寻找这些极端行为产生的深层次原因，并且努力消除这些原因，这样也许是更加有效的方法。

今天是农历二月十五，晚上出去散步，一轮明月高悬天空，银光四射，星星在深蓝色的天穹中闪烁，空气中弥漫着春天的气息和鲜花的芳香，这是一个多么安宁的世界。希望这个世界再也不会出现这样的恐惧，再也不会出现以恐怖为武器的统治者。一个互相仇恨的世界，只是满足了极少数人的兽性和利益，但一定违反大多数人的天性和愿望。

沧桑的脸，孩子的眼：说说乔布斯最崇拜的那个天才

今天去看了电影《模仿游戏》，这部电影在美国2014年11月就上映了，不知道为什么在中国到了2015年7月21日才上映，或许是因为电影涉及同性恋问题。电影在中国上映的时候我刚好在国外，前几天终于赶上了最后一场，看到了这部获得了奥斯卡多项提名以及最佳改编剧本奖的电影。

这真是一部令人感动的电影，让我感动的不仅是电影本身拍摄得完美，基本没有废场景和废话，而且演员非常入戏。据说主演本尼迪克特·康伯巴奇拍最后几场戏时，根本无法抑制自己的颤抖和哭泣。更加令人感动的是，这是一部反映英国“计算机之父”艾伦·图灵真实生命历程的电影，体现了一个天才人物的坎坷命运和在战争年代为拯救人类而做出的伟大贡献。

电影中两点让我感慨。第一是电影中反复说的一句话：“有时候正是那些最不被人看重的人，能做出最超出想象的大事。”这句话包含了两个要素：一是天才人物表面上看可能是有着某种缺陷的人，包括性格和癖好，社会应该容忍保护这样的人物，让他们发挥才华；二是一个民族要有允许天才发展的大环境，天才才会有生存和发展的余地。

在尊重天才人物上，中国还有很长的路要走，现在的高考制度，在某种意义上可以说是一种磨灭天才的制度。

电影中第二个让我感慨的是人类的进步。图灵在战后因为被发现是同性恋而被迫注射激素（同性恋在当时的英国是违法的），这是多么不人道的做法，最后直接导致了图灵的自杀。一个某种意义上拯救了这个国家的人却被这个国家当时的一部荒谬的法律弄死，这是国家的耻辱。好在我们看到了人类的进步，现在英国同性恋不仅被允许而且合法。我不讨论同性恋的问题，我只是想说，人类的任何法律和规矩，越是符合人性，越是能够互相包容，就是越好的。

图灵的贡献不仅是帮助正义一方打赢了世界大战，挽救了无数人的生命，而且他还是计算机逻辑的奠基者，他的“克里斯多夫机器”就是现代计算机的前身。图灵是乔布斯最崇拜的人，图灵自杀是用苹果泡了氰化钾，咬了一口后中毒身亡，据说这就是苹果商标缺一口的原因。美国计算机协会1966年以图灵命名的“图灵奖”是计算机界最负盛名和最崇高的一个奖项，被称为“计算机界的诺贝尔奖”。

图灵，平凡多难的一生，伟大而光辉！

我为什么愿意穿越回春秋战国和宋朝?

网上曾经有过讨论，如果让你穿越回到古代，你愿意回到哪个朝代。我选择春秋战国和宋朝。春秋战国是中国思想大爆炸的时代，而且知识分子可以自由行走和尽情表达；宋朝是中国历史上最人文、最宽容、最有文化的朝代，也是中国大一统之后唯一一个不杀知识分子的朝代（当然也流放了不少）。据说赵匡胤刻在石碑上留给子孙的三大规矩是：一、柴氏子孙，有罪不得加刑，纵犯谋逆，止于狱内赐尽，不得市曹刑戮，亦不得连坐支属；二、不得杀士大夫及上书言事人；三、子孙有渝此誓者，天必殛之。这三条规矩在中国历史上可真是开了先河。

只要读点中国历史就会知道，任何一个新朝廷上台，通常做的第一件事情就是把前朝的皇亲国戚斩尽杀绝，以绝后患。但整个宋朝因为赵匡胤的规矩，一直非常优待后周柴氏子孙。最最难得的是不得杀士大夫及上书言事人，这等于为知识分子撑了一把保护伞——言者无罪。整个宋朝优秀文人迭出，欧阳修、王安石、苏轼等，应该都和这一条规矩相关。因为不会丢性命，所以说话胆子就会大一点，给点舞台，中国的士大夫就能够发出光芒。尽管还没有达到“我可能不赞同你的观点，但我坚决捍卫你说话的权利”的程度，但和其他朝代相比，尤其是和后来的元明清相比（元朝汉族士大夫的社会地位极低，明清两朝文字狱连天，知识分子动不动就被株连九族），宋代的士大夫简直可以说生活在天堂里面。

其实唐朝盛世也是中国历史中很值得称道的一个朝代，经济昌盛、文化繁荣、国威远播、疆土辽阔，确实值得骄傲。但即使这样一个时代，也是以兄弟之间互相残杀开始，大气如唐朝也充满了各种宫廷阴谋和斗争。唐太宗之后的皇帝基本是一个不如一个，中间又出现了一个男人都比不上的武则天，执政能力极强，差点把唐朝给颠覆掉。

中国历朝历代都没有逃避两个基本规律：一是明君的出现基本是偶然现象，而愚蠢的皇帝占大多数；二是为了权力，血亲反目自相残杀是普遍现象。所有人都缺乏安全感，因为没有安全感，把威胁自己的人杀掉是最好的选择，所以整个中国历史基本上是一部权力层之间互相杀戮、老百姓随之一起遭殃的历史。

唐朝因为唐太宗统治开明，武则天聪明有格局，奠定了唐朝前期上百年繁荣社会的基础，也为唐玄宗时期的文化繁荣创造了条件。和皇权统治下的其他朝代相比，中国老百姓在唐朝前半期确实过着安定幸福的生活。当时的人民，不用为民主自由而苦恼，也基本免于后来明朝和清朝对于不同意见的残酷压制，所以没有人格压抑的心理阴影。在这点上，历史上能够和唐朝相比的也许只有宋朝，可惜的是，宋朝一直都是半壁江山，从大国气度上远远不及唐朝了。

法治
不需要下跪

读到这则消息，邯郸街头交警与市民对跪，心里如打翻了五味瓶，各种滋味涌上心头。

消息是这样说的："2015年8月28日，邯郸市机动车限行第一天。交警三大队交通股股长刘恩元带领多名民警在人民西路邯武大桥东口执勤。7时48分左右，一辆白色广汽传祺轿车由西向东行驶。当民警拦停该车正常检查时，怀疑驾驶人涉嫌酒后驾驶，随后进行酒精呼气检测。经检测，该车驾驶人每百毫升血液中酒精含量达到30毫克，属于酒后驾车。在随后的一个多小时内，该车驾驶人及其母亲（乘车人）为了达到'免于'处罚的目的，多次利用下跪、试图在机动车道上撞车、抱民警大腿、躺地等过激行为纠缠、阻挠民警，导致民警的正常执法无法进行。当时正值上班的高峰期，路上的车辆较多，车速较快，为保障该车驾驶人及其母亲的安全，尽量避免围观群众产生误解，民警在无奈之下也跪下来面对面向其母亲解释酒驾行为的危害，劝其退离到安全的地方，合理表达诉求、解决问题。"

读完这段消息，我的感觉好像是在读荒诞现实主义作品。这样的事情可能真的只会发生在中国。我们这片神奇的土地上演着各种各样情节刺激、剧情离奇的"好戏"，这些"好戏"来源于现实，但又好像离真实很远，让人觉得荒谬，却又实实在在发生在我们眼前。

代表国家权威的警察要向一个已经违法的人下跪，这件事情说不过去。儿子喝酒驾车，母亲无赖求情，一个是违法者，一个是阻挠执法的人。在这个时候，根本就不是母子情的问题，也不是要尊重老人（其实这位母亲并不老，看上去只有50来岁）的问题，而是国家法律如何执行的问题。在一个法治完整的国家，一个全民都懂得法治的国家，这件事情的解决应该很简单：违法者受罚，阻挠执法者可能会受到更加严厉的惩罚。

这位母亲之所以敢用这样下跪的方式阻挠执法，是因为在其意识中，阻挠执法不会有更严重的后果，而一旦求情成功，儿子就会免于受罚。这一意识源于中国千百年的传统：法律和规矩总是有弹性的，这一弹性不是来自对人性的理解，而主要取决于违法者有多大的背景和多高的社会地位。古往今来，那些玩弄法律于股掌之上的权贵人士，似乎真正被法律惩罚的人并不多。

这一现象给老百姓传递的信号是，只要有办法有门路，违法者就能或多或少地免于惩罚。老百姓没有什么资源和地位，为了寻找办法和门路，一般情况下有点家产的就以贿赂入手，而且屡试不爽，所以用贿赂的方式解决问题变成了中国传统的一部分；实在一无所有的人，就开始用无赖的方式，而无赖的方式也常常管用。

一个法律不严肃不公正的国家就会培养很多无赖。现在的中国有很大进步，法律开始严肃公正起来了，但人们的思维习惯并没有改变。很多不断上访的人，尽管有委屈和冤情的人不少，但也不乏已经变成了无赖专业户的人。这位下跪的母亲，说到底就是想用打滚下跪等无赖的方式阻挠法律的执行。她之所以敢这么做，心里是有底的，她知道警察不敢拿她怎样。或者是因为中国的警察还没有建立起真正的威严，或者在有些老百姓心里，他们并不代表正义。毋庸讳言，在过去很长的一段时间内，由于一小部分害群之马的所作所为，警察这个群体在很多老百姓眼里已经不再是社会公正力量的代表。

警察下跪这件事情，从好的方面来说，是警察为了避免剧烈冲突采取的缓和行动；从坏的方面来说，是对国家法律尊严的侮辱。警察之所以不把违法者和阻挠执法的人理直气壮地带走，据说是为了避免被围观群众误解。这里面传递出了这样的信息：本来代表国家执法权威的警察，在人民群众中的信任度和权威已大打折扣。

近几年国家对于警察公正执法的要求越来越严，但他们过去几十年留下来的不好印象在老百姓心中一时尚难改观。从另外一方面说，很多中国老百姓对于什么是真正的违法没有清晰的概念。比如有网友就很同情这位母亲，觉得一个母亲能够这样做，体现了伟大的母爱。这样说是典型的是非不分。如果这个说法真的能够成立，那么那个鼓励自己儿子偷窃，最后把儿子送上断头台的母亲，也成了伟大的母亲。中国很多老百姓喜欢看热闹，但是有时会分不清是非对错，这是因为在中国过去几千年，区分是非常常没有什么用。

明辨是非的核心是所有人都必须平等地遵循是非标准，所谓“法律面前人人平等”，不能有特权也不能有例外，这一点在今天的中国也难以做到。当警察想到可能要面对老百姓对他们执法的种种评论和非议时，为了避免矛盾激化，下跪执法就成了一个必然的结果。这个时候对错已经不那么重要，息事宁人成为首选。

中国发展到今天，建立法治社会已经变成了一个必然的前进方向，这是维持一个社会稳定发展、和谐进步的必经之路。社会主义的核心价值观中，法治是核心的一条，其他的内容“富强、民主、文明、和谐、自由、平等、公正、爱国、诚信……”几乎都需要在法治的前提下才能够实现。

真正的法治，是面向一个国家的所有公民，在公正平等、没有任何特权和例外、人人都可以享受合法权益的前提下的依法治国。以法治为核心，不断向人民宣讲什么是真正的合法，什么是真正的违法，并且通过各种执法机构的努力，让执法真正做到公平、公正、公开，法律之下无一例外。

如果有一天真能做到这一点，我想警察执法不用再屈辱地下跪，老百姓也不会再下跪求情。如果那一天到来，每个人都不用再弯曲自己的身体，可以堂堂正正地活在这个世界上，守法者扬眉吐气，违法者甘受惩罚。这样的社会才是有尊严的清明社会，才是中国人民欢迎的社会。

愿美好生活
永不通过战争实现

3月的一天，有机会听李善友讲了一天的课。过去半年他在美国进修，专门研究了熊彼特的经济思想和创新理论。熊彼特和凯恩斯是同一时代的经济学家，凯恩斯在生前就因其国家干预的经济理论被重视，但熊彼特的创新理论却直到21世纪前后才真正得到重视——现在的人们真正意识到了创新对于社会的发展、经济的繁荣和迭代所起到的重要作用。李善友用5个小时讲述了熊彼特的创新理论，使我们大受教益。我原来也翻阅过熊彼特的代表作《经济发展理论》，经过李善友讲述，汲取了更多精华，也引发了更多思考。

熊彼特也同时研究资本主义和社会主义，针对两种不同体制下的经济结构对社会发展所带来的影响进行了深刻分析。除了《经济发展理论》，他的《资本主义、社会主义与民主》一书也值得大家一读。这两本书都在商务印书馆出版的汉译世界学术名著丛书里。从20世纪80年代这套书开始出版，我就陆陆续续购买。几年前，商务印书馆又送给我一整套汉译世界学术名著丛书，好几百本。因此现在家里已经有两套了，可惜真正阅读过的并不多。

李善友讲课的地方在冲绳的The Busena Terrace Hotel，中文名为万国津梁馆，是2013年G8峰会所在地，我们听课的教室就是G8峰会会址。下午2点课程结束后，我让会务组帮我找一辆车，结果来了个中国留学生，姓曾，在琉球大学读书，业余兼职做司机导游，已经在冲绳生活四年。我们沿着58号沿海公路，一路聊天，一路欣赏海边风景。冲绳原来叫琉球，从明朝开始一直是中国的藩属国，后来被日本占领，“二战”后被美国接管，成为美国在远东最重要的军事基地。1972年美国在保留军事基地的同时，把冲绳还给日本。当时美国管理冲绳的时候，是右车道行车，日本接管后，改成了左车道行车，老百姓总是把左右搞错，着实混乱了一阵。但今天在路上开车，每一辆车都老老实实靠左行驶，再也没人搞错，可见秩序也是一种习惯。

冲绳岛是一个不大不小的岛，如果开车绕冲绳岛一圈，需要四五个小时。大岛周围有一些小岛环绕。由于水下有珊瑚礁的缘故，周边海水呈现美丽的碧绿色，像一块块璀璨的翡翠铺开。岛上绿树葱茏，山峰俊秀，到处都是背山面海的度假村。我们很难想象，这样一个看上去像天堂的小岛上曾经发生过非常惨烈的战争。事实上，这里是“二战”时期美军和日军对决的主战场之一。

为了对冲绳岛战役有所了解，我在Kindle上下载了E. B. 斯莱奇著的《血战太平洋之决战冲绳岛》。斯莱奇在海军陆战队的5团3营K连，曾亲历冲绳岛之战和之前的贝里琉岛之战。作为一名亲历其中的战士，作者对战争的严酷、残忍有着深刻认识，因此读这本书会有心惊胆战之感。我花了一个晚上把书读完，掩卷沉思，战争场面依然历历在目。整个冲绳岛之战，日本军损失10万人以上，美国军人也牺牲了3万人，炮火之下的平民百姓还有近5万人失去生命。

冲绳岛的海水呈现美丽的碧绿色，像一块块璀璨的翡翠铺开

第二次世界大战是人类历史上进行的正义和非正义间的最大战争。这场战争的始作俑者之一是日本，从侵华战争开始，日本将战火燃烧到了整个亚洲地区，又向东远达美国夏威夷群岛。把美国引入对日战争是日本最不明智的举动，同时对于中国和其他国家来说却是一件大好事。正是因为美国参战，中国在抗日战争中得到了更多战争物资，也增强了中国抗日必胜的信心。可以说在抗日战争中，美国是对中国帮助最多的国家之一。新中国成立后由于中国和苏联合作，在很多宣传资料中都只讲苏联对中国的帮助，是不全面的。如果揭开苏军进入中国东北的真实历史，我们甚至可以用野蛮和血淋淋来形容。

“二战”已经远去，今天世界各国在各种平衡中基本找到了和平相处的方法。现代世界的发展和格局也让各个国家学会了用经济实力说话，而不再用武器和炸弹说话。尽管政治阴谋和经济制裁的背后也不无自私和邪恶，但毕竟不再每每以战争和人的生命为代价。战争带来的总是残酷的结果。今天的人们还在争论美国是不是应该扔那两颗原子弹，因为在原子弹下，几十万日本平民丧生。但只要你读过有关日本人在战争中死不投降的报道，就知道如果不扔那两颗原子弹，还会有至少几百万士兵和平民会在冷酷的枪口下丧生。

斯莱奇这本书的最后一句话是：“如果生活在这个国家很美好，那么为其战斗也是美好的。”希望每一个国家都能够让人民过上美好的生活，同时也希望这种美好不需要通过战争实现，不管是国内的战争，还是国际的战争。

后记

伴季节悲喜
随岁月精彩

我居然有四个生日，身份证上的日子一个，妈妈说的农历生日一个，根据农历查当年的阳历，又是一个和身份证上不同的日子，再看百度上面关于我的介绍，不知谁写的，又是另外一个日子。

一些朋友知道我前面的三个生日，所以在这三个日子能够收到三三两两的生日问候。但收到问候最多的日子居然是百度上的那个日子，但可以肯定那真的不是我的生日。

我很少过生日，自己主动张罗生日的事情一次都没有。倒是老妈妈，每年在我农历出生的日子，都会给我准备好一碗长寿面，让我认真吃完。如果我刚好出差在外地，老妈妈依然会准备一碗面条，自己认真吃完。

孔子说过："未知生，焉知死？"来到人间的日子也许还能够弄清楚，但有多少人能够预测自己离开世界的时间呢？人生有太多意外，我们每个人都有周围的亲朋好友突然离世的经历，没有人能够摆脱生死轮回。前几个月，我的两个朋友分别因意外和疾病远离了人世。不管什么背景，我们的归路只有一条，而且每个人都是同样的终点，或早或晚而已。

对我来说，最重要的已经不是生死，而是在生死之间我应该做些什么，能够做些什么。活着的过程才是最重要的。我们不能像动物一样活一天算一天，我们也不能不顾当下，想太遥远的未来，因为那个未来可能终生也不一定能等到。最重要的还是如何把当下和未来结合起来。

我的人生度过了五十几年，一路磕磕绊绊，经历过无数风雨，甚至到过生死关口。老天厚爱，到今天还让我活着，给我做事业的平台，我的心里只有满满的感恩。我一生也犯了不少错误，惹了不少麻烦，得罪过人，伤害过人，也帮助过人。希望自己在余下来的日子里，多做好事，活好当下，也在合理的范围内规划好未来。

后半生，不管老天给我多少时间，我会一直努力去爱值得爱的人，做值得做的事。云舒云卷，花开花落，伴季节一起悲喜，随岁月一起精彩。